Dara Cabushtak

EL AROMA A LAVANDA

wattpad by Montena

El papel utilizado para la impresión de este libro ha sido fabricado a partir de madera
procedente de bosques y plantaciones gestionadas con los más altos estándares ambientales,
garantizando una explotación de los recursos sostenible con el medio ambiente y beneficiosa para las personas.

El aroma a lavanda

Primera edición: abril, 2024
Primera reimpresión: mayo, 2024

D. R. © 2024, Dariana Xicohténcatl

D. R. © 2024, derechos de edición mundiales en lengua castellana:
Penguin Random House Grupo Editorial, S. A. de C. V.
Blvd. Miguel de Cervantes Saavedra núm. 301, 1er piso,
colonia Granada, alcaldía Miguel Hidalgo, C. P. 11520,
Ciudad de México

penguinlibros.com

ISBN: 978-607-383-694-4

Impreso en México – *Printed in Mexico*

Para quienes confiaron en mis sueños
y para aquellos que exploran con esperanza

Mis pasos dejaron rastro sobre el césped, la tierra revuelta y las lavandas pisoteadas. Cualquiera con buen ojo podía seguirme con facilidad justo como lo hacían esos tres, que me cazaban por el bosque.

Corría entre los árboles para salvarme de algo que muy posiblemente dolería. De fondo, aunque lejos, se reían y me llamaban. De vez en cuando miraba hacia atrás, deseoso de no verlos tan cerca de mí. Era un alivio cuando los daba por perdidos, pero una tortura cuando sus siluetas en movimiento reaparecían.

Me hallaba muy asustado, lleno de adrenalina. El aire cada vez me hacía más falta, las piernas no me dejaban de temblar. Mi cuerpo entero se movía por instinto, desobedeciendo a la razón de mi propia cabeza. No podía pensar en nada que no fuese huir lejos, aún con las posibilidades de extraviarme.

Era la primera vez que me sentía tan desprotegido, tan lejos de toda esa ayuda que siempre estuvo a mi disposición. Ahí, en el bosque, no era más que un pobre, asustadizo e indefenso conejo buscando seguridad.

Maldije en el interior de mi cabeza una y otra vez, lamentando mi incompetencia. Hubiera sabido por qué rumbos andaba si tan solo le hubiese prestado la atención suficiente a Áureo cuando los recorríamos juntos. Mi única guía era el aroma del ambiente. Entre más intenso percibiera el aroma de las flores de lavanda, más cerca estaría de su casa.

De paso, averiguaría lo que realmente le sucedió.

Capítulo 1

Pasadas ya dos horas de largo camino, el trasero comenzó a molestarme. Cada cinco minutos me levantaba un poco sobre mi asiento, queriendo disminuir el molesto dolor y las inquietudes de no poder recostarme, aunque sobrara mucho espacio en mi lugar.

Mi madre, que conducía, me observaba de vez en cuando por el retrovisor, pero no decía nada. La conversación con mi abuelo, su padre, era más interesante y seria. Rato atrás pidieron amablemente que me pusiera audífonos o me durmiera para que el trayecto me resultase menos pesado. Yo sabía con bastante franqueza que lo que querían era que no escuchara su conversación.

Al principio obedecí a sus peticiones, pero me aburrí con rapidez y sueño no tenía. Pausé la música, me dejé los audífonos sobre la cabeza para fingir que no les prestaba atención. Con la mano quité un poco del empañamiento de la ventana, miré hacia el bosque que se extendía por toda la carretera, y escuché atentamente.

Tres días atrás mi padre recibió una llamada desconocida. En ella, un hombre amenazó con asesinarlo a él y a nosotros si no accedía a una serie de peticiones relacionadas con facilitar el trabajo del crimen organizado en algunas áreas de la capital, donde vivíamos.

Como era de esperarse, mi madre entró en pánico. Y las palabras frívolas de mi abuelo sobre que esa gente era capaz de cualquier cosa la hicieron temer mucho más por nosotros. Le sugirió que nos fuéramos a vivir con él al pueblo bajo la promesa de que ahí estaríamos a salvo. No nos encontrarían de ninguna manera. Y si intentaban entrar al pueblo para buscarnos, lo sabríamos.

Franco Velázquez, mi abuelo, había sido presidente de ese pequeño municipio veinte años atrás. La gente de ahí lo quería y apreciaba mucho. Era un viejo con poder, actitud firme, decisión. Mi madre lo adoraba, por eso me llamo igual que él. Con su ayuda y la de su gente, estaríamos bien resguardados.

Mi padre se quedó en la capital. Tenía que seguir trabajando como senador mientras resolvía aquel problema de la forma menos conflictiva y violenta posible. Siempre sabía cómo arreglar las cosas, así que tenía confianza de que tomaría las mejores decisiones.

Pronto la conversación entre mi madre y mi abuelo se tornó ordinaria. No dijeron nada que yo no supiera con anterioridad. Hablaron sobre cómo viviríamos y qué harían conmigo. Yo era el más importante, a sus ojos, en toda esta situación.

Irme de la capital fue muy difícil para mí. En especial dejar el curso escolar cuando tenía solo una semana de haber iniciado segundo de preparatoria. Tuve que abandonar de manera muy repentina a mis amigos sin brindarles ninguna explicación, pero prometiendo que el siguiente semestre volvería. Al menos eso me dijo mi madre.

Si esta mudanza no se hubiera dado en circunstancias peligrosas, yo me hubiera rehusado rotundamente a partir. No me gustaba el pueblo en lo absoluto, ni su gente ni su estilo de vida. De alguna u otra forma, les temía.

Se regían por usos y costumbres, o sea, un autogobierno. Sabía que la policía común no entraba ahí y que tenían su propio sistema de justicia. Yo solía decir y creer que era un sitio sin ley por la forma tan grotesca en la que solucionaban algunos de sus problemas. Nada iba a sucederme si no se me ocurría hacer algo tonto.

Crucé los brazos en mi lugar para protegerme del frío que percibía aún con un gorro y una gran chamarra puesta. Sentí que era diciembre, aunque agosto estuviese acabando. Culpé a la madrugada en la que tomamos camino.

—Mamá —me quité los audífonos y le toqué el hombro. Ella giró un poco la cabeza para indicar que me escuchaba—, ¿en qué escuela iré?

—En la misma que tu prima —contestó con rapidez—. Ya fue a inscribirte tu abuelo.

Tenía que ahorrarme mis comentarios, aunque tuviera muchos. Obviamente una preparatoria pública de un pueblo desconocido no sonaba tan bien como uno de los mejores colegios privados en la capital del país. Y claro que la gente tampoco era la misma. Adaptarme a ese cambio iba a ser muy difícil, pero me consolaba la idea de que sería por unos cuatro o cinco meses nada más.

Iba a extrañar el calor del verano, nadar en mi piscina, tener un cuarto solo para mí, tener conexión fija a internet y convivir solo con dos personas. La casa del abuelo Franco era todo lo contrario. Podía ser grande y estar mejor construida que casi todas las casas del pueblo, pero en ella vivía la hermana mayor de mi madre con su marido y mis tres primos.

Por primera vez en mi existencia iba a compartir habitación y vivir rodeado de familia con la que casi no hablaba. Ya me estaba preparando para las preguntas de mi tía y mi prima, los silencios incómodos y la irritabilidad por culpa de mis primos pequeños.

Supe que habíamos llegado en el momento en que pasamos bajo un gran arco pintoresco y de cemento, con el nombre del pueblo escrito sobre él y un lema corto que recitaba PUEBLO DE LAVANDA Y ENCINOS.

En el lugar abundaban esas plantas y árboles. Crecían por el suelo y los bosques sin temor a nadie. Y el aire, aunque helado, olía a sus encantadores perfumes con intensidad. Mi madre bajó un poco la ventana y me llamó para preguntar si respiraba el mismo aire que ella. Se le notaba emocionada, después de todo, ahí nació.

Atravesamos una gran avenida de cemento descuidado. Muchas camionetas transitaban al mismo tiempo que nosotros, aunque en dirección contraria. Algunos iban a los bosques a talar o cazar; otros más, a las ciudades o pueblos vecinos para vender sus mercancías. Era algo de todas las mañanas.

No vi muchas casas ni gente hasta que nos adentramos bien en el pueblo. Observé con detenimiento, conteniendo un poco la sorpresa de pasar por calles que no conocía. Algunas mujeres quemaban leña, los niños se perseguían mientras expulsaban vapor de la boca. Vi un pequeño grupo de chicas admirando algo en la pantalla del celular de una de ellas. También a tres jóvenes de mi edad fumando en la esquina contigua.

Había mucho movimiento, sobre todo en la zona céntrica. Muchos locales abiertos y repletos de comida, otros más que acomodaban las artesanías que seguro vendían a turistas o gente de paso. Más humo de leña y calderas, conejos y ardillas despellejados, colgados de las patas.

¿En serio tengo que vivir aquí?

No quería sentirme superior a nadie, pero me fue inevitable caer en eso después de juzgar con los ojos a todo el que pasaba cerca de nuestro auto o saludaba a mi abuelo.

Posiblemente muchos ni siquiera sabían leer o escribir. La educación y el estilo de vida de todos ellos eran muy distintos a los que yo tuve desde que nací. Nunca iba a comprenderlos como mi abuelo o mi mamá. Yo era igual que mi padre, que tuvo el privilegio de nacer en una buena familia de inmigrantes. Y como él, solo sabía hablar y juzgar.

Recargué el brazo en la puerta, después la mejilla sobre la palma de mi mano. Entrecerré los ojos, cada vez menos interesado en las nuevas personas de mi entorno. Estaba consciente de que las subestimaba, pero seguía sin esperar mucho de ellas.

¿De qué podré hablar en la escuela? ¿Vacas?

Sonreí ante aquella idea tan absurda.

Pronto llegamos a casa de mi abuelo, donde ya nos esperaba la familia de mi tía. Mi prima Talía, un año menor que yo, se acercó hasta el auto, saludando y abriendo nuestras puertas. Estreché su mano y nos dimos un rápido beso en la mejilla. Ella me palmeó la espalda con cierta rudeza antes de que mamá me dijera que fuera por nuestras maletas. Después, con los dedos entumecidos y la nariz congelada, entré al hogar de mi familia.

La casa era espaciosa, vieja. Había retratos colgados en las paredes y muebles olorosos de encino. Lámparas ostentosas de luces amarillas, paredes rosadas y un poco descuidadas por la humedad. Piso de cuadros rojizos, cortinas pesadas.

Apenas y recordaba aquel espacio que tan poco visitaba. Y el segundo piso fue todo un descubrimiento. Jamás había subido a las habitaciones.

Seguí a mi tía por las escaleras, todavía cargando una maleta en cada mano. Paramos en una de las puertas del fondo. Según nos contó, era la habitación donde mi abuela vivió sus últimos días. Más tarde se convirtió en el cuarto de visitas, pero no cualquiera podía dormir en él por su valor sentimental.

Era grande, como el ropero a la derecha, la cama y el tocador frente a ella. Del lado izquierdo se encontraba el baño propio que se construyó para que mis tías pudieran cuidar a mi difunta abuela.

A mi madre no le pesó estar ahí, como sí ocurría con sus hermanas. Hacía años que se había sobrepuesto de esa pérdida gracias a la terapia. Yo jamás fui cercano a ella, entonces el dolor era apenas perceptible.

—¿Dormiré contigo? —le dije, con cierto desagrado.

Ella asintió. Parecía un poco feliz por eso. A mí me resultaba más incómodo, quizás por los conflictos que tuvimos en el pasado y que de alguna u otra forma logramos superar… o posponer.

Dejé las maletas sobre la cama, me senté en el pequeño sillón junto al ropero y saqué mi celular del bolsillo. Aunque tuviera datos móviles, la señal era terrible y no podía siquiera revisar mis mensajes.

Junté las cejas. Me moví un poco en mi lugar para encontrar señal, pero nada. De fondo hablaban las madres. Pronto extendí el brazo a todas las direcciones que me fue posible, incluso abandoné mi asiento y merodeé por la habitación sin despegar los ojos de la pantalla. Mi tía Carmen fue la primera en darse cuenta de lo que hacía.

—Dile a la Talía que te dé la contraseña del internet —apuntó con el índice hacia afuera del cuarto.

La obedecí por conveniencia. Salí directo a buscarla, aunque no fue complicado dar con ella porque se encontraba sentada en la escalera. Le toqué el hombro sin añadir nada. Estaba un poco nervioso. Al verme, se levantó de golpe. Le pedí con amabilidad si podía darme la contraseña y sin problemas me dijo que sí.

Fue a su habitación y me entregó un pequeño papel donde estaba escrita. Era el nombre de su chihuahua con el año de su nacimiento. Saqué mi celular y la puse.

—Es un iPhone, ¿no? —mencionó con admiración—. De esos caros. No que el mío, todo roto.

—Sin red es inútil —lo giré sobre mi mano. No dejó de vibrar por todas las notificaciones.

—¿Me dejas tomarme fotos con él? —lucía emocionada por eso—. Van a salir mejor que las de Natalia. Ella también tiene uno, pero más feo.

Le dije que sí mientras yo no lo ocupara. En comparación con la ciudad no iba a poder usarlo mucho, de todas formas.

—Solo no me lo pidas en escuela —advertí—. No quiero que me lo roben.

Mi primer día de clases fue a la mañana siguiente.

Seguí a la prefecta por los pasillos vacíos, manteniendo mi distancia. Las clases tenían minutos de haber comenzado, pero no entré a la misma hora que el resto por desconocer a qué salón debía dirigirme.

La mujer, bastante baja y algo robusta, me hizo preguntas durante el trayecto. Que si me gustaba el pueblo, de dónde venía, por qué me quedaba. Con mi madre ensayé las respuestas a estas interrogantes. Tenía que gustarme el lugar o me echaría a su gente encima; y no era necesario mentir con que venía de la capital. La causa era la mayor mentira: mis papás estaban separados y mi mamá me secuestró primero.

Y si alguien preguntaba por el trabajo de mi padre, que no se me ocurriera decir que era político. Tenía la libertad de inventar cualquier cosa que no sonara llamativa. De resto, solo se preocupó de que mi actitud de niño rico y el rechazo a mi nueva vida me metieran en problemas.

Perfil bajo, perfil bajo.

La mujer que me acompañaba tocó a una puerta y después la abrió sin esperar a que respondieran. Inclinó medio cuerpo para mostrarse a la profesora, que pronto se interrumpió y se acercó. Hablaron entre susurros y me observaron con poca atención. Me quedé junto a la pared para no tener que ver a nadie.

Una vez que su corta charla terminó, la prefecta se despidió de mí con un toque de hombro. Después la profesora me invitó a pasar. Respiré profundo para calmar un poco mis nervios. Nunca había sido el nuevo, mucho menos en un sitio donde las personas eran tan diferentes a mí.

Con pasos lentos y un tanto cabizbajo, caminé hasta el centro del aula. Alcé la vista únicamente con el propósito de mirar hacia la pared. Todos los presentes clavaron sus ojos en mí y murmuraron palabras inentendibles. Podía notar por el rabillo del ojo unas cuantas sonrisas.

—Me llamo Franco —exclamé en tono uniforme—. Tengo 17 y vengo de la capital.

Más murmullos.

Llevaba más de dos años sin usar uniforme y la sensación era extraña. Pantalón gris, camiseta blanca, suéter verde. Y, encima, la gran chamarra, guantes y gorros de tu elección. Yo era el que se veía más desadaptado, cubierto de pies a cabeza con las gruesas ropas que usé cuando fui a esquiar con mi familia un año antes.

La maestra me señaló un lugar al fondo, en la segunda de cuatro filas. Rápidamente caminé hasta ahí sin prestar atención a los demás, que movían su cabeza al ritmo de mi trayecto. La profesora tuvo que pedir atención en cuanto me senté. Su clase comenzó de inmediato.

Divagué en pensamientos durante los siguientes minutos tras descubrir que el tema de la clase ya lo había visto meses atrás. Pensé en mis compañeros, en mi padre y hasta en mi perro, que tuvo que quedarse al cuidado de la empleada del hogar en lo que yo volvía.

Solo unos meses, solo unos meses...

Aquel pensamiento me ayudaba a no ser tan negativo.

—Oye, hey —susurró alguien a mi izquierda—, güerito, el nuevo.

Volteé con discreción, un tanto serio para ocultar mis nervios. Alcé un poco la cabeza, para preguntar con el gesto qué era lo que quería.

—Qué onda —saludó en cuanto le presté atención—. Ya vi que traes a todas babeando, güerito.

Junté las cejas antes de que él me señalara con la mirada hacia adelante, esperando que observara lo mismo que él. Giré un poco la cabeza, distinguí unos cuantos rostros todavía mirando hacia mí. El tipo a mi lado sonreía con gusto, incluso me palmeó la espalda para darme a entender que eso era genial.

—Franco —me presenté de nuevo, creyendo que me ponía apodos por no recordar mi nombre.

—Joel, para servirte —extendió la mano hacia mí, ignorando la clase.

Aprovechando la oportunidad de tener un enemigo menos, alcé la mano y sujeté la suya. Él apretó con una fuerza hiriente, pero intenté contener mis expresiones. Joel parecía muy seguro de sí, igual que los chicos sentados delante de nosotros, que se incluyeron discretamente en la conversación.

Los tres eran algo corpulentos. Uno más descuidado que otro, pero en definitiva Joel les sacaba ventaja a los otros dos. Tenía más carisma y energía, pero también cierta vibra pesada y hasta intimidante. Cabello corto, ojos pequeños, nariz chata y unas cuantas cicatrices y manchas en la cara.

Antes de que intentasen reír y bromear conmigo, la profesora interrumpió la clase para pedirles que se callaran. A mí solo me echó una mirada, advirtiendo que no los imitara. Los alumnos miraban de nuevo en mi dirección, muy probablemente desanimados por considerarme un nuevo caso perdido.

Joel y sus amigos me recordaron un poco a los que yo tenía en la ciudad, esos en los que confiaba, que eran escandalosos y que lograban sacar mi lado atrevido y divertido. Porque a pesar de que esos tres lucieran amenazadores, no me resultaron desagradables.

Mis primeros "amigos".

Bastó que la profesora saliera un momento para que varios estudiantes se amontonaran a mi alrededor, atraídos por la curiosidad hacia mí. No me gustaba ser el centro de atención para cosas como esta. Me sentía como un fenómeno.

Me preguntaron por qué me había mudado, por dónde vivía, quiénes eran mis parientes. Aparecer de repente en ese pueblo de lavandas y encinos no era una casualidad y mucho menos un deseo para alguien como yo. Respondí a las preguntas más triviales y a las más repetidas, sin añadir demasiada información.

Traté de ser amistoso por las buenas reacciones que ellos me mostraban.

—Oye, ¿cómo te encuentro en Face? —preguntó una de las chicas. Casi de inmediato la mitad de ese grupo sacó sus celulares, listos para dar con mi nombre.

Me encogí de hombros.

—Yo… no tengo.

Mi madre pidió que cerrara temporalmente mis redes sociales como otra medida más de seguridad. Solo podía mensajear hasta que volviéramos a casa.

—Si no quieres pasarlo, entonces tu Whats —pidió, sin creer en mis palabras anteriores.

Aunque no tuve muchos inconvenientes por eso, me sentí incómodo. Eran personas muy directas y despreocupadas, incluso con alguien como yo, que de nada conocían. Pero su interés genuino por mí ayudó a que no me sintiera totalmente excluido y solo.

Solo como aquel sujeto que no dejaba de mirarme desde su sitio, entre los cuerpos de mis compañeros, y que era ignorado por el resto del aula.

Como si mis compañeros hubieran desaparecido, yo también me fijé en él. Su calma y presencia me provocaron una repentina curiosidad. ¿Quién era y por qué no podía ignorarlo como los demás lo hacían? Sentí inquietud, creí que veía a un fantasma, porque nadie más lo notaba. Tan pronto el chico se dio cuenta de que lo observaba de vuelta, desvió la vista y giró la cabeza hacia el frente, pasando desapercibido por todos excepto yo.

Capítulo 2

Mi madre se sintió feliz por mí cuando le dije que mi primer día de clases no había sido tan terrible. Creyó que lo odiaría y que no pararía de quejarme. Incluso planificó una charla para convencerme de todo lo que estábamos viviendo, pero no tuvo que utilizarla.

Prefirió hacerme las típicas preguntas de un primer día. Estaba más emocionada que yo. Se sentó en el sillón junto al ropero para escucharme atentamente. Yo me quedé recostado sobre la cama, cobijado como si estuviésemos por dormir. El día tan nublado y frío logró que me adormeciera sobre mi cómodo lugar.

—Las personas de ahí son extrañas —comenté sin mucha sorpresa—. Querían saber todo de mí.

—No suele llegar gente nueva, por eso les provocas curiosidad —parecía muy relajada, más que en los últimos días.

Abandoné mi celular y pasé las manos por detrás de mi nuca. Cerré los ojos, exhalé con pesadez.

—Es porque nadie quiere vivir aquí —contesté a su comentario.

Fingió no oírme, pero su silencio delató que analizaba mis palabras. Al menos no sonaba tan irritado como cuando quería iniciar con alguna innecesaria discusión. Yo quería irme, ella quería irse. Finalmente teníamos algo en común. El apoyo mutuo serviría para que los siguientes meses marcharan más rápido, así que mantenernos en paz era lo mejor que podíamos hacer.

Preguntó si había hecho amigos. Lo negué de inmediato porque estaba indispuesto a tenerlos. No me gustaba la gente del pueblo, aunque yo les fascinara. Le comenté que un chico que se sentaba al lado de mí en el salón me acompañó todo el día e invitó a sus dos amigos a que también pasaran el rato conmigo. Fueron los que menos me desagradaron y los que menos comentarios absurdos me hicieron. Tampoco me miraron ni trataron como si fuese un nuevo descubrimiento. Eso sí, me llamaron por cuanto apodo se les ocurrió. Al parecer, Franco era un nombre muy difícil de recordar para ellos.

—¿Alguna niña linda? —se atrevió a preguntar.

Suspiré. Si hubiese tenido los ojos abiertos, los habría rodado con enfado.

—Mamá…

Pero me detuve. Ese era un tema que ni siquiera podía tocar conmigo mismo a causa de la confusión y el miedo. Llevaba tres años reprimiendo mis emociones en silencio y nadie podía saberlo, al menos no todavía.

—No se comparan con las de mi otra escuela —completé la oración.

Apreté las cobijas con suavidad. Escuché el chasquido de sus dientes en el fondo.

—Nunca vas a encontrar novia si sigues siendo tan exigente —bromeó antes de levantarse, dispuesta a salir para buscar a mi tía.

Forcé una media sonrisa y la dejé ir sin una respuesta. Tensé un poco los labios; yo no era exigente, solo no quería una novia.

Fueron dos días de sentirme muy observado y hasta hostigado. En clases la incomodidad no era tanta como en el par de recesos donde grupos mayormente de chicas se acercaron a preguntar cuál era mi nombre y cómo podían encontrarme en redes sociales.

Incluso mi prima Talía vino a presentarme a varias de sus amigas, que no creían que éramos familiares. Compartir el mismo segundo apellido y al mismo abuelo materno fueron las pruebas que dio. Dejé que siguiera presumiéndome como parte de su familia. De todas maneras, en unos meses no iban a volver a verme.

Recibía mensajes en las tardes e incluso durante las horas de escuela, saludándome. Archivé casi a todos sin responderles, salvo a Joel. Mi madre recomendó que no añadiera a nadie y que solo platicara con personas que sí conocía, lo que me resultó muy sencillo. No vinimos al pueblo a hacer amigos.

La temperatura bajó considerablemente durante la madrugada del tercer día, así que tuve que levantarme al armario en busca de más cobijas empolvadas para que durmiéramos mejor. De rato en rato mamá intentó abrazarme, pero me resistí. Preferí dormir a la orilla de la cama y sin almohada para que ella tuviese algo que sujetar. No me gustaba tenerla tan cerca.

Esa noche no pude dormir muy bien. Los pensamientos repentinos hicieron que me detuviera en ellos por momentos. Debido a la situación en la que nos encontrábamos, mi cabeza no produjo ideas positivas. Tenía miedo de lo que pudiera sucedernos si aquellas personas daban con nosotros. Vi videos grotescos en lugares recónditos de internet que me produjeron muchas náuseas y miedo. Esas personas podíamos ser mis padres y yo.

Las pesadillas no se hicieron esperar. Tal vez por mi reacción en sueños fue que mi mamá trató de consolarme con una cercanía que rechacé. Tuve que calmarme en silencio, sin respirar con agitación. Y aunque mi boca pidiera agua, seguí en cama porque a oscuras la casa de mi abuelo Franco lucía tenebrosa.

En la mañana, ya para partir a la escuela, descubrí a través del cristal empañado que afuera el clima estaba horrible. No se podía ver absolutamente nada por la densa neblina en toda la ciudad. Mientras me quejaba en mis adentros, mis primos pequeños se asomaron por las ventanas con grandes sonrisas y emoción. Mi tía tuvo que pararse en la puerta más cercana para impedir que salieran a "tocar las nubes" sin cubrirse adecuadamente.

El abuelo, que era todo un madrugador, se ofreció a llevarnos a Talía y a mí hasta la entrada de la escuela para que no tuviésemos ninguna dificultad en el camino. Yo temí por algún accidente en los cruces de calles, pero nada malo ocurrió. Llegamos a tiempo y anduvimos rumbo a nuestros salones con calma.

La gente estaba un poco más cubierta que los días anteriores, así que ya no me sentí tan desadaptado. Aun así, ya era reconocido por ser el niño rubio y bonito que usaba una gran chamarra a todas horas.

Tan pronto entré al salón, Joel y los otros me saludaron con una gran sonrisa desde su esquina junto a la ventana. Se burlaron de mí por notar que incluso bajo mis pesadas ropas seguía tiritando por el frío. Era verano, de piscinas y sol, no de una posible nevada. Decirme que tendría que vivir eso con más frecuencia de la que creía tampoco fue de mucha ayuda.

En los últimos quince minutos para que dieran las ocho, el aula cobró vida tras la llegada de mis compañeros. Se reunían en sus respectivos grupos para reír, conversar y chismear sobre el día anterior. Joel y sus amigos hacían exactamente lo mismo. No entendía la mitad de su conversación, pero al menos no me excluían.

Sus temas no eran demasiado relevantes. Hablaban de compañeras y otras chicas que conocían basándose solo en la apariencia de ellas y alguno que otro rumor. Mientras más platicaban de eso, más perdía el interés.

Todavía con un oído en la charla, me giré un poco en mi asiento para curiosear. Era el tercer día y únicamente conocía el nombre de Joel. Recargué la mejilla sobre mi mano, miré hacia el frente y moví los ojos para detenerme de cuando en cuando en alguien. Pero ninguno llamaba mi atención con la fuerza suficiente para que lo observara con detalle.

Y justo cuando seguía paseando la vista por el salón, me detuve por fin en una persona que se sentaba dos filas a mi derecha, en el antepenúltimo asiento. Un chico moreno, encorvado, callado y, principalmente, solo. En los pocos días que llevaba asistiendo a esa escuela, nunca lo vi intercambiar palabra con alguien, participar en clase o confirmar su asistencia durante el pase de lista.

Arqueé una ceja, forcé un poco la mirada. Tenía las manos vacías sobre la mesa de su butaca, se mantuvo en total quietud, como si viera algo interesante en su celular invisible. Estaba despierto, sin dudas, pero ausente de nuestro mundo.

Un repentino empujón a mi izquierda causó que desviara la vista de inmediato y la devolviera hacia el pequeño grupo de Joel.

—¿A quién miras? —preguntó, sonriendo a medias.

—Al chico de ahí —señalé con el pulgar—. Se ve un poco raro y siempre está callado.

Los tres miraron en su dirección, sin eliminar la curvatura de sus labios.

—No le hagas caso, güey —dijo uno de ellos, con tono un poco alto—. Está mal de su cabeza.

Miré de nuevo por encima del hombro, buscando el problema que mencionaban. El chico me parecía físicamente normal, pero no me sentí muy seguro de decirles que fuesen más específicos. Aquel chico no estaba nada lejos de nosotros; no me pareció adecuado hablar de él pudiendo escucharnos.

El tema cambió casi al instante gracias a uno de ellos, que tenía otro tema trivial. Me distraje con eso por el siguiente par de minutos para que no volviese a mirar a mi espalda. Saludé a otros compañeros con un choque de puños e inclinaciones de cabeza en los últimos minutos previos a la primera clase.

Joel interrumpió nuestra charla con brusquedad cuando alzó la voz y golpeó un poco su pupitre. Los tres que estábamos junto a él respingamos por el susto. Miró en mi dirección, pero buscaba a alguien más.

—¿Qué ves, joto? —su pregunta llamó un poco la atención de los compañeros cercanos—. ¿Te gusta mucho el güerito o qué?

Volteé justo en el momento en que el mismo chico de antes giraba la cabeza de vuelta a sus manos, en silencio. Percibí una punzada repentina y desagradable en el estómago, sobre todo por la forma tan agresiva y grosera con la que Joel se refirió al tipo. Las risas de fondo solo causaron que, al regresar a mi posición, permaneciera encogido de hombros.

Si alguien en mi vieja escuela hubiera dicho esto, las reacciones serían muy diferentes. Negativas para Joel, claro. Pero en este pueblo nadie reaccionó con negatividad, salvo yo y muy poco. El debate que no quería tener conmigo mismo regresó en el momento menos adecuado, como un recordatorio de algo que no quería ser.

Uno de los tipos me palmeó la espalda, burlándose de la situación. No pudimos continuar con la charla porque segundos más tarde apareció la profesora, pidiéndonos orden y silencio.

La escuela no quedaba lejos de la casa de mi abuelo. Caminando podía demorarme no más de quince minutos. Regresaba con Talía porque salíamos al mismo tiempo, pero esta vez le pedí que me acompañara a conocer los alrededores. Ella le llamó a mi tía para avisar que estaríamos fuera durante un rato y, por fortuna, no se opusieron bajo la condición de que no nos demorásemos tanto. El pueblo era pequeño, así que no me preocupé.

No conversamos mucho hasta que estuvimos lo suficientemente alejados de la escuela y de los otros alumnos que salían. Cuando Talía volteó y verificó que nadie nos veía, abrió la boca.

—¿Te puedo decir algo? —sonreía con mucha calidez. Yo asentí, sin mucho entusiasmo ni curiosidad—. Les gustas a todas mis amigas.

Alcé las cejas, fingiendo sorpresa. No es que realmente me esperara un comentario como el suyo, pero mi interés por esa situación era casi nulo. Dejé que siguiera hablando durante un par de cuadras más de cómo les gustaba por mi físico y porque parecía un sujeto muy misterioso.

No las culpaba por creer lo último. Después de todo, Talía tampoco podía darles explicaciones de mi situación porque no la conocía. Y era mejor así.

—Quieren hablarte y eso, pero no saben cómo —me tomó por el brazo—. Les das miedo.

Sonreí por reflejo, negué con la cabeza.

—Diles que no estoy interesado, de todos modos —contesté—, porque soy gay.

Talía se detuvo de golpe, tirando de mi brazo, arrugando la nariz.

—¡Franco, cállate! —me regañó—. Dios no lo quiera.

Alcé las cejas, esta vez sorprendido en serio.

—Era broma —dije con rapidez. Otra desagradable punzada en mis adentros.

Tuve que aclararlo con tono alto por si alguien a los alrededores había escuchado nuestra conversación. Incluso, después de un buen tiempo sin hacerlo, me reí. Mi prima rio conmigo, brindándome un buen empujón y pidiendo que no bromeara con ella así.

—¿En serio te lo creíste? —pregunté.

Poco a poco las calles principales fueron desapareciendo, igual que la gente y el ruido. Pude divisar las montañas llenas de neblina y los campos no muy lejos de nosotros. Espacios más despejados y casas más distanciadas entre sí.

—Claro que no, tú no te ves como ellos —aceleró el paso—. No te crees mujer.

No consiste en eso…

Pero no quise entrar en debate tan pronto sobre ese tema, menos en un lugar donde no tenía ninguna posibilidad de ganar. Pensé en la crianza tan diferente que tuvimos y el entorno en el que crecimos para entender por qué pensaba así. Hacer ese breve ejercicio siempre ayudaba a que juzgara menos.

Talía continuó hablándome de sus amigas y señalando algún puesto donde la comida sabía bien. Le pedí que me llevara luego para verificar si era cierto lo que me contaba, obvio que a escondidas de mamá para evitar su reprimenda sobre los peligros de comer en la calle.

Canchas de futbol se extendieron a mi derecha. Varios niños jugaban incluso sin camisa pese a las temperaturas tan desagradables, sin miedo. Y un poco más hacia adentro del terreno, divisé la única iglesia católica del pueblo. Grande, de paredes amarillas, cúpulas anaranjadas y torres puntiagudas.

—¿Podemos ir? —señalé a la iglesia con el índice.

De inmediato nos encaminamos hacia allá. Abandonamos la orilla de la carretera y bajamos directo al pasto húmedo. Nuestros pies se mojaron un poco, pero logramos evitar empaparnos cuando nos fuimos por el camino de tierra y lodo que los autos y las personas trazaron con el tiempo.

—¿Quieres hablar con Dios? —más curiosidad de su parte.

No había escuchado una pregunta o frase similar desde que era un niño, cuando creía que en serio se podía tener una charla recíproca y ordinaria con una gran deidad. Al crecer preferí llamarlo meditación, aunque no fuese muy creyente. Servía para hallar calma y era justo lo que necesitaba en días recientes.

Se lo dije así a mi prima, quien lo entendió mejor de lo que pensaba.

—También entro en las iglesias para ver si me quemo vivo algún día —bromeé de nuevo, en un inicio—. Quizás me lo merezca.

Mi prima afirmó que yo era una buena persona y que obviamente no tenía motivos para terminar en el infierno. Aquello me consoló un poco. Tal vez estaba a tiempo de eliminar la confusión de mi persona y llevar una buena vida.

Nos quedamos de pie en la entrada de la iglesia, pues le dije a Talía que quería examinarla un poco por fuera. Alcé el rostro, miré arriba, hasta donde las torres terminaban. De fondo solo escuché a los niños jugando futbol y los cánticos bajos dentro del gran recinto.

Cuando me sentí lo suficientemente tranquilo, regresé la vista al frente y me dirigí al interior, sin decir nada. Mi prima se persignó antes, pero yo no deseé hacerlo. En su lugar, me adelanté y caminé hasta una de las bancas vacías, esperando arder por mi indeseada presencia. No sucedió.

Ella se hincó, juntó sus manos frente a su rostro, cerró los ojos y meditó en silencio. Yo me quedé sentado, admirando el interior descuidado y las grandes figuras que representaban a Jesús y otros santos de los que no tenía ni el mínimo conocimiento. Algunas lucían terroríficas, otras más tenían a sus alrededores monedas y billetes.

Respiré con profundidad, comencé a pensar, acompañado de las mujeres que cantaban hasta adelante.

Pedí por el bienestar de mis padres y por el mío en un momento tan complicado como este. Lo que menos quería era que la muerte nos separase tan pronto. Pedí paciencia para aguantar este pueblo y rogué casi de manera indirecta que por favor me ayudara a descubrir quién era yo en realidad y qué quería.

Solo no me eches si lo descubro y no te gusta…

Aun así, era poco probable que en este pueblo de lavandas y encinos lo averiguara. No tenía interés por nada ni nadie. El riesgo de ser totalmente rechazado era casi inexistente para mí.

Pensé en mi compañero de clase, ese al que Joel llamó "joto" y que trató de una manera muy desagradable sin que nadie se opusiera. Las risas en el fondo justificando los actos de Joel, su forma de involucrarme para respaldar su actitud. Y claro, lo aislado que estaba el otro chico del grupo.

No me pasará como a ese sujeto…

Oré pidiendo que no me ocurriera lo mismo, aunque también debí hacerlo más por este compañero al que molestaban e ignoraban.

Antes de que siguiera meditando en silencio, mi celular vibró en uno de mis bolsillos. Me puse de pie y le hice una seña a Talía para indicarle que la esperaría afuera porque debía atender la llamada. Ella se levantó, justo acababa de terminar. Salimos con prisa antes de que la persona en cuestión colgara el teléfono.

Alcancé a contestarle a Joel justo en el último momento.

—Qué onda, niño bonito —habló con cierto entusiasmo—. Oye, mañana iremos a mi casa saliendo de la escuela, ¿jalas?

—Claro —contesté—. Nos vemos mañana.

Y colgué sin añadir más. Talía comentó lo cortante que era antes de preguntar quién me llamó. Pude ver que no le gustó mucho oír el nombre de Joel saliendo de mis labios.

—No seas su amigo —mencionó con cierta seriedad—, es mala gente.

—¿Por qué? —cuestioné.

La poca niebla que quedaba en el ambiente se dispersó con lentitud. Y aunque el cielo continuase nublado e hiciera frío, algunos rayos de sol atravesaron las nubes y nos pegaron directo en el rostro. Suspiré de alivio. Llevaba un buen rato sin sentir calor sobre la piel.

—Es medio malandro —afirmó—. Ya luego lo verás.

Él y sus amigos eran los únicos chicos con los que hablaba en el pueblo y que no me hacían sentir como el artículo más exclusivo a la venta. Que yo fuera el nuevo les venía dando igual y eso me servía para no sentirme tan desadaptado.

En este pueblo no podía entretenerme demasiado y ellos eran lo más cercano a entretenimiento que tenía, por eso no quise negarme a sus invitaciones. Además, estar cerca de ellos garantizaba que estaría bien, pues no quería ser el siguiente en su lista de acoso.

Capítulo 3

La escuela del pueblo me parecía muy aburrida, principalmente por lo que enseñaban; temas viejos que vi en mi otro instituto. Al menos en el fondo del aula, donde estábamos Joel, sus amigos y yo, nos divertíamos conversando.

A ellos poco les importó la clase y yo fui el primero en entregar el trabajo que la profesora dejó. Prácticamente los cuatro estábamos libres, riéndonos entre susurros, distrayéndonos con el teléfono y bromeando. Aunque, claro, yo preferí trazar rayones sin sentido en la parte trasera de mi cuaderno antes que sacar mi celular.

Joel vio con atención lo que hacía, curvando los labios a medias. Tomó uno de sus lápices y extendió el brazo para marcar en mi propio cuaderno. Sus dos amigos se le unieron casi de inmediato, riéndose.

Toda la hoja se llenó de un montón de penes mal dibujados en cuestión de minutos. Ellos no aguantaban la risa y se estaban volviendo escandalosos. Yo solo me obligué a sonreír; no veía a nadie hacer eso desde que tenía como catorce años.

Joel me arrebató el cuaderno y lo alzó en dirección al chico silencioso del día anterior. Nosotros volteamos hacia el mismo lugar, aunque yo no sonreía con tanta amplitud como los otros tres. Cerré los ojos por un momento al suponer lo que dirían. Iban a molestarlo y yo sería partícipe de eso.

—Oye, Áureo —exclamó Joel. El tipo apenas volteó—, ¿cuál de estos te comerías primero?

Explotaron en risa, sin obtener ningún tipo de respuesta. Algunos de mis compañeros que aún continuaban ocupados voltearon con cierto desagrado a causa del escándalo. La profesora incluso paró con la revisión de trabajos para pedir que, si no íbamos a trabajar, mínimo nos calláramos.

Los chicos regresaron a sus asientos, Joel lanzó el cuaderno a mi mesa con despreocupación. Tomó su celular y se puso a revisar las novedades; los otros dos platicaron en voz baja. Olvidaron con mucha rapidez que acababan de molestar sin ningún remordimiento al tipo del que ahora sabía el nombre.

Pero yo no pude sacarlo de mi mente con la misma facilidad que ellos. Volví a abrir la última página para mirar todos los dibujos horrendos durante un minuto, apenas parpadeando. Tensé un poco los labios, desvié la vista al frente y cerré el cuaderno con cierta agresividad. Recargué la mejilla sobre mi mano, volví a observar con detalle al chico.

Áureo…

No conocía a nadie que se llamara igual.

Moreno, delgado, de cabello ondulado y un poco largo, casi cubriéndole los ojos. De la misma altura que yo. No lucía descuidado como varios de mis compañeros y a simple vista no era tan llamativo. Su actitud tan retraída aumentaba con creces aquella impresión que tenía de él.

Cuando el timbre sonó para indicar que el día había terminado, nos dirigimos a casa de Joel justo como teníamos planeado. Le dije a mi prima que se fuera sin mí en cuanto me la topé en la entrada. Ella manifestó desagrado en el rostro cuando vio con quiénes me iría, pero no dijo nada.

Se despidió de mí y partió rumbo a su casa con un par de amigas suyas que parecían ir en la misma dirección que ella. Joel y sus amigos me miraron con sonrisas cómplices, señalándome y señalando a Talía.

—Preséntala —dijo uno de ellos, empujándome un poco con el codo.

Pero de ninguna forma eso iba a ser posible. No si quería verla feliz y fuera de ese pueblo. En broma les dije que algún día lo haría y para ellos eso fue suficiente. Sin hablar más del tema, caminamos rumbo a la casa de Joel.

Seguía haciendo frío a las dos de la tarde y la luz del sol escaseaba en el cielo, pero por la andada se me acumuló el calor y terminé por quitarme la gran chamarra. La cargué en el brazo durante el resto del camino, que no era tan largo.

Paramos en una casa de ladrillo gris sin pintar, de cristales sucios y dos pisos de altura. Un par de perros en el techo comenzaron a ladrarnos sin control, viéndonos desde su sitio. Joel introdujo la llave en la cerradura del portón y dejó que entráramos primero. Yo seguí a sus amigos en lo que el anfitrión nos alcanzaba.

—Pásenle a mi cuarto, no hay nadie —dijo Joel con confianza.

Subimos por las escaleras y entramos en una de las habitaciones del fondo. Nos encerramos después de que Joel entró y le puso seguro a la puerta.

Su cuarto era grande, aunque bastante desordenado y maloliente. Intenté ocultar mi inquietud lo mejor posible, principalmente para que no hubiese alguna malinterpretación. Joel y su familia no tenían la mejor vida de todas y yo no estaba para nada acostumbrado a acudir a sitios así.

La casa de Joel era muy similar a varias de las imágenes que aparecían en Google cuando buscaba por su nombre las ciudades más peligrosas del país o las peores zonas de la capital. Un hogar de apariencia aterradora donde nunca hubiese querido estar.

Los chicos se lanzaron a la cama sin ningún apuro; Joel arrastró un par de cubetas viejas y grandes para que él y yo nos sentáramos. Antes de que nuestra conversación iniciara, el anfitrión sacó debajo de la cama un cartón de cervezas y nos dio una lata a cada uno.

No bebía con la misma frecuencia que estos sujetos, salvo en reuniones sociales. Y como esta era una, no le rechacé nada. Otro de ellos sacó dos cajetillas de cigarros y nos las tendió. Fumamos y bebimos durante una charla que otra vez no comprendí por estar tan fuera de contexto.

Fingí que entendía y me reí con ellos cuando la situación lo ameritó. Fui un objeto más en su gran habitación hasta que quisieron centrar su conversación en mí.

—Oye, ¿por qué tan calladito? —preguntó uno de los chicos antes de expulsar el humo—. ¿Siempre eres así?

Me erguí en mi asiento, abrí los ojos un poco más. Yo no solía considerarme introvertido, pero desde que puse un pie en el pueblo de mi madre, me limitaba en exceso con las palabras. No podía admitir en voz alta que era por el miedo de que cualquier cosa que hiciera o dijera pudiera tener reacciones diferentes a las que yo estaba familiarizado.

—No lo es —Joel me observó con una sonrisa—. Solo le falta agarrar vuelo al cabrón.

Sonreí con cierta confianza. Al menos en eso no se equivocó. El chico me dio un pequeño empujón en el hombro y me invitó a ser más participativo porque "ellos no mordían". Me dieron otra cerveza; los tres se pelearon por la última y, al final, por decisión unánime Joel fue el ganador.

Sacaron sus celulares y comenzaron a hablar sobre varias chicas del pueblo. Los tres tenían juntos un grupo de WhatsApp donde se enviaban fotos de todas ellas con o sin ropa. Incluso me mostraron algunas y me preguntaron qué opinaba.

—¿Qué tal esta? —Joel casi puso su celular en mi cara—. Está buena, ¿no?

Fingí que prestaba atención, pero la incomodidad de ver a una desconocida desnuda pudo más conmigo. Logré asentir con la cabeza, aunque fuera obvio que apenas les hacía caso a sus preguntas. Además de que no tenía ni un mínimo interés por las mujeres que aparecían en su pantalla, tenía en la consciencia esa inquietud de que lo que estos tres hacían no era correcto.

Joel arqueó una ceja, curvó los labios.

—¿Qué pasó, güey? —de repente me empujó por el hombro, logrando que me sobresaltara—. ¿Eres joto como el Áureo?

Los tres se rieron. Mientras me sobaba el golpe recibido, se los negué con una especie de media sonrisa. Antes de contestar —y para sonar alivianado—, exclamé con un fingido desagrado que estuvo a punto de tirarme la cerveza.

—Hasta crees —respondí, recobrándome—. No sabes cuántas niñas bonitas conozco en la capital.

Soné tan convincente, que hasta yo me creí las dos primeras palabras por un minuto. Más tarde la verdad se encargaría de abofetearme en mitad de la soledad y el silencio.

Los chicos primero se burlaron, incapaces de creerme. Pero si de algo estaba seguro era que no mentía sobre lo lindas que eran mis amigas y otras compañeras de mi antigua preparatoria.

Chicas animadas, a veces amables, con outfits y vidas más planificadas que la mía. No me gustaban y seguramente nunca lo harían pese a ser el sueño de los chicos de mi edad. A mí me atraían otras personas, pero no era ciego.

—A ver, una foto —insistieron.

Usé mi WhatsApp para mostrarles a algunas de las chicas, ya que tuve que cerrar mi cuenta de Instagram tras las amenazas a mi familia. Estaban fascinados.

—Todas parecen modelos —exclamó uno—. No como las viejas de aquí.

Les di la razón solo para que dejaran el escándalo.

Todavía faltaban un par de horas para que el sol se escondiera. Mi madre llamó antes de que la convivencia con Joel terminara para pedir que ya regresara porque se hacía tarde. Se quedó al teléfono conmigo durante el camino, dándome indicaciones para llegar a casa de mi abuelo a falta de internet para abrir el GPS.

Hubo silencios incómodos de rato en rato que ella interrumpió con sutiles "¿cómo vas?", "¿por dónde vienes?". Yo intenté ser lo más breve posible para que no tuviera razón de alargar sus preguntas o comentarios, pero los sitios que le describía siempre le daban motivos para recordar algo en voz alta.

Era normal que estuviese melancólica durante los días recientes a causa de la soledad y el cambio de vida tan repentino que los dos tuvimos. Como yo, extrañaba a sus amigas, nuestra casa y la ciudad. Era una vida más fácil, cómoda, estable.

—¿Y qué tal tus nuevos amigos? —trató de iniciar una charla nueva.

Llegaba justo a las puertas cerradas de la escuela cuando me lo preguntó. Antes de contestar le notifiqué que acababa de llegar a un sitio donde ya me era más fácil ubicarme. Imaginé una sonrisa imaginaria en su cara.

—Creo que me agradan —sin darme cuenta, seguí con la conversación—, pero no me gustó su casa.

Al explicarle las razones, ella solo me prestó atención. No me gustó la casa de Joel porque daba miedo, estaba descuidada y porque su habitación era asquerosa. Las palabras de mi madre me devolvieron al presente, cuestionándome por un instante mi perspectiva de lo que creía conocer.

—Bienvenido al mundo real.

Y estaba en lo cierto. Yo nunca tuve la necesidad de vivir igual que muchas personas del pueblo porque tuve la gracia de nacer en una familia estable. Mi realidad era esa y en diecisiete años no necesité conocer otra… hasta que tuve que irme con mi madre buscando seguridad.

Por eso me era tan difícil aceptarlo, por eso rechazaba mi entorno e intentaba interactuar lo menos posible con él. Sin embargo, tenía que quedarme durante unos cinco meses y no podía estar en soledad durante tanto tiempo. Necesitaba convivir más y mi mamá no era mi opción favorita.

Dos minutos más tarde doblé a la derecha y llegué a casa de mi abuelo. Le colgué bajo el argumento de que ya había llegado. Caminé con lentitud por aquella subida y miré hacia el final de la calle, justo por donde terminaba el patio de mi familia y comenzaba el cerro. La neblina volvió a hacerse de un espacio entre los árboles y la temperatura también disminuyó a cada paso.

Finalmente creí dar con un sitio interesante.

Tuve curiosidad por explorar ese gran bosque, pero no era el momento. Con más calma, tiempo libre y sol, me iría a dar un paseo en solitario. Tenía la esperanza de que fuese relajante y me ayudara con todo el estrés acumulado que no podía sacar adecuadamente de mi cuerpo.

Entré en la casa sin mucho escándalo, saludé al pequeño chihuahua de la familia antes de toparme con mis primos de camino a la habitación donde me quedaba. Talía estaba en su cuarto, distraída en el teléfono y sin ganas de verificar mi llegada. Abajo estaban las madres conversadoras.

Cerré la puerta, arrojé la mochila, me quité la pesada chamarra y me tiré sobre la cama sin quitarme primero el horroroso uniforme verde con gris. De cara al techo observé sin mucho interés todas esas manchas amarillentas que la humedad trajo con el paso de los meses. Respiré hondo, entrecerré los ojos.

Imaginé qué estaría haciendo en ese momento si siguiera viviendo cómodamente en la capital. Tal vez entrenando en la cancha o jugando videojuegos con amigos mientras hablábamos por el micrófono. Quizás acabando las tareas para librarme de esa responsabilidad durante el resto del día.

Tomé el celular y me puse a revisar los mensajes. Siguieron llegando saludos que de inmediato archivé. En mi grupo principal de amigos ya planeaban jugar videojuegos hasta tarde y querían que yo también estuviese ahí. Me desanimé más que ellos cuando les dije que me sería imposible durante un buen tiempo. Después de todo, mi ausencia no los detendría.

Lo dejé en el buró junto a la cama y no lo agarré más. Era un dispositivo inútil. Me quité los zapatos y me metí bajo las cobijas a causa del frío que aún tenía. Seguí mirando hacia arriba, esperando a que el sueño me ganara.

Sin embargo, mis —mayormente negativos— pensamientos tomaron protagonismo en mi cabeza para impedir que pegara los ojos.

Tenía muchas cosas por las cuales preocuparme; diariamente las recordaba con la esperanza de hallar una minúscula solución. Pedía al destino que mi papá se encontrara bien, trabajando en su puesto mientras encontraba la forma de conseguir que mamá y yo volviéramos a salvo a su vida. Era lo que más deseaba.

Intenté hacer un rápido repaso a mi día, pero me quedé estancado justo en las primeras horas cuando me hallaba en el colegio, tiritando de frío y distrayéndome con mis escandalosos compañeros.

Giré el cuerpo, apuntando hacia la única ventana. El cielo seguía gris y las calles silenciosas. Puse ambas manos bajo mi rostro, mirando al exterior, buscando calma en los movimientos de los cables de la luz a causa del viento.

Necesito irme porque este es el peor sitio para salir del clóset.

Y lo pensaba tras acordarme de Áureo, el chico al que Joel y sus amigos molestaban sin tapujos ni impedimentos y al que nadie ayudaba o defendía. Darme cuenta de que no tenía a nadie con quien contar me paralizó. No quería problemas ni dolor como el que se veía que tenía aquel otro sujeto al que tampoco me atrevía a ayudar.

Antes del inesperado cambio de casa, yo me preparaba para confesarles a mis padres que me sentía atraído por los chicos. Tenía la sensación de que, si dejaba pasar más tiempo manteniendo el secreto, a la larga terminaría afectándome justo como ocurría en ese rato sobre la cama.

Esperaba que mis padres lo entendieran y me apoyaran a su manera y ritmo, pero seguía temiendo a su reacción, a que se decepcionaran instantáneamente de mí, o a que realmente no pudiesen tomarlo de la mejor forma. Nunca hablé de eso con ellos, tampoco conocía su postura sobre el tema. De ahí que me sintiera tan desorientado respecto a mis sentimientos y decisiones.

Me llevé ambas manos a la cara, dejé escapar un pesado suspiro. Me palpitaba la cabeza por culpa del estrés autoprovocado, pero tenía que aguantarlo porque esa no era más que una minúscula parte de lo que en verdad podría lastimarme.

Mis primos y tíos se levantaban muy temprano incluso en fines de semana. Eran una familia muy ruidosa... o simplemente activa.

Para sentirse parte de la familia, mi mamá también se obligaba a sí misma a despertar a la misma hora que ellos y bajar para ayudar en la casa lo más que pudiera. Antes de levantarse de la cama que compartíamos, me empujaba ligeramente para pedir que también me despertara y me pusiera a hacer cualquier cosa. Ese sábado tampoco fue la excepción.

—¿Qué quieres que haga? ¿Conversar con las gallinas? —me hice un ovillo en la cama. El calor bajo las cobijas era bastante agradable.

—Muévete, Franco —perdió el humor muy rápido, como siempre—. Vete a dar una vuelta por el cerro, mínimo.

Me quitó las cobijas a la fuerza sin previo aviso. Casi en un reflejo pegué las rodillas al pecho; las quejas en voz alta no se hicieron esperar. Maldije en cuanto desapareció del cuarto, porque ni de chiste lo iba a hacer en su cara.

Respiré profundo, bostecé mientras me estiraba. Estuve sentado en la cama durante un buen rato, mirando el teléfono que no tenía nada nuevo que contar. Desde el cambio, todas las notificaciones que estaba acostumbrado a ver desaparecieron y sin duda era una atención que extrañaba.

Pasear solo, ¿eh?

La idea me tentó después de analizarla un poco.

Fui al baño, peiné un poco mi cabello con la mano, examiné mi imagen superficialmente y salí de inmediato de la casa sin quitarme la pijama a cuadros que usaba todas las noches. Mi mamá casi me persiguió para impedir que saliera así, pero hui a tiempo. Tampoco me llevé el celular porque sin señal en el cerro sería un completo estorbo.

Caminé hacia el portón de la casa, todavía despertando. Respiré hondo y aceleré el paso para salir a la calle. Sin embargo, tuve que detenerme poco antes, ya que en la entrada de la casa mi tío hablaba con un desconocido muy cómodamente. Solo me aproximé en silencio, ya que no deseaba interrumpirlos. Permanecí detrás por unos cuantos minutos, oyendo a medias la conversación sobre carros. Miré hacia el suelo, después hacia el pequeño corral de mi tía. Agité una pierna con impaciencia y jugueteé con mis propios dedos.

Fue durante ese intento de distracción que vi caminando a Áureo al otro lado de la calle, cabizbajo como siempre. Lo seguí con la vista sin disimular, esperando muy en mis adentros que se percatara de mi presencia. Pero no lo notó.

Tuve mucha curiosidad. ¿Vivía en la misma calle que yo?

Mantuve los ojos clavados en su figura, atento a cualquiera de sus movimientos. Áureo pasó de largo todas las casas y siguió un camino previamente trazado sobre el cerro boscoso que yo también planeaba recorrer.

—¿A dónde vas, Franco? —preguntó mi tío, abandonando su plática por un minuto.

—Voy a pasear allá, tío —señalé hacia el final de la calle, por donde comenzaban los árboles.

Él asintió no sin antes advertirme que tuviera cuidado, que no me saliera del camino porque podría perderme, y que no me fuera muy lejos porque pronto sería hora del almuerzo. A todo dije que sí sin prestarle mucha atención, ya que de repente sentí que tenía prisa.

Áureo cada vez se hacía más pequeño e invisible por culpa de la distancia y los árboles.

Y yo quería seguirlo.

Capítulo 4

No quería que Áureo notara que caminaba detrás, así que anduve con cuidado, lentitud y en silencio. Justo como dijo mi tío, seguí el camino de tierra para evitar extraviarme. De cualquier modo, el chico también lo pisaba a su ritmo.

Me oculté tras los árboles y me mantuve a cinco metros de distancia durante diez minutos. Observaba su espalda, pero también el paisaje a mi alrededor. Verde, brillante, callado y hasta quieto.

Respirar era de verdad satisfactorio, pues en el pueblo de lavandas y encinos no existía la contaminación con la que yo solía convivir diariamente. Olía a tierra húmeda y a naturaleza, a vida.

Sobre el suelo crecía vegetación desconocida, arbustos con hojas extrañas y flores coloridas que solo había visto en los grandes jardines de mis vecinos en la capital. Jamás vi tan de cerca la naturaleza, ni siquiera en las pocas visitas que realicé a este pueblo con anterioridad. De repente se me olvidó que el pueblo de mi familia materna era el peor sitio del mundo.

Debo venir aquí más seguido…

Al regresar la vista a Áureo, noté que se detuvo frente a un matorral de lavanda. Tuve que esconderme tras un árbol de tronco grueso en cuanto lo vi quieto. Sus pasos ya no cubrirían los míos y existía la posibilidad de que me descubriera.

Se puso en cuclillas y comenzó a tocar algunos de los tallos delgados. Estrujó con las manos varias de las flores moradas antes de llevárselas a la cara. Arqueé una ceja, ligeramente confundido. No sabía por qué hacía eso.

Tras observarlo con más detenimiento, descubrí que el chico traía audífonos. El cable negro colgaba de uno de los bolsillos de su sudadera, justo donde guardaba el celular. Si no había parado con la música en todo lo que llevábamos de camino, era completamente obvio que no sospechaba ni por asomo que lo estaba siguiendo.

Quise comprobarlo, así que salí de mi escondite para acercarme a él.

Anduve con precaución, pero ya no de manera excesiva como en un inicio. Si Áureo no tenía música puesta, me descubriría fácilmente.

Faltando solo dos metros para chocar con su cuerpo, empecé a ponerme nervioso. No tenía idea de lo que ocurriría a continuación. Tensé un poco los labios, apreté los puños y respiré con pesadez. Deseé que las cosas no acabaran mal, pues era de suponerse que el tipo me identificaría como parte del grupo de Joel, sus principales agresores.

Sobre nuestras cabezas se proyectaba la sombra de las ramas que nos cubrían del sol, aunque gruesos rayos también lograron filtrarse hasta tocar el pasto. El aroma a lavanda se intensificó conforme nuestra distancia se redujo.

Extendí un poco la mano para tocarlo por la espalda, pero fue mi sombra la que se proyectó por encima de su hombro y causó que se volteara de golpe.

Los dos nos asustamos y pegamos un brinco al mismo tiempo. Áureo terminó cayendo sentado sobre la tierra, mirando en mi dirección. Los audífonos se le salieron de las orejas por el brusco movimiento que hizo su cabeza cuando se percató de mí.

No dijimos nada.

El chico retrocedió un poco, con gesto preocupado. Bajó la cabeza, respiró con agitación.

—Perdón —fui el primero en abrir la boca—, no quería asustarte.

Permaneció callado, mirándome de reojo y después clavando la vista al suelo. Sus dedos contrayéndose arrancaron parte de la hierba. Di un paso hacia adelante y le extendí la mano a la altura de su cara para ayudarlo a levantarse.

Áureo se cubrió con los brazos como un reflejo, rechazándome. Torcí la boca y retiré la mano con un poco de vergüenza. Me rasqué la barbilla, cambié el enfoque de mi vista hacia los árboles. El tipo no se movió ni un centímetro, pero estaba atento a mis movimientos detrás de su barrera corporal.

—Pensé que podíamos… no sé, platicar —dije, esperando que el chico dejara de protegerse de mí.

Se asomó solo un poco por encima de sus brazos, pero no cedió. Dejé escapar un suspiro, me alboroté el cabello con la mano y me quedé pensando en qué debía hacer. No quería que tuviera la misma impresión de mí que la que tenía de Joel y sus amigos. Podía irme de vuelta a mi casa y dejarlo tranquilo, o insistir solo una vez más.

Sin pensarlo mucho me senté en la tierra, a un metro de él. Áureo se despejó la cara y me observó en todo momento sin parpadear, sorprendido por mi acción. Junté las cejas, me incliné un poco hacia adelante y lo observé de cerca por primera vez en mi vida.

Parecía un juego para ver quién aguantaba más manteniendo el contacto visual.

Grandes ojos cafés, no tan oscuros, penetrantes. Pestañas largas y gruesas, cejas pobladas, una barbilla definida por su delgadez. Sus rizos se veían más definidos bajo el sol y su piel morena más brillante. Por sus características físicas y su total ausencia del habla, llegué a una precipitada —y hasta estúpida— conclusión.

—¿No hablas español? —pensé de repente que Áureo era parte de alguna comunidad indígena.

El chico dejó escapar un pesado suspiro. Rodó los ojos con claro enfado y, a partir de ese momento, abandonó el temor que sentía hacia mí. Acababa de darse cuenta de que yo era inofensivo y no muy inteligente.

Me disculpé de inmediato en cuanto vi su reacción. La vergüenza se me subió a la cara.

Áureo se levantó y se dispuso a partir, pero interrumpí su prisa pidiéndole que esperara. Me juzgó desde la altura con los párpados entrecerrados y las cejas fruncidas, pero no se fue. Abandoné el suelo húmedo para emparejarme con su rostro, con sus ojos.

—No quiero problemas —puse ambas manos frente a mi pecho—. Yo… no soy como ellos.

Se le relajó el rostro, asintió ligeramente con la cabeza.

—Lo sé —finalmente abrió la boca—. Se nota.

Tomé su comentario como algo bueno. Sonreí un poco, esperando que las cosas se relajaran entre nosotros. Áureo me examinó de arriba abajo, todavía atento a cualquier movimiento que yo pudiese realizar. Aunque no me creyera parte del grupo de Joel, seguía desconfiando mucho. No lo culpaba.

Después de mirarnos fijamente por un segundo él bajó la cabeza, dio media vuelta y avanzó dos pasos antes de que lo detuviera nuevamente con palabras. No pensé mucho en lo que diría, solo lo dejé salir.

—No quiero que te sientas incómodo por mi culpa. Ya sabes, en la escuela —volví a sentirme nervioso—. Yo no te juzgaré, porque somos parecidos.

No fui muy específico en el asunto, pero esperaba que me entendiera. Si lo molestaban por lo que yo creía, entonces teníamos algo en común, algo irremediable. Algo que para mí seguía siendo un secreto.

—¿De qué hablas? —arqueó una ceja hacia arriba, mirándome apenas.

Evadí su rostro; estaba pasando por muchas situaciones vergonzosas al mismo tiempo.

—De nada… —me encogí de hombros.

En sus facciones noté cierta compasión, quizás por mi poca valentía. Áureo no quiso indagar en ello, simplemente volvió al camino de tierra y se marchó.

Lo primero que hice al volver a casa fue decirle a mi madre que me metería a bañar porque me había caído durante mi exploración. Al verme desanimado, preguntó si me hice daño y yo solo pude contestar que el agua caliente me calmaría un poco.

Rumbo al cuarto de mi difunta abuela se me atravesó Talía con mi celular en la mano. Admitió con pena que lo agarró para tomarse unas cuantas fotos que borró después de pasarlas a su celular. Antes de que le dijera algo relacionado a pedírmelo primero, comentó que mi madre se lo prestó en cuanto supo lo que quería hacer con él.

—No vi nada más, te lo juro —me lo tendió con confianza.

Cerré la puerta después de tomarlo y lo lancé a la cama. Me encerré en el baño lo más rápido que pude, recargué la espalda contra la madera antigua de la puerta y me dejé caer con lentitud hasta el piso. Pegué las rodillas a mi pecho y las abracé. Apoyé la frente sobre ellas, respiré con cierta agitación.

Quise llorar en ese preciso instante, pero me contuve por milésima vez. Me pasé el dorso de las manos por los ojos y los tallé esperando a que el ardor se redujera. Traté de mantenerme tranquilo.

¿Cuál es la razón por la que lloras, Franco? Me lo pregunté como si fuera alguien más.

Lo único que deseaba era que llegara el día en que tuviera que dejar de esconderme y preocuparme tanto por mis sentimientos. Pensé que ese momento estaba cerca, pero mi llegada a ese pueblo lo impidió.

Me sentía solo, desesperado. Y tenía ya más de cuatro años llorando sin nadie que pudiese entenderme ni consolarme. Estaba harto de callar mi propio dolor y sufrir en silencio a causa del odio que me tenía a mí mismo.

Y justo cuando creí que podría empezar a comprenderme a través de alguien más dentro del pueblo, lo estropeé. Me golpeé la cabeza repetidas veces con la palma de la mano sin dejar de insultarme.

Debo aguantar un semestre, nada más.

En ese tiempo las cosas no iban a cambiar, ¿cierto? Debía ser paciente, buscar una distracción alejada de mi secreto mejor guardado, fingir que nada pasaba y que mis problemas emocionales eran por los cambios bruscos de entorno, aunque sí tuvieran que ver con mi increíble disminución de confianza.

Sequé las pocas lágrimas que derramé y me levanté del piso frío una vez que me sentí mejor. Abrí la regadera, me desvestí y entré en cuanto empezó a empañarse el espejo.

Fue el sonido del agua cayendo el que me brindó la tranquilidad que me faltaba. Cerré los ojos, alcé la cabeza y respiré hondo. A mi mente regresó la imagen clara de Áureo.

Estaba muy avergonzado de mí y de mis pocas capacidades para entablar una conversación decente. Yo tenía la culpa de que él no quisiera detenerse en mí ni por dos minutos. Después de todo, era amigo de las personas que más comentarios crueles y desagradables le hacían en la escuela. Áureo sabía que yo no era igual que ellos, pero tampoco me conocía. Nadie en el pueblo —ni siquiera mi madre— tenía ni la más remota idea de quién era Franco.

Durante todo el día estuve en el cuarto, durmiendo, jugando en el teléfono y leyendo el periódico que tomé del baño de abajo. Mi mamá me lo permitió porque creyó que me asoleé y me lastimé en el cerro.

Una vez que oscureció y mis primos se fueron a dormir, apagué las luces y me quedé sentado en la cama para leer un poco más. Tenía la lámpara vieja del buró ayudándome con una discreta iluminación.

Una hora más tarde, cuando los adultos dejaron de charlar con seriedad en el comedor, se marcharon a sus respectivos cuartos. Mamá llegó justo cuando me encontraba muy concentrado resolviendo un crucigrama sobre el papel, algo que jamás en mi vida había hecho.

Alcé la cabeza en cuanto la escuché. Traía sobre las manos un gran ramo de lavandas, sumergidas por la mitad en un bote de yogurt que dejó en el gran tocador antiguo frente a la cama.

—¿Te gustan? —las olió con gusto.

—Hay muchas de esas flores en el cerro —contesté antes de intentar volver a mi aburrido juego.

—Las traje de allá justo para ti —se acercó a la cama—. El olor te relajará.

Las miré con detenimiento desde mi cómoda posición. No quería que mi mamá siguiera insistiendo en platicar conmigo cuando yo no tenía ni una pizca de ganas. No me hallaba bien y seguía enojado por estar justo en ese lugar de entre tantos buenos escondites.

—Gracias, mamá. Ya me voy a dormir —dejé el periódico en el buró a mi derecha y comencé a meterme en las colchas.

Ella sujetó de nuevo las flores y las puso encima del periódico a un lado de mí. De inmediato percibí el fuerte y agradable perfume invadiendo el cuarto. Cerré los ojos para concentrarme mejor en el aroma; fresco, relajante y limpio. Me recordaba al cerro boscoso, pero también a ese chico que se detuvo a apreciar las lavandas.

De nuevo volvió la incertidumbre. ¿Por qué justo a la hora de dormir tenía que acordarme de él? Ni siquiera era un sujeto importante para mí.

Fruncí las cejas, apreté los labios, estrujé un poco la sábana que ya me cubría hasta la mitad del rostro.

Antes de dejarme llevar de nuevo por el malestar de mi propia mente, mi madre puso su mano sobre mi cabeza y me acarició el cabello un par de veces. Abrí los ojos de golpe y me sobresalté. Ella se apartó tan rápido como pudo.

—Perdón, hijo —sonrió a medias—. Pensé que andabas preocupado.

Asomé un poco la cabeza y negué su comentario con una seguridad fingida. Añadí, además, que el cuerpo me seguía doliendo por la caída ficticia de la mañana. Me dejó tranquilo después de eso. Rodeó la cama y se recostó; en medio de nosotros sobraba un gran espacio.

—Buenas noches —murmuró—. Te amo.

Apagué la lámpara después de repetir solo las dos primeras palabras.

Lo primero que hice al despertar fue revisar mi teléfono para ver si no tenía algún mensaje importante. Fue el nombre de Joel el que saltó primero en las notificaciones de WhatsApp.

Me senté en la orilla y revisé lo que decía. Quería que saliera con él y sus dos amigos dentro de unas horas porque tenía algo divertido que enseñarme. Si me dejaban, nos encontraríamos afuera de la escuela cerrada al mediodía. Contesté que ahí nos veríamos; no iba a pedirle permiso a nadie porque no había lugar en el pueblo que mi familia no conociera. Me creían seguro.

Le avisé a mi madre de que me encontraría con uno de mis amigos de la escuela y que volvería antes de la comida. Talía, al escucharme, se acercó y me susurró:

—Te dije que ya no les hablaras, primo —me golpeó el hombro—. Un día de estos vas a ver que yo tengo razón.

—Voy a hacerme menso con ellos nada más, Talía —le respondí—. Me aburro de no hacer nada.

Al menos entre semana iba a la escuela y los días terminaban más rápido. En sábados y domingos tenía que buscar otras distracciones y qué mejor que salir y conocer el pueblo con las personas que vivían en él y que no eran mi familia.

Talía, preocupada, repitió lo que hablamos días atrás sobre que Joel no era bueno, que tuviera cuidado. Yo no alcancé a escucharla del todo porque ya estaba caminando hacia el portón. Alcé la mano a modo de despedida y salí de la casa.

En la capital casi nunca caminé. El auto era ese gran amigo con el que recorría incluso las distancias más absurdas. Solo sabía usar las piernas para andar en casa y jugar futbol, pero en mi nuevo refugio caminar era la única forma de llegar a cualquier lado. Además, el auto se quedó con mi padre.

Me fui por el camino que ya tenía memorizado y llegué hasta allá sin ningún contratiempo. Junto al portón grande y blanco ya estaban los dos amigos de Joel platicando. Omar y Edwin eran sus nombres.

—Ahora sí ya no traes tu chamarrota, gringo —Edwin y yo chocamos los puños.

—Hasta te cambia la cara, cabrón —Omar me palmeó la espalda antes de que él y Edwin se recargaran en la pared.

Mientras esperábamos a Joel bajo un cielo nublado, Edwin sacó los cigarrillos y nos los tendió. Yo lo acepté por compromiso pues realmente no tenía ganas de fumar.

Nunca lo había hecho en mitad de la calle. Parecíamos, sin ninguna duda, ese clásico grupo juvenil y peligroso que todas las personas evitaban al caminar. Si en la capital yo los hubiera visto igual que en ese momento, cruzaría la calle para evitar que me asaltaran.

La sensación de estar conviviendo con personas que antes, cuando vivía en la ciudad, discriminaba inconscientemente era demasiado extraña. No podía ni imaginar qué reacción tendría mi papá o los amigos de mi colegio si vieran a Franco fumando en la calle con dos sujetos que parecían salidos de los peores barrios de la capital.

Pero Edwin y Omar eran realmente buenas personas. O al menos esa fue mi última impresión de ellos. Eran como eran por seguir a Joel, pero sin él hablaban y se expresaban más. Incluso parecían ser el doble de divertidos. Me sentí aún más cómodo solo con ellos dos, pero el gusto me duró muy poco. Joel apareció junto a mí dos minutos más tarde.

—Vámonos, princesas —Joel me rodeó por el cuello para que comenzáramos a caminar.

—¿A dónde? —pregunté yo, sin saber nada de los planes.

Joel miró hacia arriba y fingió que pensaba. Los otros dos nos siguieron de cerca sin responder a mi pregunta. Dos segundos después apuntó la mano hacia el cerro que estaba al lado del que visité el día anterior.

—A pasarla chido con una sorpresa —contestó con ánimos.

Omar y Edwin también parecían emocionados, pero yo solo podía pensar que iba a ocurrir algo muy diferente a lo que estaba acostumbrado. Tensé los labios, sentí un nudo en el estómago, producto de un repentino nerviosismo. ¿Qué podían hacer cuatro chicos como nosotros en un sitio tan pequeño y limitado como este?

¿Alcohol? Recién nos habíamos reunido a tomar. ¿Drogas? Lo vi poco probable.

Sin soltarme todavía, Joel abrió su chamarra para que viera en el interior. Traía un arma.

Capítulo 5

Nunca había visto una pistola tan de cerca. Los guardaespaldas de mi papá las portaban todo el tiempo, solo que nunca vi que las utilizaran. Con ellos me sentía muy seguro, pero en el pueblo de mi madre ese no era el caso. Para nada.

Joel y sus amigos no eran guardaespaldas, sino justo lo contrario, y eso me aterraba bastante. A ninguno le preocupaba lo que Joel traía, salvo a mí, y traté de esconderlo para que no me molestaran. El aire pasó con dificultad por mis pulmones y las manos me tiritaron, en especial cuando me detuve a imaginar todos los posibles escenarios, la mayoría negativos.

No era bueno que cuatro adolescentes cargaran consigo una pistola y mucho menos que jugaran con ella, era lógico pero no podía expresarlo como lo hubiera hecho en otro lugar. Aquí, en este pueblo, las cosas eran muy diferentes y momentos como este me recordaban que yo era el que debía adaptarse incluso a las circunstancias más absurdas. De camino al cerro los tres siguieron fumando y hablando muy poco sobre temas que no entendía. Mientras yo permanecía en silencio, pensaba en sus planes. Me sentí ansioso y atemorizado todo el trayecto. ¿Robaríamos? ¿Mataríamos a alguien?

En realidad, no los creía capaces. Aun así, nadie podía enterarse de lo que haríamos o me metería en serios problemas. Mi mamá no me dejaría salir de nuevo, pelearíamos y regresaríamos a nuestro incómodo círculo vicioso de discusiones y alejamiento. Lo que menos quería era lidiar con ella por mis estúpidas decisiones e incomodar a mi abuelo y tíos. Solo que no hallaba el momento para alejarme de Joel y los otros dos. El peligro, la curiosidad y la sensación de hacer algo nuevo me llamaban más que el miedo a las consecuencias.

Fuimos a una calle de apariencia ordinaria, platicando y fumando sin parar. Varias personas fijaron la vista en nosotros sin detener su caminata o su trabajo. No hubo interés ni extrañeza. Al final, observarnos y preguntarse por nosotros era una total pérdida de tiempo.

Nos acercamos a la orilla del cerro, muy similar a la que estaba junto la casa de mi abuelo y por la que subí un día antes en busca de algún descubrimiento interesante.

De inmediato pensé en Áureo. ¿Frecuentaba aquel lugar? ¿Existía una posibilidad de encontrarlo justo en ese momento? No quería que eso sucediera, mucho menos estando en compañía de los sujetos que lo molestaban.

Cualquier encuentro con él era posible y aquello no dejaba de inquietarme, pues estaba seguro de que si nos lo topábamos ocurriría más de ese acoso inminente que tanto vi y que en nuestras condiciones podría ser peor. No quería que jugaran con la pistola y al mismo tiempo con él, que lo amenazaran o que incluso pudieran dispararle.

Intenté tranquilizarme, pensando en que solo nos haríamos mensos en el bosque y que después nos iríamos. Que el arma solo era para presumir y que Joel jamás la utilizaría para nada ni contra nadie.

Yo caminaba por detrás, un poco más alejado de ellos. Fingí cansancio, aunque mi condición física fuera mucho mejor que la suya. No quería andar a su ritmo ni escucharlos, sino meditar un poco, encontrar relajación y admirar el entorno antes de recordar con quiénes estaba ahí.

Bastó solo un día para que pudiera encontrar en el pueblo de mi madre un atractivo: el bosque. Y no nada más por los árboles inmensos o lo agradable que resultaba el olor de la naturaleza, sino por el silencio que abundaba en sus profundidades.

Joel mencionó que estábamos cerca de nuestro destino y los demás lo reconocieron. Era una parte del cerro que los tres frecuentaban y al que yo estaba siendo invitado por primera vez. Edwin mencionó en voz alta que identificaba una parte del trayecto; Omar calculaba los minutos restantes. Yo intentaba memorizar los alrededores lo más posible desde que salimos del camino de tierra, pues no quería extraviarme en caso de separarnos.

Nuestros pantalones se humedecieron de las piernas por culpa de las plantas que la lluvia mojó durante la noche. Caminar resultó un poco complicado porque los zapatos se nos atoraban en el lodo. Dolió un poco recordar que no usaba mis tenis más baratos.

Joel maldijo un par de veces cuando pisó charcos algo profundos, pero nosotros agradecimos sus descuidos para no pasar por el mismo camino que él. Yo me guie más por donde crecía el pasto o por donde la tierra se veía más dura.

Ellos se burlaron de mí por tratar de ser demasiado cuidadoso.

—No seas joto, Ricky Ricón —Joel esperó a que lo alcanzara únicamente para empujarme cerca de un charco—. Sucio ya estás.

Mis piernas flaquearon por la fuerza de su movimiento, causando que perdiera el equilibrio. Caí sobre un matorral de lavanda, con ambos brazos extendidos para amortiguar el golpe contra el suelo.

Escuché sus risas mientras me sentaba sobre la planta aplastada y me sacudía los restos de flores. Al menos olía bien y no me había ensuciado de lodo. Omar y Edwin me extendieron su brazo para que pudiera tomarlos y levantarme. Aunque todavía sonrieran y se burlaran, aprecié su ayuda casi inmediata.

—Ten cuidado, güero —Omar miró hacia el matorral—. Aquí hay muchas víboras.

Es cierto. Frente a mí tengo tres.

No podía ser cuidadoso si Joel me lanzaba sin aviso previo al peligro. Yo no tenía ni la más remota idea de lo que era vivir en un pueblo ni mucho menos subir por cerros repletos de naturaleza y animales a los que ellos ya estaban acostumbrados.

—Si sale una, me va a encontrar —Joel sacó la pistola de su bolsillo como si fuese un juguete de plástico.

No sabía si me asustaba más la palabra "víbora", o Joel balanceando el arma sobre su mano como si fuera una pelota de beisbol. O miraba al suelo, o lo miraba a él. Estuve al pendiente de ambos durante los metros restantes.

Supe que llegamos a su lugar especial cuando los tres chicos corrieron hacia un tronco caído y se sentaron ahí con grandes sonrisas en el rostro. Dejaron escapar un par de exhalaciones aliviadas y estiraron las piernas para descansar. Antes de seguirlos, me quedé de pie para mirar los alrededores.

En esa parte del cerro no crecía demasiada hierba ni había muchos árboles. Era un sitio amplio y acogedor, silencioso y apartado que me agradó desde el primer instante. Casi como un reflejo curveé los labios, cerré los ojos y dejé que el aire limpio llenara mis pulmones en una profunda inhalación.

Una vez descansado, caminé hasta ellos y me senté en el mismo tronco sin importar que se me humedecieran los pantalones con el tiempo. Me eché otro cigarro en lo que ellos platicaban. Recargué el codo sobre mi pierna, la mejilla en la mano y miré hacia enfrente. No se podía ver ni un centímetro del pueblo, solo árboles e insectos voladores que trataba de ahuyentar con las manos.

—Hoy es un día especial —Joel se levantó frente a nosotros, sonriendo y caminando de un extremo a otro— porque nuestro nuevo amigo acaba de conocer este lugar secreto.

Los tres parecían felices por eso. Encogido de hombros, también sonreí. El comentario de Joel me hizo sentir parte de algo. Los empujones y palmadas fuertes no se hicieron esperar. Parecía una celebración de algo que aún no entendía.

De repente, Joel detuvo su caminata. Tomó la pistola de nuevo y sin pensar ni por un minuto que nos interrumpía, la apuntó directamente a mí. Todavía curvaba los labios y parecía seguro de lo que hacía.

Los chicos a mi lado se sintieron intimidados. Se alejaron un poco, prestando atención a la escena.

Me esforcé lo más que pude en ocultar mi terror. Tensé los labios, entrecerré los párpados y observé a Joel a los ojos, justo como él lo hacía. Mis uñas rascaron la madera húmeda del tronco antes de aferrarse a ella para aguantar las ganas de salir corriendo. No tuve el valor suficiente para huir, mis piernas no se movieron.

Joel se rio mientras bajaba el arma.

—Estoy jugando, güerito —se acercó como si jamás me hubiese apuntado.

Pero yo no podía dejar de estar tenso. Tuve que fingir que la "broma" me divirtió, aunque apenas pudiese mover el cuerpo. Los otros dos volvieron a tomarme de los hombros y sacudirme mientras se reían como dementes. Omar soltó un comentario ligeramente decepcionado por mi reacción. Todos esperaban miedo, incluso lágrimas.

—No me dan miedo las pistolas —mentí, tratando de alejar la tensión de mis adentros—. Incluso me gustan.

Joel alzó las cejas y silbó con cierta sorpresa. De algún modo u otro, me creyó.

—Eres de los míos —Joel me levantó del asiento para que lo siguiera—. Vente, vamos a usarla.

Se me hizo un nudo en la garganta. Tragué saliva porque los nervios me comían vivo. ¿Joel iba en serio? Al menos su seguridad y tranquilidad me indicaron que sí. Los otros dos nos siguieron de cerca como nuestros espectadores.

Mentir me hizo llegar más lejos de lo que esperaba. Era más cobarde fingir que no era cobarde. Obligarme a mí mismo era en serio tortuoso, ya que pensaba en las múltiples y muy posibles consecuencias y aun así no me detenía. En mis adentros abundaba la ansiedad, pero igual comenzaba a asomarse una ligera valentía por seguir. El Franco de un mes atrás jamás hubiera esperado tomar esta clase de riesgos.

Nos alejamos un poco, volviendo al mismo camino por el que llegamos. Mientras caminábamos y ellos charlaban, oculté las manos bajo las mangas holgadas del suéter porque temblaban demasiado. Elevé un poco los hombros, aún rígido y atemorizado. No paraba de maldecirme por haber escogido a semejantes personas para pasar el rato.

Paramos en un sitio aleatorio, no muy lejos del camino de tierra por el que todo el mundo se guiaba. Joel volvió a alzar el brazo y a apuntar, aunque sin un blanco fijo. Antes de que yo pudiese suspirar, el chico soltó dos disparos al frente. Respingué por el estruendo sin que los otros me vieran. Mi corazón se aceleró con creces.

—Te toca —me tendió el arma con confianza—. Tírale a donde quieras.

Tragué saliva, miré fijamente la pistola. Joel agitó un poco la mano para que me decidiera de una buena vez por todas. La tomé de la empuñadura rápidamente para que las dudas no fuesen visibles. Tenía unos nervios incontrolables recorriéndome en el interior. En cualquier momento mi respiración se volvería ruidosa y mis piernas finalmente flaquearían.

No solo era la primera vez que veía una pistola de cerca, sino también la primera vez que sostenía una. Se sentía demasiado extraño e irreal, más cuando recordaba que tan solo dos semanas atrás yo jugaba videojuegos en casa.

En mis manos tenía un objeto peligroso que se había cargado a millones de personas desde su invención. Y aun sabiendo eso ahí estábamos, usándolo como un juguete.

¿A dónde apunto?

Aunque tuviera miedo, no podía negar que también me sentía emocionado. Hacer algo impensable como disparar me llenaba de una adrenalina indescriptible. ¿Quién diría que arriesgaba mi integridad justo en el pueblo donde tenía que estar más seguro?

Ninguno me presionó. Todos se quedaron callados y a la expectativa de mis movimientos, sonriendo. Tomé aire, cerré los ojos un segundo. Tan pronto como los abrí, apunté con una sola mano a un árbol cerca de nosotros. Quería ver la marca de la bala en el tronco.

Puse el índice en el disparador, contuve el aire y conté en retroceso dentro de mi cabeza.

5, 4, 3…

—¿Quién anda ahí? —una voz desconocida y adulta nos interrumpió.

Los cuatro maldijimos en cuanto apareció de entre los árboles un grupo de tres señores. Yo no había bajado el brazo todavía por el pánico repentino de haber sido cachado.

—¡Son ellos los de los balazos! —exclamó otro.

Joel me arrebató la pistola de inmediato. Pensé que los amenazaría con ella para no ser delatados, pero se la guardó muy bien en la chamarra antes de comenzar a correr en dirección contraria. Nosotros lo seguimos muy de cerca.

En lugar de bajar o subir por el cerro, lo rodeamos. Continuamos diciendo groserías y pidiéndonos unos a otros que nos apresuráramos. Yo observaba a mi espalda cada dos por tres, esperando no toparme con los señores. Sin embargo, nos seguían de cerca.

Atravesamos un montón de matorrales de lavanda y plantas extrañas, olvidándonos de las terroríficas víboras. Traté de pensar en una alternativa de escape, pues no sentía que rodear el cerro estuviera funcionando. Ellos seguían persiguiéndonos por entre los árboles, insultándonos, amenazando y diciendo que éramos unos inconscientes.

—Hay que separarnos —dijo Edwin cuando vio una oportunidad de que nos ocultáramos tras unos árboles—. No nos pueden perseguir a todos al mismo tiempo.

—¿Y dónde nos vemos, güey? —contestó Joel, aceptando su propuesta.

Sugirieron su casa. Los tres accedieron antes de que yo pudiera responder con alguna otra opción. Pero había un problema conmigo: yo no sabía ni dónde diablos estaba parado.

—Si te acompañamos, gringo, no la libramos —se lamentó Joel, jadeando por el trote—. Tú vete hacia abajo para que llegues más rápido a tu casa, está bien cerca.

Sus secuaces lo confirmaron. Omar apuntó hacia una dirección para decirme que por allá tenía que irme. A pesar de que yo no estuviese del todo convencido de mis propias capacidades, cedí. En cuanto escuchamos a los señores rondar cerca, salimos de nuestro pobre escondite y corrimos por separado.

—¡Puto el que nos agarre! —exclamó Joel antes de desaparecerse.

Bastaron tres segundos para que yo me quedara totalmente solo, corriendo a ciegas por el bosque espeso. Andar hacia abajo no era tan difícil, pero sí que se sentía peligroso y cansado. Intenté ser lo más cuidadoso posible, cosa que no funcionó.

Mientras escapaba no dejé de ver atrás. Nadie iba por mí, pero no paraba de tener esa inquietud de ser perseguido por hacer algo malo. Era la primera vez que me pasaba algo así.

Hoy es un día de muchas primeras veces.

Y no podía negar que era, quizás, lo más emocionante que había hecho en toda mi corta vida. De esos momentos que uno vive rápido pero que recuerda para siempre.

Una exclamación muy, pero muy lejana causó que volteara justo cuando andaba pasando por las raíces sobresalientes de un árbol. Tropecé de forma inevitable. Tuve un aterrizaje doloroso e interminable gracias a la velocidad a la que iba.

Rodé cuesta abajo a saber por cuántos metros. Me golpeé con múltiples piedras y ramas, aplasté plantas, me raspé la cara y las manos. Algunas hojas, pasto y tierra volaron a mi paso. Ni siquiera tuve tiempo ni fuerzas para quejarme.

Cubrí mi rostro lo mejor posible queriendo evitar más raspones, apreté los párpados para aguantar el dolor físico; esperé impaciente a que mi cuerpo dejara de rodar.

En cuanto sentí que la velocidad disminuyó, me obligué a detenerme. Clavé los pies lo mejor que pude en la tierra húmeda y con ambas manos busqué de dónde sostenerme. Fue un matorral frondoso el que logró pararme después de que me aferrara a él.

Permanecí tendido por un par de minutos, recuperando el aliento y las energías. Todas las articulaciones y la espalda me dolían como nunca. La cabeza no dejaba de darme vueltas tras los bruscos movimientos. Finalmente pude quejarme, en especial por uno de mis brazos que apenas podía mover.

Me senté para examinar la gravedad de mis heridas. No había sangre en ningún lado, pero sí ardor en varias partes de mi cuerpo. Cuando me duchara descubriría todos los golpes y heridas que la larga caída provocó.

Alcé la cabeza y vi hacia mi espalda. El cerro lucía mucho más grande que antes porque rodé casi hasta abajo. No se apreciaba ninguna voz o silueta en la lejanía, solo niebla y una posible tormenta. Sonreí a medias después de darme cuenta de que acababa de salir librado de un problema.

Ojalá ellos también.

Porque eso nos garantizaba que ninguno sería delatado.

Al volver la vista me di cuenta de que no estaba para nada cerca de casa como tanto afirmaron los otros. No había casas ni calles, solo un inmenso y despejado campo repleto de lavandas. El paisaje era indescriptiblemente asombroso.

Continué sentado unos minutos más para apreciar la belleza natural del pueblo de mi madre. Quise tomarle una foto, pero había dejado el celular con Talía. Al menos estaba a salvo y no estropeado por mi tropezón y accidente.

Cuando me sentí recuperado me levanté. Sacudí toda la hierba de mi cabello y cuerpo antes de planear regresar cerro arriba para rodearlo y encontrar finalmente mi casa, o mínimo el pueblo. Sin embargo, y no muy lejos de donde yo estaba, escuché pisadas. ¿Todavía corría el riesgo de ser atrapado?

Ignoré el dolor de mi cuerpo y abandoné la idea de volver cuesta arriba. Bajar y atravesar aquel campo era mi única alternativa si no quería ser alcanzado. Me escondería al otro lado, justo donde las lavandas terminaban y yacía una pequeña, descuidada y abandonada casa de madera.

Sin pensarlo emprendí la marcha hacia mi único refugio. La espalda dolía como el infierno y mis piernas flaqueaban, pero eso no impidió que siguiera escapando. Volteé con más precaución hacia atrás conforme me adentraba en los matorrales. No quería ni tropezar ni ser visto, así que me apresuré.

Tras recorrer cerca de doscientos metros difíciles, por fin llegué a mi refugio.

Entré sin cuestionamientos mientras examinaba los alrededores. Paredes de madera podrida y un gran espacio techado, paja amarilla, algunos utensilios de campo y, para mi sorpresa, tres cabras descansando justo ahí.

No me les acerqué porque les tuve un miedo inmediato. No sabía qué eran capaces de hacer. Las cabras y yo nos observamos fijamente, todos quietos. La temperatura de mi cuerpo fue disminuyendo con el paso de los minutos y con ello vinieron los primeros temblores y castañeos de dientes. Incluso mis quejas y los balidos de los animales soltaron vapor.

Quería sentarme porque ya no aguantaba el cansancio y los mareos, pero temía que aquellos animales vinieran a mí.

—No quiero que me muerdan —les hablé con la extraña creencia de que podían entenderme—, ¿ok?

Pero los animales no se movieron de su posición. Incluso una de las cabras volvió a su sueño. Me recargué contra una de las paredes húmedas y descendí lentamente hasta el piso, sin apartarles la vista. Una de ellas se puso más alerta que antes luego de ver mis movimientos, así que yo también me mantuve al pendiente.

—¿Cómo se llaman? —pregunté—. Yo soy Franco.

Solía hablar un poco con las mascotas, en especial con mi perro. Era como el hermano que nunca tuve y a veces desahogarme con él me hacía sentir acompañado. Lo extrañaba profundamente.

Si bien las cabras no eran mascotas, charlar con ellas redujo un poco el temor que les tenía. Pronto estuve contándoles sobre mi vida y por qué estaba con ellas justo en ese momento. Siguieron observándome con atención, sobre todo cuando movía las manos y me quejaba por el dolor del brazo izquierdo.

—Extraño la ciudad, ¿saben? —llevaba quejándome con ellas por al menos diez minutos—. Es muy diferente porque…

Pero fui interrumpido justo cuando una persona se asomó por la entrada e hizo ruido con sus pasos.

—¿Qué haces aquí? —Áureo lucía muy confundido—. ¿Y por qué les estás hablando a las cabras?

Capítulo 6

Fue difícil contestarle a Áureo, pues no esperé que apareciera de pronto en aquella abandonada construcción. Nos observamos por un instante que se sintió eterno, aún sorprendidos por la presencia del otro.

—Esta es propiedad privada —rompió el silencio—. No puedes estar aquí.

Me levanté de inmediato, consiguiendo que las cabras respingaran sobre la paja donde se dormían. En ningún momento aparté la vista de él. Áureo me examinó de pies a cabeza cuando estuve un par de pasos más cerca. Entrecerró los ojos antes de avanzar no más de treinta centímetros.

—¿Qué te pasó? —preguntó mientras me señalaba.

Bajé la cabeza y miré mi ropa manchada de lodo, pasto y agua, como si no me hubiese dado cuenta antes. Volví a percibir el dolor de mi cuerpo.

—Me caí del cerro —fui honesto, aunque muy tímido—. Nada grave.

Inclinó la cabeza hacia su izquierda, no del todo convencido. Se acercó todavía más, sin temerme como a los chicos con los que pasaba gran parte del tiempo.

—Te está sangrando la cabeza —se señaló a sí mismo para que yo le copiara el movimiento.

De inmediato me pasé los dedos por la nuca y me percaté de que tenía razón. Nunca tuve una herida similar, así que me preocupé. Mi mamá no debía verlo o se angustiaría aún más que yo. Me prohibiría salir y no quería seguir aburriéndome en casa de mi abuelo.

—Ya se curará —me consolé en tono bajo.

Áureo no dijo nada, ni siquiera reaccionó a mi comentario. Miró hacia el piso húmedo antes de dar media vuelta y encaminarse a la salida. Creí que me diría que me fuera, pero no. Quizás pensó que yo no tenía nada que hacer en ese sitio y que pronto me aburriría de él. Sin embargo, la realidad era muy distinta.

No iba a admitir que me escondía por traer una pistola minutos atrás, ni mucho menos que esa arma me la prestaron sus principales acosadores. No conocía a Áureo de nada y temía ser delatado por él. Tenía motivos para quemarme, aunque yo no lo molestara.

Después de todo, entre nosotros no existía ningún tipo de relación y él más bien parecía ser un chico serio. Necesitaba distraerlo para que no volviera a preguntarse qué hacía yo ahí ni quisiera indagar en ello. De solo pensar que podría meterme en problemas gracias a su curiosidad me provocó una molesta angustia.

Cuando Áureo atravesó la construcción y dio sus primeros pasos por el campo húmedo, me acerqué rápidamente para pedirle que esperara. Se volteó a medias, observándome por encima del hombro.

Su mirada, tan oscura y seria, me revolvió tanto el estómago que no sabía si me asustaba o gustaba. Cuando no estábamos en la escuela Áureo parecía otra persona. No se mostraba frágil o asustado ante mí, sino lo contrario. Me encogí en mi sitio y evadí su mirada. De repente se me subió el calor al rostro, producto de la vergüenza que me causaba lo siguiente que diría.

—Me perdí y no sé cómo volver a mi casa —confesé—. ¿Podrías ayudarme?

Permaneció callado, apretando los labios y frunciendo las cejas. Estaba dudando de una respuesta muy simple. Acabó por girarse de lleno en mi dirección, bajando la cabeza.

—No debería —tragó saliva—. Creo que lo mejor es que nadie sepa que nos vimos.

De pronto, el viento y los truenos lejanos anunciaron que la lluvia caería dentro de nada. Aquello era terrible, en especial porque mi camino de vuelta a casa sería toda una travesía y no podría avisarle a nadie dónde estaba. Incluso en el pueblo un celular era necesario, aunque no siempre hubiese buena señal.

La herida de mi nuca comenzó a palpitar y a dolerme un poco. Todavía sentía la humedad de la sangre, pero también que había parado de brotar y que empezaba a secarse. Aun así, necesitaba limpiarme las heridas y no precisamente con agua de lluvia.

Miré hacia el cielo antes de regresar la vista a Áureo, implorándole con mis gestos que me ayudara.

—No le diré a nadie —dije antes de tambalearme un poco a causa de un breve mareo. La cabeza no paraba de dolerme, en especial por la herida—. Te lo juro.

Volvió a examinarme, un poco tenso.

—¿Antes de perderte venías con alguien? —arqueó una ceja, queriendo leer la verdad en mi cara.

No podía decirle que terminé en ese lugar por culpa de Joel y sus amigos. Me mandaría por un tubo. Negué con la cabeza antes de añadir que solo estaba explorando por diversión antes de tropezar y terminar en ese campo de lavandas. No parecía muy convencido, así que añadí que ni siquiera traía conmigo el celular como para realizar alguna llamada.

Justo cuando iba a responderme, comenzó a llover. No muy fuerte, pero sí lo suficiente como para saber que en cualquier instante su intensidad aumentaría. Conectamos miradas, diciéndonos con ellas que teníamos que irnos de ahí.

—Ven —Áureo comenzó a trotar.

El chico se colocó el gorro de su sudadera y metió las manos en los bolsillos. Yo no tenía ninguna de las dos opciones porque usaba un suéter ordinario, así que me subí el cuello hasta la cabeza para cubrirme.

Pensé que volveríamos a la casa en obra negra para resguardarnos, pero no. Detrás de esta se extendía un bosque nuevo, más plano y aparentemente estable. La lluvia se redujo considerablemente en cuanto nos adentramos por los árboles, pero tuve miedo de que nos cayera un rayo mientras corríamos.

No supe si mi corazón se aceleró a causa de esos temores, mis nervios o nuestro trote. De cualquier forma, intenté no prestar atención a otra cosa que no fuera el camino o Áureo. Incluso con mis múltiples heridas, como el brazo que casi no podía mover o el golpe en la cabeza, pude seguirle el ritmo gracias a mi condición física.

Poco a poco los árboles se redujeron y las primeras casas hicieron su aparición. Me sentí mucho más tranquilo por eso. Nuevos cerros se extendieron frente a mí, con viviendas pequeñas y separadas de las otras por los amplios terrenos que las conformaban. Señaló con el índice a una de las más alejadas, sin añadir nada más.

Durante el camino la lluvia incrementó, así que fue inevitable empaparnos. Subimos por una pequeña colina, con las energías casi extintas. Áureo levantó una parte de la cerca de alambre para que entrara primero; después volvió a guiarme por el amplio terreno verde con lavanda hasta que llegamos a su casa.

Azul, de dos plantas e igual de descuidada que muchos de los hogares del pueblo. Me condujo a la parte trasera para que accediéramos por ahí, ya que no quería que nadie nos viera.

Su patio estaba lleno de hojalata, metales y un auto viejo sin ruedas, todo oxidado. También había dos gallineros y un corral con más cabras que se resguardaban bajo una construcción de madera.

El ruido de la lluvia era placentero; la sensación del agua helada en mi cuerpo, muy nueva. Nunca me dejaron jugar en la lluvia o meterme a las fuentes de los parques cuando era niño. Mi mamá decía que eso era vergonzoso y de familias sin educación, así que me tocaba mirar desde lejos, muerto de celos. Pero en aquel pueblo de lavandas y encinos ya nada de eso importaba, así que lo disfruté.

Áureo notó que sonreía, pero no dijo nada. Abrió la puerta y entramos. Finalmente, resguardado. Las gotas de su ropa dejaron un camino que instantes después limpió con el trapeador. Antes de permitirme pasar colocó un trapo en la entrada para que me escurriera ahí.

—¿Ma'? —exclamó, buscando una respuesta que jamás obtuvo—. No hay nadie.

Cerré la puerta, ahogando el sonido de la lluvia. En el interior de su casa se percibió un silencio incómodo. Yo no me moví de aquel trapo, pues no me sentía completamente bienvenido. Me abracé a mí mismo con el brazo sano antes de tiritar. Mi cuerpo pronto dejó de estar acostumbrado a la humedad y al frío.

El moreno volvió a observarme con cierta incertidumbre. No lucía muy seguro de qué decir ni qué hacer para que la tensión se redujera. Con los dientes castañeando, decidí que tenía que seguir tomando la iniciativa de esta situación para evitar morir de hipotermia.

—¿Podrías traerme una toalla? —pedí, casi como una orden sin intención.

Se quedó quieto en su lugar, entrecerrando los párpados. No le convenció mucho mi forma de hablar.

—Por favor —añadió con desagrado.

—Por favor… —repetí en voz baja. El frío me consumía.

Áureo subió para traerme una. Escuché sus pasos en las escaleras y una de las puertas abriéndose. Esperé con paciencia, todavía buscando calor en mis brazos. Intenté distraerme con frases como *"el frío es mental"* y viendo la decoración anticuada de la casa de mi compañero.

Fotos y cuadros familiares grandes y decolorados por el tiempo. Telarañas en las esquinas, muebles viejos, paredes descuidadas, un piso de mosaico anaranjado. La casa era similar a la de mi abuelo Franco, solo que más vacía y empobrecida.

Cuando escuché que Áureo bajaba, agaché la cabeza y esperé a que se acercara. Extendió el brazo y me tendió una toalla café.

—¿Está limpia? —pregunté.

—¿La vas a usar o no? —fue su respuesta.

Se la acepté sin hacer más preguntas, pero pensando en si era una toalla que él usaba con frecuencia.

Áureo me indicó que me sentara en la sala hasta que la lluvia disminuyera. Después volvería a mi casa fingiendo que nunca nos encontramos. Regresaríamos a nuestras vidas y olvidaríamos este suceso por el bien de los dos.

El plástico transparente que cubría su sillón sirvió para que no mojara nada. Recargué mis codos sobre las rodillas y aguardé cabizbajo, callado y tembloroso por el frío. Él no apartó sus ojos de mí desde aquella columna a dos metros de distancia. Me sentí un poco intimidado, pero no lo demostré.

—Sigues sangrando —comentó a la brevedad antes de volver a la cocina.

Se agachó y abrió el pequeño gabinete bajo el lavatrastos, rebuscando entre las cosas. Lo miré por el rabillo del ojo hasta que volvió segundos más tarde con una caja de plástico transparente. Me alcé un poco en mi asiento, en especial cuando se sentó junto a mí.

Áureo puso la caja en medio de los dos y la abrió en silencio. Era un botiquín.

Comenzó a sacar un par de gasas, vendas y una botella de alcohol. Me las tendió para que me curara a mí mismo, pero no tenía ni la más remota idea de cómo hacerlo. Normalmente iría a un hospital o mi mamá llamaría a un doctor para que fuera hasta nuestra casa. Nunca tuve que ocultarle a nadie que me lastimé. Mis heridas y lesiones eran por deporte o un accidente estúpido, así que mis padres encontraban soluciones fáciles por mí.

—No sé hacerlo —confesé con vergüenza.

Áureo juntó las cejas y me observó con extrañeza, averiguando en mis gestos si no estaba bromeando. No tenía nada que ocultarle a él, en especial por la ayuda que me brindó cuando no la merecía del todo.

Le dije en un murmullo que no bromeaba, evadiéndolo.

—No me sorprende —admitió, dejando las cosas nuevamente en la caja.

No supe si su comentario intentaba ofenderme, pero traté de no detenerme en eso. Yo sabía que mi comportamiento era un poco diferente al de la gente del pueblo y que ellos notaban demasiado que seguía sin adaptarme; no tenían por qué recordármelo con la característica sutileza de Áureo.

Me mantuve agachado, creyendo que solo me quedaba esperar hasta que el cielo volviera a despejarse. Nos mantuvimos en silencio por casi un minuto, sin mirarnos ni de reojo. Su respiración, la mía y la lluvia fueron los únicos sonidos perceptibles en toda la casa. Cerré los ojos, agotado por la incomodidad, los nervios de estar a solas con él, la huida, los golpes. ¿Qué excusas iba a darle a mi madre por mi súbita desaparición?

De manera repentina, e interrumpiendo mi crisis interna, sentí una presión sobre la parte trasera de mi cuello que me produjo un ardor indescriptible. Alcé la cabeza como un reflejo al dolor y vi cómo la mano de Áureo presionaba una olorosa gasa sobre mi herida. Solté una queja en voz alta, seguida de una maldición.

—No te muevas —me regañó, sosteniéndome por el hombro.

Respingué con cada toque, pero lo obedecí lo más posible. Colocó pomada sobre mis moretones y magulladuras, limpió la sangre y los raspones con alcohol, me puso una gasa en el cuello como si fuera una calcomanía. Al final sacó una de las vendas enrolladas y pidió en un susurro que le acercara mi brazo más lastimado.

No podía moverlo por el intenso dolor del codo y el antebrazo. Apreté los párpados, le dije varias veces que me esperara y volví a soltar quejas cuando me sostuvo por la muñeca y tiró de ella. Al final, después de mucha insistencia, negué con la cabeza varias veces y exclamé entre mi dolor que no podía hacerlo.

—¿Está roto? —concluí, muerto de miedo.

El chico alzó ambos hombros para decirme que tampoco lo sabía. No era doctor y yo tampoco me dejaba examinar como para averiguarlo. No supe cómo iba a ocultarle aquello a mi madre si hasta para dormir me molestaría.

—Tienes que moverlo o se te va a quedar así —parecía preocupado, pues no dejaba de mirar hacia mi brazo.

—No puedo —comenzaba a hartarme de la situación, aunque tuviera su atención bien puesta en mí y que aquello me gustara.

Preferimos esperar unos minutos para que me mentalizara y accediera a cooperar moviendo la articulación. Por mientras, Áureo me curaría las heridas faltantes; las de mi cara, las escondidas bajo la ropa.

Con cuidado me retiré el suéter. Estaba pesado por lo mojado. Maldije en mi mente al recordar que esa prenda necesitaba un lavado especial que solo la señora Rafaela sabía configurar en la lavadora de nuestra casa.

—Voltéate —definitivamente era un chico de pocas palabras—. Voy a verte la espalda.

Me giré con lentitud, no muy convencido. Sus manos sostuvieron mi camiseta y la alzaron rápidamente hasta mis hombros. Se me puso la piel chinita, y no solo por el frío. Agradecí que no pudiera ver mi rostro en ese momento, porque de lo contrario descubriría lo mucho que me sorprendía y apenaba.

Cuando rozó las yemas frías de sus dedos por mi piel para indicarme dónde estaban las heridas, respingué. Era incómodo y sorpresivo.

Si él también es gay, ¿no estará disfrutando esto?

Aunque estuviera generalizando a mi propia conveniencia, tuve una intensa curiosidad por saber qué pensaba en ese momento, si era cierto lo que yo creía, si también le apenaba lo que hacía. Pero preferí no reaccionar ni hacer algún comentario. Sin dificultad alguna realizó el mismo procedimiento de curación sobre lo que yo no alcanzaba a ver.

Tensé los labios cuando percibí su caliente respiración muy cerca. El corazón me dio un vuelco y sentí un ligero incremento en mi temperatura. No podía dejar de escuchar mis propios latidos retumbándome en los oídos ni de experimentar un indescriptible —pero ligero— ardor en el estómago.

Creo que soy yo el que lo está disfrutando.

—Listo —bajó mi camiseta al mismo tiempo que habló—. Nada más falta tu cara.

En lugar de sentarme como al principio, lo hice viendo directamente a él para no tener que girar mucho el cuello. Él retrocedió un poco por nuestra mutua comodidad. Después mencionó que solo me pondría pomada porque mi cara, además de sucia, solo tenía un pequeño golpe en uno de los pómulos y un par de raspones casi invisibles.

Con el índice me colocó la pomada, que redujo el ardor de unas pequeñas heridas en la frente y la barbilla. Evadí la vista en todo momento para calmar a ese corazón que no hizo más que agitarse. Tragué saliva, apreté los puños, tensé un poco el cuerpo.

Al final, usó el pulgar para ponerme lo último sobre el pómulo. Repasó la hinchazón con ese dedo una y otra vez, como si me acariciara la mejilla. Mi respiración se aceleró; temí ser muy obvio con mis emociones, pero no lo pude evitar. Así que, sin pensármelo dos veces, lo miré.

Por primera vez desde que se cruzaron nuestras vidas tuvimos un cercano y silencioso contacto visual.

Fue como si hubiésemos descubierto algo. Nuestras pupilas brillaron y nuestros párpados se abrieron ligeramente más de la cuenta. No quitó su mano de mi cara y la caricia paró. La tensión incrementó de golpe.

Áureo era guapo. Quizás no como los hombres que veía a escondidas en mi celular o los chicos de mi equipo de futbol, pero sí que lo era. Tenía ojos enormes, como los de un venado, de piel brillante y unos labios que de solo verlos me provocaba un incómodo cosquilleo tras la nuca. Su melena rizada y oscura, aquella que usaba como máscara de protección, de verdad ocultaba parte de su atractivo y gran parte de sus serias expresiones. Sin embargo, eso no escondía la inintencionada suavidad de cualquiera de sus movimientos. Me sentí afortunado por esa inesperada cercanía.

Áureo bajó la mano y se alejó de mí tan solo un segundo después, cuando se dio cuenta de lo que realmente pasaba.

Nos quedamos mudos, pero nuestras reacciones no fueron negativas ni agresivas. Fuimos invadidos por la confusión y la sorpresa, nada más.

Antes de que alguno pudiera decir algo, la puerta principal de su casa se abrió para interrumpirnos. Áureo se paró de inmediato para saludar a la persona, olvidándose por completo de mí y de lo que acababa de pasar.

Volteé por mera curiosidad para conocer a quien, por la voz, asocié como su padre. Pero me llevé una sorpresa muy desagradable al momento de apreciar bien al hombre que acababa de llegar. Era el mismo que nos gritó en el cerro y nos persiguió.

Capítulo 7

Me pegaba lo más posible a la puerta del auto, muerto de miedo por lo que ocurriría después de que el padre de Áureo me llevara a casa. Traté de mirarlo lo menos posible, pues el hombre imponía y yo era justo lo contrario.

En cuanto el hombre me vio en la sala de su casa, me reconoció. Pero no reveló nada de mí a su hijo, que nos miraba a ambos con mucha confusión. El sujeto, de piel morena, bigote y barba canosas, preguntó qué hacía yo ahí.

El impacto de verlo me enmudeció, por eso Áureo contestó en mi lugar diciendo que me halló perdido en uno de los terrenos —que, por lo visto, les pertenecía—. Y que decidió ayudarme después de notar que estaba lastimado. La pomada brillosa y las gasas en mi cuerpo confirmaron sus palabras.

—Voy a llevarlo a su casa —dijo con frialdad, mirándonos.

—No sabe dónde es —contestó su hijo con cierta indiferencia.

Yo permanecí encogido de hombros, avergonzado por la situación. Creí que me había librado de un problema grave, pero por mi mala suerte ocurrió justo lo contrario y no tenía posibilidades de huir.

—Yo sí —manifestó con seguridad.

Ladeó la cabeza para indicarme que saliera con él. Me temblaron las manos, tensé los labios y mi respiración se alentó demasiado por culpa de la molesta presión en el pecho. Al final, después de percatarme de que no podría irme a ninguna parte para impedir mi destino, me encaminé a la puerta.

Me abracé el brazo lastimado todo el tiempo, encorvado y callado. Subí a su camioneta vieja mientras me mojaba con la lluvia que continuaba sin parar. El frío regresó a mi cuerpo, mezclado con mis nervios excesivos.

Partimos de su casa rumbo a la mía. Miré todo el tiempo hacia el cristal empañado, sin posibilidades de aprenderme el camino.

—Yo respeto mucho a tu abuelo —habló el hombre tras dos minutos de total silencio—. Es un hombre honrado y trabajador.

Las gotas seguían escurriéndome del cabello, deslizándose por todo mi cuello y rostro. Presté mucha atención a cada una de sus palabras con la esperanza de que en alguna de ellas encontrara mi salvación. Sin embargo, me equivoqué al creer que toda la gente del pueblo sería amistosa conmigo nada más por ser nuevo, joven, güero e ingenuo.

—Pero no creí que su nieto fuera tan pendejo —hizo mucho énfasis en las últimas dos palabras, alzando una de las manos y negando con la cabeza.

—Nomás que vea a don Franco, le voy a contar en dónde andas —amenazó esperando que reaccionara, sin éxito—. ¿Que no hablas, chamaco?

Me empujó por el brazo lastimado, consiguiendo que chocara con la puerta y me golpeara la cabeza con la ventana. Solo me atreví a quejarme en voz baja, nada más. No le pedí que no me delatara ni quise aclararle cómo se dieron los hechos. Estaba aterrado después de su empujón.

—Disculpe… —susurré, apretando los dientes.

El hombre alzó ambas cejas, girando el volante hacia una de las calles que yo sí identificaba.

—Eso díselo a tu madre —se rio con ironía—. La pobre de Luisa debe estar bien asustada porque no llegas. Y bien madreado, aparte.

No podía negar que tenía razón.

Entramos a mi calle de un volantazo. El señor ignoró las piedras y baches de la calle, causando que nos tambaleáramos al ritmo de la vieja camioneta. La casa apareció con sus luces encendidas, las gallinas resguardadas y mi familia seguramente cobijándose en el interior.

Yo dejé el suéter en casa de Áureo porque no me dio tiempo de acordarme de él, así que mi cuerpo entero sufría como nunca. Me dolían hasta los huesos, fuera de los golpes y moretones. Respirar me costaba porque sentía que me exponía más al frío.

Se estacionó frente a la reja, pero no apagó el motor. Pitó tres veces con cierto escándalo, ocasionando que en más de una casa alguien se asomara. Pude notar que, en la ventana de arriba, justo en la que dormíamos mi mamá y yo, se alzaba una cortina.

—Ya vete —ordenó.

Finalmente lo miré, no muy seguro de su frase. Esperaba que se bajara del auto conmigo, buscara a mi abuelo y me delatara. Sentí un alivio tremendo al ver que las cosas no sucederían así.

—Gracias —puse una mano sobre la manija y la abrí. Escapé del vehículo como si de ello dependiera mi vida.

Una vez más me sumergí bajo la lluvia, como una persona que no le importa a nadie. Pisé charcos sin parar porque ya no me preocupaban los zapatos. Finalmente me quejé con desesperación, aprovechando que el ruido del agua ahogaría mis penas. Ya no soportaba estar un segundo más fuera de casa.

Toqué el timbre y esperé. Mi madre salió casi de inmediato, quizás presintiendo mi llegada. A su espalda, mis primos pequeños observaban con mucha curiosidad.

Abrió la reja, permitiéndome correr hasta la entrada, donde mi tía ya me esperaba con una toalla seca. Ella aguardó unos segundos más que yo, mojándose poco a poco y mirando hacia la camioneta que aún no se marchaba. El papá de Áureo bajó la ventana.

—Andaba perdido el niño —exclamó, justo cuando yo era abrazado por mi tía—. Cuídemelo mejor, oiga.

Ella solo asintió con la cabeza, en un movimiento apenas perceptible. Volvió a cerrar la reja y regresó con nosotros a toda prisa para que el agua helada no le hiciera daño.

La casa fue un caos en cuanto ella cerró la puerta a su espalda.

Mi tía le llamó a su esposo por teléfono para decirle a él y a mi abuelo que había aparecido, que estaba bien y que ya podían regresar. Mis primos me rodearon para preguntar en dónde estaba y mi mamá no hizo más que jalonearme y regañarme.

Todos hablaban al mismo tiempo, volviendo insoportable el ambiente. Apreté los párpados y los dientes, queriendo aguantar. Avancé rumbo a la escalera, ignorándolos a todos. Solo podía agradecer para mis adentros que lo peor finalmente había pasado.

Mi mamá me siguió hasta nuestra habitación, guardándose los peores regaños para cuando estuviéramos solos. Nos encerramos de inmediato, sin llamar la atención. Respiré hondo, contuve mis lágrimas de frustración y miedo.

—Estaba muy preocupada, Franco —se sentó en la cama, con los ojos igual de húmedos que los míos—. Pensé que ya te habían desaparecido. Vinimos aquí para estar seguros y tú haces todo lo contrario. Ni tus tíos ni yo merecemos esa angustia.

Me recargué en la pared, sin alzar el rostro. Solo asentí con la cabeza muy ligeramente, escondiendo toda mi vergüenza. No podíamos pelear a causa de nuestra vulnerabilidad, sino reconfortarnos en silencio. Yo estaba bien, en lo que cabía, y para mi madre eso era suficiente. Al final esas heridas físicas se curarían con el tiempo.

—¿Dónde estabas? —quiso saber al fin, con un tono ya más molesto.

No podía decirle la verdad completa. Me encogí de hombros, evadí toda clase de contacto visual. Suspiré con pesadez y apreté los párpados solo por un segundo, antes de decirle que fui con unos de esos amigos nuevos a dar una vuelta, que me separé de ellos por distraído y que me perdí en el camino.

Nunca mencioné el cerro, el nombre de estos amigos ni mucho menos el arma con la que estábamos jugando. También omití la caída esperando que no me hiciera preguntas al respecto, pero ni de chiste esas heridas y suciedad pasaron desapercibidas. Inventé que tuve un accidente cuando trataba de esconderme de la lluvia, convenciéndola por fin.

—Mañana voy a llamar al doctor para que te cheque —comentó, poniéndose de pie para acercarse y observarme de cerca.

Me tomó de la barbilla y movió mi cabeza de izquierda a derecha para ver mis raspones y moretones. Me tocó las heridas de la misma manera que Áureo, solo que ella comprobó a tacto si me pusieron alguna pomada. Fue directa al preguntarme si el mismo hombre que me trajo en su camioneta fue también el que me curó las heridas.

—Su hijo —me sinceré—. Él me encontró primero.

No lució muy interesada al respecto. Dejó las preguntas a un lado para seguir averiguando en dónde más me pegué. Tomó mi brazo sano con brusquedad y lo examinó, pero al tratar de hacer lo mismo con el que me dolía, me aparté de inmediato con agresividad.

—Me voy a bañar —corté de golpe el asunto, acercándome a la puerta del baño.

Asintió sin cuestionar. No quería que me enfermara por culpa del agua que todavía se encontraba fría en mis ropas.

La noche fue muy larga. Al final no pude impedir un fuerte resfriado. Tuve temperatura de casi treinta y nueve, mucha debilidad en el cuerpo y un frío que ni las seis cobijas sobre mí pudieron calmar.

Mi mamá estaba al lado, revisándome y preguntando si me sentía mejor cada dos por tres. Sus cuidados excesivos me resultaron extraños, ya que solía ser Rafaela la encargada de tratar mis enfermedades mientras ella revisaba sus muchos catálogos en la sala, olvidándose de mí.

La sensación era incómoda y nueva, pero no me quejé, salvo por mis heridas. Después de la ducha caliente el dolor de los golpes incrementó. El brazo era el más insoportable de todos, aunque ya pudiera moverlo mejor. Al menos no estaba roto.

Mi tía me puso una venda en todo el brazo y me prestó el cabestrillo que usó uno de mis primos cuando se cayó quién sabe cuándo. Era azul, con la imagen de los *Avengers* impresa en la tela. Mi mamá no paraba de reírse cada vez que lo veía. Y yo, por mi lado, no dejaba de sentirme ridículo.

Tomé varios medicamentos para el dolor y tés para que el resfriado fuese pasajero. Dormí profundamente por varias horas, hasta que pasó el efecto de los analgésicos y de nuevo me molestó la espalda.

Nunca había dormido tan mal, salvo cuando me desvelaba con mis amigos jugando videojuegos en mi habitación. Esas malas noches eran decisión mía, pero este caso no. Aproveché el tiempo de insomnio para meditar todo lo acontecido. Jamás, en mi corta vida, viví algo como lo de aquel día.

Sí, jugué con un arma real, casi nos atrapan en el cerro y por eso tuve una de las peores caídas de mi vida. Además, nunca me había escondido en una construcción abandonada, ni corrido en la lluvia y mucho menos terminado en la casa de un extraño. A pesar de que sabía todo lo que pasó, no podía acabar de entenderlo, pues mi mente fue invadida por nuevas sensaciones, más en específico las que involucraron mi encuentro con Áureo y todo el tiempo que pasé con él.

Mirando al techo —y con dos almohadas tras mi cabeza y hombros para estar en una posición más cómoda—, pensé una vez más en él. De solo acordarme de su primera aparición en aquel campo verde y floreado, me daba un vuelco el estómago.

En mitad de la noche, con bajas temperaturas e iluminado solo por la pequeña lámpara de mesa junto a mí, sonreí muy poco. En especial cuando recordé el rostro de ese sujeto, tan serio, pero inseguro a la vez. Ojos grandes, muy negros y penetrantes, que me hacían flaquear. Rizos llamativos que me pedían en silencio que los tocara.

Es como un brócoli.

No podía reírme de esa ocurrencia porque despertaría a mi madre y otra vez se quedaría sentada junto a mí a saber por cuánto tiempo, así que mi sonrisa se amplió. Al visualizarme como un tonto, volví a mi seriedad en tan solo dos segundos. Me dije mentalmente que parara porque, de lo contrario, surgirían ideas absurdas. Y no era buen momento para tenerlas.

Seguí repasando lentamente lo que pasó después de tener nuestra primera y breve conversación. De cómo corrimos en la lluvia juntos antes de parar en su casa. Fue una visita sorpresiva, pero nunca malintencionada. Puede que él también lo supiera y por esa razón me permitiera entrar.

Una coincidencia, un encuentro común que la lluvia se llevaría en cuanto yo partiera de su casa. Trataba de convencerme de que nada de lo sucedido ahí iba a cambiar mi vida, sin importar lo que significara nuestra cercanía en la soledad de su sala.

Áureo era un buen sujeto. En el poco tiempo que compartimos fue amable conmigo, aunque yo no me lo mereciera. No me dejó a la deriva como los otros pendejos, curó mis heridas, fue incluso sarcástico respecto a mi inutilidad en la vida. Pero me trató con humanidad. Una humanidad que no me menospreciaba ni me enaltecía.

Y eso me gustó. Me gustó tanto como sus cuidadosos dedos y su tibia respiración sobre mi piel lastimada.

Tensé los labios, contuve el aliento porque me costaba aguantar el repentino cosquilleo del estómago. Quise reírme, pero mi vergüenza fue mucho más poderosa. La fiebre pasó a segundo plano cuando el calor de mi rostro incrementó por la pena de mis recuerdos.

Porque esa mano sobre mi mejilla… esa mano que supuestamente me curaba, fue la detonante de un sentimiento que solo experimenté una vez en el pasado, cuando descubrí qué era lo que me gustaba en realidad.

No, debo estar adelantándome.

Porque no era posible que me gustara alguien tan rápido.

Para comprobarlo imité el gesto de Áureo. Me llevé el brazo sano a la mejilla de la misma manera que él. Con el pulgar acaricié ese pequeño golpe mientras imaginaba que era su mano la que lo hacía. Mi corazón se aceleró conforme el recuerdo se avivaba. Respiré con más prisa, entrecerré los ojos y poco a poco visualicé su imagen cerca de mí.

Llegué justo a ese momento en el que nos vimos fijamente por un par de eternos instantes, paralizados, sorprendidos. Al recordar sus expresiones, finalmente claras por nuestro acercamiento, descubrí que sí, que tal vez Áureo me gustaba pero que yo todavía no lo aceptaba por completo. Después de todo, seguíamos siendo extraños y yo me estaba precipitando con mis sentimientos.

Quise cubrirme la cara para ocultar mi vergüenza y sonrojo. Traté de subir a toda prisa ambas manos, pero una auténtica queja de dolor salió expulsada de mi boca para recordarme que tenía un brazo lastimado que no debía mover.

Mi madre despertó y se sentó en la cama en cuanto me escuchó. Preguntó si me encontraba bien. Traté de calmarla explicándole que hice un mal movimiento porque no me hallaba tan cómodo. Aunque lo entendió, volvió a posar su mano sobre mi frente para ver cómo seguía. Aún tenía fiebre y en cualquier momento caería dormido, pues ya no había nada más en lo que quisiera pensar.

Recordó amablemente, antes de volver a acostarse, que el doctor vendría temprano y que no me preocupara por la escuela cuando fuera lunes. No me obligaría a ir. Asentí con cierto alivio. No deseaba ver ni a Joel, ni a sus amigos, ni al resto de mis compañeros. Los odiaba tanto como odiaba estar postrado en cama.

De lo único que me lamenté fue que no vería a Áureo para agradecerle, aunque fuera con la mirada, por la ayuda que me brindó.

Talía se trajo una de las sillas de su cuarto y la puso junto a mi cama para que platicáramos en lo que las mamás terminaban de hacer el desayuno. Eran las nueve de la mañana y todos ya estaban despiertos y disfrutando del domingo.

—Oye, primo —se inclinó un poco hacia mí y bajó la voz—, ¿qué fue lo que pasó ayer?

Creo que me enamoré, me habría encantado confesar.

—Pues me perdí en el cerro —no le mentí—. Me caí y rodé hasta abajo por tratar de volver acá.

No la convencí tan fácilmente con esa parte de la historia. Quería saber más, en especial porque era la única que sabía con quiénes anduve realmente. No le iba a contar que "jugué" con una pistola ni que me separé de ellos después de que nos cacharon. Era casi seguro que le iría con el chisme a mi tía.

Ya estaba lo suficientemente agradecido con el papá de Áureo por no haberle revelado a nadie la verdad, aunque me preocupó un poco que sí se lo contara después a su hijo. ¿Qué iba a decir cuando supiera que en realidad andaba con sus bullies disparando y no explorando la naturaleza como le juré? Me iba a considerar un mentiroso y no volveríamos a hablar.

—Vi que te trajo don Lupe —su curiosidad parecía ilimitada—. ¿Dónde te encontró?

No podía decirle que en su propia casa, así que me reí mientras le repetía que estar perdido conllevaba no saber dónde estabas. Se golpeó la frente y se llamó mensa a sí misma, riendo también. Solo le describí que había mucho pasto, lodo, flores y ni una casa cerca.

Después de que las risas cesaron, nos quedamos callados por unos cuantos segundos. Aproveché ese momento para hacerle preguntas a ella, ya que parecía conocer al dichoso don Lupe y él también conocía a mi familia.

—Oye, ¿qué es él de nosotros? —crucé los dedos con fuerza para que no dijera que era nuestro tío o algún tipo de pariente lejano.

En el momento en que vi que trataba de hacer memoria, me tranquilicé. Si fuese un familiar no hubiese demorado tanto en explicarlo. Don Lupe era amigo de nuestro abuelo y del esposo de mi tía. Se dedicaba a la venta ganadera y con su esposa manejaba un pequeño local de comida junto a la carretera libre, rumbo a la capital.

Tenían dos hijos; uno más grande que trabajaba arreglando autos y otro de mi edad, Áureo.

—Su hijo va en mi salón —conté, fingiendo que no me importaba mucho—. Es medio raro.

—Uy, si te contara… —alzó ambas cejas mientras miraba hacia el piso.

Su reacción y su comentario me causaron mucha intriga. Sonreí a medias, ladeando un poco la cabeza. Busqué una explicación a través de sus gestos, pero con ella esas cosas no funcionaban.

—¿Por qué? —preferí ser directo—. ¿Qué es lo que sabes de él?

Capítulo 8

Talía no sabía a ciencia cierta qué contarme sobre Áureo. Solo se dejaba llevar por lo que los demás decían de él. Si todos mencionaban lo mismo, entonces tenía que ser cierto, o al menos eso afirmaba.

—¿Tú sabías que el hijo de don Lupe es jotillo? —bajó la voz, como si fuera a contarme un secreto importante que no quería que ni las paredes de la casa escucharan.

No me gustaba aquella palabra, pero fingí que me daba igual. Me incliné un poco más hacia ella para escucharla mejor, ya que el tema parecía confidencial y ninguno de nuestros familiares tenía que oírlo.

Para contestar a su pregunta, arqueé las cejas y asentí muy ligeramente antes de mencionar que Joel y sus amigos lo comentaron en algún momento. Yo no me sabía la historia completa, solo la parte del bullying que a diario veía.

—Pero ¿cómo sabes? —fui directo para hacerla hablar.

—En la escuela me dijeron —contestó con confianza—. Todos lo saben.

Áureo solía ser parte del grupo de amigos de Joel desde que iban en secundaria. Chicos que se dedicaban a perder el tiempo, a divertirse y a causar problemas en el pueblo y la escuela. Aquello me sorprendió bastante.

En ese entonces no eran cuatro problemáticos, sino cinco. La reducción a tres, sin incluirme, tenía mucho que ver con el incidente que mi prima me contó…

El semestre previo a mi llegada un chico llamado Hugo dejó el pueblo y se mudó a la capital para vivir con una supuesta tía suya. Era el quinto sujeto del grupo de amigos de Joel.

Hugo no era tan problemático como Joel y sus dos asistentes, pero tampoco tan tranquilo como Áureo. Hugo era un balance entre dejarse llevar por cosas indebidas y razonar cuando las consecuencias podían rebasarlos. Justo lo que necesitaba Joel, justo lo que necesitaba Áureo.

La noticia de su partida sorprendió mucho a los alumnos que lo conocían. Pero los motivos me resultaron todavía más sorprendentes.

—Áureo acosaba a Hugo porque le gustaba —comentó de repente—. Por eso Hugo se mudó.

Enarqué las cejas, me quedé callado solo por un momento, analizando sus palabras. Aquello no sonaba bien, pero tampoco sonaba cierto. Talía me observó, quizás satisfecha por conseguir llamar mi atención con aquel chisme. Era la primera vez que platicábamos con intimidad, pues teníamos ya un entorno en común.

—¿Y cómo se enteraron? —lo que me contó no fue suficiente para calmar mi curiosidad.

Ella solo alzó los hombros, mirando hacia la ventana detrás de mí.

—Quién sabe —a ella ese tema no parecía interesarle mucho—. A mí me lo contaron mis amigas.

Tuve que conformarme con eso, aunque no supiera cuánta verdad hubiera en sus palabras, pues si bien los rumores siempre tenían algún porcentaje de veracidad, otra parte también podía ser falsa, una malinterpretación, o una forma de exagerar las cosas.

Después de que aquel incidente viera la luz, tan solo dos días antes de la mudanza de Hugo, Joel quiso tomar acción por su cuenta, pues la situación lo molestó demasiado. Nadie supo jamás qué fue lo que sucedió exactamente. Solo vieron a Áureo llegar golpeado a la escuela al día siguiente. Y más tarde el tiempo también probó que su buena relación estaba extinta.

Desde entonces, Áureo era molestado como forma de pagar por lo que hizo. Y no se quejaba. Nadie a mi alrededor se quejaba, salvo yo en pensamientos y me lo guardaba siempre.

El lunes no fui a la escuela. Mi madre llamó al doctor justo como prometió para que me examinara las heridas, principalmente la del brazo. Nada que el Paracetamol y una de las pomadas de mi tía no pudieran curar cuando de raspones y moretones hablábamos. Para la fiebre que se presentó, solo tenía que dormir mejor y bañarme con el agua más helada que tolerara. Una tortura.

Al final, cuando me retiré el cabestrillo y fui revisado con detalle, el sujeto llegó a la conclusión de que mi brazo estaba esguinzado. Le mostró a mi mamá cómo colocarme la venda, pidió que siguiera usando el cabestrillo por la siguiente semana y, finalmente, que me tomara la misma pastilla que recetó en caso de tener más molestias.

La flojera de volver a la escuela el martes y el miércoles pudo más conmigo. Fingí que la espalda seguía molestándome, aunque yo ya estuviera recorriendo toda la casa a pie, sin quejas. Le eché la culpa al frío y mi mamá me creyó sin mucho problema. Pude ausentarme por tres días seguidos y quedarme casi todo el rato en cama como el niño inútil que estaba acostumbrado a ser.

Aproveché que mis primos no estaban para explotar al máximo su internet y jugar en el teléfono. De paso también contesté algunos mensajes de amigos que nunca dejaron de preguntarme cuándo regresaría a mi casa en la capital porque querían hacer muchas cosas conmigo. Les di esperanzas para creerlo también yo. Solo un corto semestre y toda mi vida estaría de vuelta.

Ya en las tardes, cuando todos en la casa volvían de la escuela o el trabajo, platicaba con mis familiares o contestaba los mensajes de Joel que me preguntaba si podía visitarme junto a sus amigos. Inventaba las excusas más tontas para que no vinieran, pero al menos funcionaban.

Cuando la luz del día desaparecía y mi mamá se quedaba abajo platicando por horas con mi tía de temas adultos, yo me refugiaba bajo las cobijas y me quedaba viendo el celular o pensando hasta caer dormido. Fueron tres noches interesantes en las que también me pregunté cómo estaría el tipo con cabeza de brócoli.

No lo había visto desde mi accidente en el cerro y por esa razón tampoco pude agradecerle por la ayuda que me brindó. Tenía planeado hacerlo en cuanto lo viera, pero no sabía qué le diría, ni dónde estaríamos, ni lo que podría ocurrir después. Fantaseé con varios escenarios, donde solo estuviéramos nosotros dos, y siempre acababa sonriendo como un tonto en la cama cuando las cosas acababan bien en mi imaginación.

Solo que también era inevitable no pensar en lo peor. Que pudiera salir corriendo, que alguien más se diera cuenta de que hablaba con el tipo más bulleado del salón, o que él ya supiera el verdadero motivo por el que terminé varado en el terreno de su familia.

Intenté no ser tan negativo. Áureo sabía que yo no era una mala persona y que en realidad era mucho más inofensivo que Joel e incluso que él mismo. Con mi visita a su casa supo que también era inútil y hasta mimado. Al menos de mí no huiría.

Así que, con eso en mente, acudí el jueves a la escuela, todavía usando el cabestrillo y con las heridas del cuerpo notorias, pero ya cicatrizadas. Los alumnos solían observarme siempre que aparecía, pero aquel día fui un total imán de miradas. La curiosidad los invadió a tal grado que ni siquiera disimularon cuando hablaban de mí.

Algunas chicas y compañeros fueron más lanzados y se acercaron en grupo a preguntar qué me había pasado. Faltar tanto creó rumores desconocidos, así que fui honesto al decirles que me caí del cerro que estaba por mi casa porque era un pendejo. Eso hizo reír a más de uno; otros más se aliviaron porque no me desaparecí como tanto se rumoreaba.

En el pueblo todos sabían lo que pasaba casi al momento. No era extraño que entre todos se conocieran y que los chismes se esparcieran como la pólvora. Mi abuelo y mi tío salieron al pueblo y sus alrededores a buscarme en mitad de la tormenta. Seguramente preguntaron a varias personas si me habían visto y les contaron que no aparecía.

Mientras me dirigía a mi lugar al fondo y recibía más miradas curiosas, observé a los dos principales participantes de este incidente: Joel y Áureo. Joel y sus secuaces abrieron un poco más los ojos a causa de mi brazo lastimado e incluso exteriorizaron su sorpresa con unas ruidosas exclamaciones. Áureo, por su parte, se limitaba a verme con discreción bajo sus rizos, callado y solitario.

Tan pronto como me senté, mis amigos me invadieron con preguntas. Ellos mejor que nadie sabían dónde estaba y lo que hacía antes de separarnos y perderme. En susurros preguntaron lo mismo que los demás, añadiendo entre sus cuestionamientos si alguno de esos hombres que fueron tras nosotros era el responsable de mis golpes. Fue una caída, pero realmente sí me había topado de cerca con uno de ellos; con el papá de Áureo. No quería que supieran eso ni que él y su hijo me ayudaron; uno a no delatarme, otro a curar mis heridas.

Se rieron mucho cuando les dije que me caí y me perdí, aunque no estuviese contándoles ningún chiste. Joel admitió que me señalaron una dirección equivocada a propósito cuando escapábamos. Pero también se disculpó junto a los otros dos porque se asustaron cuando no me vieron en la escuela y supieron que días antes mis familiares me buscaban.

No dije nada. Ni siquiera terminé por aceptar sus disculpas, aunque ellos interpretaran que sí. Dejé que se acercaran a mi brazo y un poco a mi cuello para que examinaran de cerca que me lastimé. Les parecieron marcas geniales. Incluso Joel me clavó el dedo en el corte tras el cuello, divirtiéndose con mi reacción y dolor. Le quité la mano con cierta agresividad después de eso, pero a él poco le importó que me molestara. Al menos Omar y Edwin fueron más cuidadosos.

Las clases comenzaron pocos minutos después, interrumpiendo nuestra plática sobre la pistola que Joel le robaba a su papá de vez en cuando. Siempre me aliviaba que la profesora de la primera hora fuera seria y estricta, porque así podía tener una clase silenciosa y en paz. Joel aprovechaba todo ese silencio para sacar su celular y perder el tiempo en su mundo.

Tres clases después sonó el timbre. Joel celebró, como siempre, que ya era hora de jugar en la cancha trasera. Los cuatro nos pusimos de pie para ir. Ellos no sabían que yo practicaba futbol en la capital y que incluso era bueno para eso, pues siempre me quedaba sentado en las escaleras para ver lo mal que jugaban. Prefería tener mis treinta minutos de soledad y calma escolar.

Aquel día finalmente salió un sol intenso y caliente. Tan caliente, que pasados diez minutos me quité la inmensa chamarra que siempre traía puesta. Al notarlo durante uno de sus pequeños descansos, Joel, Omar y Edwin me lanzaron sus suéteres para que los llevara al salón.

Aunque protesté al principio, terminé por hacer lo que me pidieron. Fue un plan con maña que llegó como un golpe de suerte. Sostuve todos los suéteres con una mano y caminé hasta nuestro salón para dejarlos sobre sus butacas. Mi estómago se anudó un poco y sonreí a medias, acelerando el paso. Áureo tenía que estar ahí porque era el único que nunca abandonaba el aula.

Lo primero que hice al llegar fue asomarme sigilosamente por la puerta. Él estaba ahí, sentado en su lugar, inmóvil. Y de pie a su lado, una compañera que solía sentarse hasta adelante. Cuando los dos me vieron llegar se callaron de golpe y no apartaron sus ojos de mí.

—Déjame ayudarte —dijo ella mientras se acercaba a tomar los suéteres que casi se me caían de la mano sana.

Bajé la cabeza y le agradecí en voz baja, mirando solo por un instante a Áureo, que también nos prestaba atención. Dejé que la chica me siguiera hasta mi lugar y pusiera las cosas encima; después se despidió de nosotros con solo un movimiento de mano y salió del salón como si hubiera ocurrido algo importante que necesitara atender. Me quedé completamente solo con Áureo… y mucho más rápido de lo que creía.

—¿Es tu… amiga? —me giré en su dirección y apunté hacia la puerta con el pulgar.

—Ella es de las pocas personas que me habla —recargó la mejilla sobre su puño, viéndome con indiferencia.

Joana, se llamaba. Delgada, morena, alta y más inteligente que la mayoría. Podía identificarla fácilmente por eso. Las amigas de ella hablaban con Áureo un poco a escondidas. Discretas y amables; las únicas tres chicas que no se reían de las tonterías de Joel y que se sentaban muy separadas entre sí. Incluso los cuatro pasaban ratos juntos fuera de la escuela.

Saber que él no estaba completamente abandonado me reconfortó, pero la presencia inesperada de Joana en el salón justo en ese momento, a solas con él, también me inquietó muy en mis adentros. No quise reconocer que estaba un poco celoso. ¿Celoso de qué?

—Ya vi que sí te chingaste el brazo —lo señaló con los ojos, cambiando de tema.

Sonreí a medias, asintiendo con la cabeza y pasando la mano sana por la cicatriz de la nuca. Sin pensármelo mucho caminé hacia él y me senté en la butaca de enfrente para que viera de cerca lo que justamente había curado días atrás. Áureo se asomó por encima de mi hombro y comprobó en silencio que mis golpes y heridas siguieran ahí. También le conté en voz baja que lo de mi brazo fue un esguince.

—Gracias por lo del otro día —seguí hablando en murmullos—. Pensé que no me ayudarías.

Permaneció callado por un rato muy corto mientras pensaba en qué contestar. Recargué los codos en mis rodillas y mantuve la cabeza agachada para ocultar mi timidez. Los latidos de mi corazón incrementaron conforme el silencio se prolongó, pero hice todo lo posible para disimular. Él seguía sereno y distante. Quería saber qué pensaba.

—Deberías dejar de hablar conmigo —dijo por fin—. Joel podría molestarte también.

No pude evitar mostrarme un poco consternado. De por sí Joel ya me molestaba un poco bajo la excusa de que así se llevaban entre ellos. Se suponía que éramos amigos; no podía imaginar cómo me trataría si no lo fuéramos. La gente del pueblo, en especial la gente como él, era justo la que me aterraba cuando llegué sin conocer a nadie. Darme cuenta de que estaba pegado a esa clase de personas no me hacía sentir para nada tranquilo.

—Pero me caes bien —fui directo—. Quiero que seamos amigos.

Áureo se sobresaltó un poco. Yo me limité a sonreír para esconder el calor de mi cara, que evidenciaba mi pena y nerviosismo por hablarle. Nos miramos a los ojos, queriendo respondernos con ellos. Tenía la creencia —a no ser que solo estuviera imaginándomelo— de que entre nosotros había una conexión extraña e inexplicable. No quería creer que el repentino interés que sentía por él me cegaba y me hacía ver cosas que realmente no estaban ahí.

—Pero no aquí, hazme caso —también bajó la voz—. Joel es peor de lo que crees.

Me acordé de lo que me contó Talía sobre esos tipos y su relación con Áureo. Fueron amigos por un buen tiempo y aun así, después del incidente de Hugo, lo abandonaron por completo y lo hostigaban en cobro a lo que supuestamente hizo en el pasado y que perjudicó su amistad.

—Lo sé —contesté—. Ya lo he comprobado.

Después de un corto silencio en el que medité todo lo malo que podría suceder si nos veían juntos, le dije que aceptaba que fuéramos amigos nada más afuera de la escuela. Nadie tenía que enterarse, ni siquiera sus otras tres amigas. De esta manera los dos estaríamos seguros y bien. Nadie saldría lastimado, yo seguiría siendo el objeto de bromas "inofensivas" de Joel, y Áureo se quedaría igual de callado y aislado que siempre.

—¿Tienes teléfono? —pregunté—. Para pasarte el mío.

—Sí, pero no lo traigo a la escuela —contestó.

Tomé la pluma que tenía sobre la mesa, abrí su cuaderno y, sin decir nada, lo anoté de todas formas. Me observó con cierto sobresalto. También anoté a un lado mi nombre, que jamás había sido pronunciado por él. Mi mano temblaba con cada trazo pequeño, me sentía algo emocionado. Al final, volteé a mirarlo. Sonreí todavía con el nerviosismo en las facciones.

—¿Podrías pasarme el tuyo también? —saqué el iPhone y abrí la app de contactos a toda velocidad.

Observó mi celular con cierto detenimiento, igual que lo hizo Talía la primera vez que lo vio. Después volvió sus ojos a los míos, preguntando si lo decía en serio. Por primera vez en el día lo noté un poco retraído.

—Dejé mi suéter Garçons en tu casa —esa fue la excusa que usé—. Quería llamarte para saber cuándo podía pasar por él.

—Cuando quieras venir —sonrió a medias—. Casi nunca salgo.

Yo no era un experto en relaciones, pues nunca estuve en una. A través de las experiencias de amigos cercanos e incluso de las series que veía en televisión, aprendí un poco sobre cómo solía iniciar una relación romántica. Y lo que pasaba en ese momento parecía justo ese tipo de inicio. Yo no estaba seguro de si el comentario de Áureo fue dicho para intentar ligar conmigo, pero me hacía mucha ilusión.

Debería dejar de tomarme todo tan en serio.

Porque si me equivocaba y las cosas no eran como pensaba, iba a doler.

—¿Entonces puedo ir en cualquier momento? —recargué el codo sobre su mesa y la mejilla sobre mi puño.

Me incliné en su dirección, sonriendo por inercia y entrecerrando un poco los párpados.

Áureo lució un poco confundido por mi repentino comportamiento. Se inclinó en dirección contraria, bien recargado en el respaldo. A partir de ese momento comenzó a evadir mi mirada.

No supe cómo proseguir con la charla ni recuperar la minúscula cercanía que teníamos tan solo veinte segundos atrás. Yo también me sentí avergonzado por lo que estaba haciendo y diciendo, pero por más que trataba, no podía parar con aquella forzada convivencia.

—No creo que sepas llegar —contestó a mi pregunta, sujetando el cuello de su camisa.

—Pues en ese caso tendré que perderme de nuevo —incliné un poco la cabeza, buscando sus ojos oscuros.

Mis comentarios solo lo hicieron sentir más incómodo. Áureo únicamente asintió una vez, apretando un poco los labios y mirando hacia la ventana, que mostraba un terreno vacío e inhabitable. A lo lejos, los cerros y las nubes acariciándolos.

—Voy al baño —se puso de pie de repente, provocando que diera un pequeño saltito en mi lugar—. Ya casi se termina el receso.

Caminó por el aula con un paso muy apresurado, mirando de reojo hacia mí solo para verificar que yo no lo estuviese observando. Cuando volvimos a conectar miradas, giró de golpe el rostro para asomarse por la puerta del salón y desaparecer.

Capítulo 9

Me puse la gran chamarra en la cabeza y me recosté sobre la mesa de mi butaca, esperando a que el receso terminara. Por debajo, en la oscuridad, apretaba los párpados y los dientes, un poco aturdido por lo que acababa de suceder.

Sin que nadie me viera, me golpeé un poco la frente contra la mesa y maldije en susurros por lo tonto que me comporté con Áureo. Estaba muerto de vergüenza. ¿Por qué carajos llevé la conversación por ese lado?

Yo quería avisarle que iría a su casa por mi suéter nada más. Pero me dejé llevar por los sentimientos tan confusos que tenía en ese momento. Tenerlo tan cerca y a solas ocasionó que dijera un montón de incoherencias, que lo incomodara y, claro, que se fuera casi corriendo del salón. ¿Por qué tenía que ser tan malo para las relaciones?

Quería viajar en el tiempo para evitar ese encuentro, o al menos mejorarlo. También me quejé porque eso era prácticamente imposible.

Diez minutos después el timbre sonó, devolviéndome parte de la tranquilidad. Era la primera vez que agradecía que un receso terminara. Las voces y el movimiento incrementaron considerablemente allá afuera; escasos segundos después comenzaron a llegar a mi salón los primeros compañeros.

Asomé un poco el rostro para ver si Áureo también venía, pero no apareció por ningún lado. Me sentí culpable por eso, aunque realmente yo no tuviera mucho que ver. Llegaron primero Joel y sus sirvientes. Al verme escondido bajo mi propia chamarra, Joel me golpeó por detrás de la cabeza.

—Despierta, gringo —dijo entre risas. Los otros dos también se rieron.

Mientras me sobaba con pequeñas quejas, recobré las energías para sentarme bien. Los miré con un poco de enfado. Estaban muy sudorosos por jugar, tanto, que sus cuellos aún goteaban. Joel se limpiaba con el antebrazo, los otros dos con sus suéteres. Manifestar desagrado y asco en mi expresión fue inevitable para mí, por eso volví a esconderme bajo la chamarra. Tenía que ser normal entre chicos de escuelas públicas apestar los salones a sudor, seguramente.

—Nunca juegas con nosotros, güero —Edwin me palmeó el hombro—. ¿No te quieres poner prieto con el sol o qué?

Mentí con que no era muy bueno jugando. Pensé que de esa forma no me pedirían que lo intentara. Joel fue el que más sonrió después de escucharme.

—Sí se nota, princesa —alzó ambas cejas—. Eres de los que les da miedo romperse una uña haciendo cosas de hombres.

Asentí, dándole un poco el avión. Yo sabía muy bien que se equivocaba rotundamente en eso, pero no tenía ganas de probarle que no me ganaría incluso si los tres hacían un equipo contra mí. El entrenamiento formal era muy distinto a jugar únicamente en los recesos de una preparatoria minúscula y aislada de la civilización.

Una vez que la clase dio inicio, evadí por completo las tonterías de Joel. Recargué la mejilla sobre mi puño y miré hacia enfrente con muy poco interés. Era más entretenido ver a Áureo concentrado, escribiendo, y realizando los ejercicios que nos pedía la profesora en turno. Al menos se le notaba más interés en la escuela que a los monos junto a mí.

Cuando el timbre de salida sonó, preparé mis cosas y esperé a los otros tres para que saliéramos juntos, tal y como acostumbrábamos. Hablaron entre ellos sobre los mismos temas que yo no entendía mientras nos encaminábamos a la entrada de la escuela, hasta que Joel nos invitó una vez más a su casa para pasar el rato fumando y tomando.

Edwin y Omar parecían algo decididos y aceptaron de inmediato, pero yo me lo pensé durante unos cuantos segundos. Cada vez tenía menos ganas de pasar el tiempo con ellos tras ver lo caóticas que resultaban las cosas al final. Solo me traían problemas y me hacían pasar un mal rato con su constante pesadez.

—Hoy no puedo —fingí que lo lamentaba—. Me van a llevar al doctor para una revisión.

Era mentira, pero sonaba creíble. Los tres asintieron sin insistir para que cambiara de opinión. Omar comentó con cierta sinceridad que esperaba que me recuperara, pues afirmó que uno nunca queda bien después de lesiones así. Edwin lo secundó con unos cuantos ladeos de cabeza, pero a Joel pareció importarle muy poco, pues siguió caminando en silencio, por delante de nosotros.

Nos detuvimos un par de veces porque Joel siempre se detenía a saludar a otros tipos. Estando los cuatro juntos, yo me convertía en otro más de los secuaces, igual de invisible que Áureo cuando formaba parte de su pequeño grupo el semestre anterior.

Ya en la entrada, justo donde se amontonaban todos los alumnos para salir, nos topamos precisamente con Áureo, que también esperaba entre la multitud. Se encontraba un par de pasos adelante de Joel, con la cabeza agachada. Era probable que no notase que estaba delante de nosotros, cosa que lamenté porque Joel se dio cuenta primero.

—Con permiso —sin medir ni una pizca su fuerza, Joel le metió a Áureo un potente codazo para apartarlo del camino.

El empujón causó que el chico se tambaleara hacia un lado, sofocado, mientras el otro sonreía. Con la sorpresa aún en el rostro, volteé hacia Áureo para verificar que se encontrara bien, pero Omar me empujó con las manos para que siguiera avanzando e ignorara lo que acababa de pasar, que era prácticamente normal para ellos y para todos alrededor.

Talía y yo regresamos juntos a casa, justo cuando mi tía y mi mamá acomodaban la mesa y servían la comida. Preguntaron qué tal nos fue y casi al unísono ella y yo contestamos que bien, que nada nuevo había pasado.

Yo solo quería estallar y admitir que mi día había sido terrible. Terrible porque por milésima vez estropeé mi intento de relacionarme con Áureo y porque los pendejos de Joel y sus amigos no dejaron de molestar durante todo el día. Lo primero era lo peor de todo.

Después de comer con cierta prisa y escuchar los chismes de Talía sobre sus compañeras, fui al cuarto de arriba para encerrarme, vestirme y dormirme. Me puse la pijama a toda prisa, dejé cargando el celular, me lancé a la cama como si no hubiese dormido en ella en semanas.

Hundí el rostro en la almohada, solté una corta exclamación que el relleno ahogó fácilmente. Incluso pataleé un poco. Revolviéndome el cabello, ignorando mi esguince y rodando de un extremo del colchón a otro, repasé sin parar mi corta conversación con Áureo.

—Lo incomodé mucho —susurré—. Por eso salió corriendo.

Justo lo que no quería que pasara. Golpeé mi cabeza contra el colchón varias veces, cansado de pensar en exceso. ¿Qué pensaría de mí después de escuchar todas mis tonterías y notar lo embobado que estaba con él? Era obvio que cosas negativas…

—Solo tenía que agradecer, no pedirle que me hablara —seguí maldiciendo mi incompetencia.

Me cubrí la cara con la mano sana, negué con la cabeza unas cuantas veces, rechazando el pasado. Sin embargo, un flashazo llegó de golpe a mi mente. No todo podía ser tan terrible, pues hubo un momento en el que sentí que Áureo también ligaba conmigo. Y si no era eso, al menos había aceptado que fuéramos amigos… aunque afuera de la escuela.

Mis ánimos cambiaron de forma repentina. Esta vez rodé en la cama, pero de emoción y hasta alivio. Después recordé que nunca me pasó su celular y paré toda la celebración de golpe.

Estoy jodidamente loco ahora.

Tenía que esperar a que él me escribiera, pero no conocía a Áureo de nada como para saber si me mensajearía pronto o no. La ansiedad iba a consumirme por las siguientes horas mientras aguardaba. Temí que pudiese esperarlo por días.

Pero si me escribe, ¿de qué vamos a hablar?

Le pedí amablemente a mi cabeza que se callara, porque se estaba volviendo igual de insoportable que Joel. Quise consolarme con el teléfono, pero me conocía y sabía con mucha seguridad que me quedaría viendo fijamente la pantalla hasta que el mensaje de Áureo apareciera. Lo dejé en el buró, lo más lejos de mí, al otro lado del envase de yogurt con lavandas.

Al final, ya algo cansado, paré con todo mi desastre mental y me concentré en el techo húmedo. Me detuve en las manchas sobre mi cabeza e imaginé figuras aleatorias que podía ver en ellas. Algún rostro, animal, paisaje. Solía hacerlo cuando de plano no había nada más interesante. Subí una mano tras mi nuca y continué viendo hacia arriba hasta que, sin darme cuenta, me quedé completamente dormido.

Abrí los ojos una o dos horas más tarde, cuando mi mamá me agitó un poco por el hombro. Un poco desorientado, le pregunté qué quería y que me dejara dormir.

—Vinieron unos amigos tuyos —bajó un poco la voz—. Les dije que ahorita subieran.

Me tallé los ojos, junté las cejas y me senté en la cama justo cuando ella salía del cuarto. Al preguntarle quiénes venían, no me supo responder, pero como habló en plural, solo pude pensar en tres personas específicas. Maldije para mis adentros, ¿qué hacían ellos aquí? Tomé el celular a toda prisa y revisé si me avisaron que venían, pero no tenía notificaciones nuevas, ni siquiera el mensaje que tanto esperaba de Áureo.

Escuché pasos en las escaleras. Yo me peiné un poco y me mentalicé para recibirlos justo en el espacio que yo consideraba personal. Segundos después tocaron a la puerta y la abrieron sin esperar a que contestara. Primero se asomó Edwin, después Omar. Entraron casi al mismo tiempo, observando con curiosidad a sus alrededores.

Cuando nos quedamos solo nosotros tres en la habitación, supe que Joel no había venido con ellos. Y eso me resultó muy inesperado. Ya recargado sobre la cabecera pregunté —sin saludar primero siquiera— dónde estaba Joel.

—En su casa —dijo Edwin con una media sonrisa.

—Ni siquiera le avisamos que íbamos a venir —Omar se sentó cómodamente en el sillón junto a la cama.

El sol de la mañana se cubrió por completo de nubes grises y densas, oscureciendo mucho más el espacio donde estábamos. Parecía que casi anochecía pese a ser apenas las cinco. Predije lluvia, pero no quería que empezara en ese momento ni que se demorara tanto porque, de lo contrario, tendría que aguantar a esos dos más tiempo del que hasta ellos preveían.

—Pensé que ustedes tres eran inseparables —miré a ambos, que ya se habían acomodado bien en el sillón.

Los dos se rieron en voz baja, negándolo al instante. Comentaron brevemente que su relación no se basaba realmente en lealtad y amistad, sino en miedo. Los dos le temían a Joel y por eso preferían tenerlo cerca. Era mejor eso que a que fuera su enemigo y los tratara como a Áureo.

—No le cuentes que vinimos —pidió Omar con más súplica de la esperada—. A veces nos gusta descansar de él.

Sus palabras siguieron sorprendiéndome, pero solo porque eran dichas por ellos. Yo cedí fácilmente a su petición de no delatarlos, pues entendía que los espacios sin Joel fueran mejores. Poco a poco me di cuenta de lo pesadas que se tornaban las cosas cuando estaba con nosotros y que quería alejarme como Omar y Edwin, que ya estaban bien involucrados con él.

Después de eso comenzamos a platicar, ignorando el tema de Joel y disfrutando de su ausencia. Al principio comentamos el incidente del cerro de la semana anterior. Ellos hablaron de la pistola, de su guarida secreta, de lo mucho que les gustaba pasar el rato ahí y que incluso también era un buen sitio para esconderse de Joel. Les presté atención; era la primera vez que los escuchaba hablar tanto, sin interrupciones ni límites. Y debía admitir que hablar con ellos no era tan aburrido como pensaba.

Luego de escuchar cómo huyeron del cerro cada uno por su respectivo camino, me pidieron que les contara sobre mi accidente y lo que pasó después. Fui sincero durante el principio de mi historia. Les expliqué que yo seguí la dirección que ellos me indicaron y que durante mi huida tropecé por mirar hacia atrás. Rodé quién sabe cuántos metros cuesta abajo y finalmente terminé extraviado en un terreno lleno de lavandas.

Pero no les conté quién me encontró primero ni quién me llevó a mi casa. Les dije que caminé sin rumbo hasta un terreno y que ahí un hombre que conocía a mi abuelo me ayudó. Me dejó quedarme en su casa hasta que dejó de llover. Fue en esa espera cuando todo el mundo creyó que había desaparecido y comenzaron a buscarme.

—De verdad perdón, güerito —Omar pareció sincero y a la vez avergonzado—. Fue Joel el de la idea. Yo no quería que terminaras así de madreado.

Edwin le dio un codazo a su amigo, irritado.

—Échale la culpa a Joel —Edwin se acomodó mejor en su asiento—. Tú fuiste el que al final señaló hacia el lugar equivocado.

Los dos comenzaron a discutir sobre quién tenía la verdadera culpa de que yo me perdiera. Al final me preguntaron qué opinaba de todo aquello, ya que yo era la verdadera víctima de ese incidente. Los culpaba por mis heridas físicas y por hacerme pasar un mal rato, pero no podía negar que, de no ser por ellos y su broma, yo no habría tenido ningún tipo de acercamiento con Áureo.

Al final, para evitar más culpas y discusiones, les dije que en realidad todos éramos culpables. Mi parte recaía en haber salido con ellos sin saber a dónde iríamos ni lo que haríamos, en aceptar tomar un arma y en tratar de huir sin asumir mi responsabilidad aun cuando fui atrapado. Los demás tendrían que admitir sus responsabilidades por cuenta propia, aunque sintiera que tuvieran muchas más que yo en ese incidente.

Nos quedamos callados por unos cuantos segundos, sin un tema nuevo del que pudiéramos hablar. El silencio en la habitación hizo que pensara más de la cuenta, que recordara cosas que omití en mi relato y que también meditara sobre mi corta pero productiva charla en el receso. Quizás era un buen momento para sacar aquel tema.

—¿Puedo preguntarles algo? —los miré fijamente, con un poco de timidez, pero también seriedad.

Los dos ladearon la cabeza, sonriendo a medias y preguntándose qué podría decirles. Su interés me produjo un nerviosismo que traté de disimular lo mejor posible. Tenía muchas preguntas que solo ellos podían responder, pero también temía a todo lo que pudieran expresar. No estaba seguro de qué tan crueles serían ni qué tanto riesgo corría yo al hablar sobre eso.

—¿Quién es ese chico del que siempre se burla Joel? —fingí que ni siquiera me sabía su nombre—. Hoy vi que lo empujó a la salida.

Omar y Edwin se miraron, dubitativos, como si no esperasen mi pregunta ni supieran qué decir. Otra vez el cuarto se quedó en un incómodo silencio. Yo me mantuve con los ojos bien abiertos, aparentando curiosidad, aunque por debajo de las cobijas me temblaran las piernas y apretara los puños.

—Áureo —contestó Edwin después de pensarlo bien—. El joto acosador.

Suspiré con la mayor de las calmas después de oír aquello tan claramente. Alcé una ceja, sin entender completamente a qué se refería, pues no conocía una historia mejor explicada que la de Talía. Antes de que yo pudiera realizar más preguntas, Omar empujó a Edwin con el hombro, igual de irritado que rato atrás, cuando Edwin le hizo lo mismo.

—Ni te hagas, que le sigues hablando —Omar lo dejó en evidencia—. Nomás lo molestas por quedar bien con el Joel.

Mi sorpresa fue auténtica. Otra vez los dos comenzaron a empujarse y a insultarse, probando incluso que Edwin no era el único que seguía manteniendo contacto con Áureo. Ambos le hablaban a espaldas de Joel, aunque muy poco. Afirmaron que aún les agradaba, pero que lo que pasó en su grupo de amigos volvió complicada su convivencia.

—¿Es que qué tal si le gusto yo después? —ese era el principal miedo de Edwin.

Traté de no reírme. No es que lo considerara feo, pero casi. Tanto por fuera, como por dentro. El enamoramiento y los intereses de un gay no eran tan simples y superficiales como él los hizo ver con su absurda pregunta.

No por ser gay me van a gustar todos los hombres por igual, Edwin, me habría encantado decir en mi defensa y en la de Áureo.

—En la capital yo tengo amigos gays —en realidad esos amigos eran yo mismo—. Al principio pensé igual que tú, pero no. Tienen un tipo ideal, ¿sabes? No les gustamos todos.

Fue como si descubrieran algo nuevo que no parecía ser completamente real. No insistí más en el tema aunque ellos exteriorizaran sus dudas, pues sabía que no cambiarían tan fácil de opinión. Que viniera un citadino privilegiado a tratar de cambiar su estilo de vida resultaba inquietante.

—¿Pero por qué dices que es acosador? —quise llevar el tema hacia el pasado de todos ellos y no tanto en si me gustaban todos los hombres o no.

Igual que Talía, me hablaron de Hugo, un vecino con el que Joel se hablaba desde niños. Eran mejores amigos, casi como hermanos, inseparables. Ambos lo conocieron después, en secundaria, y se llevaron bastante bien desde el principio. Áureo también se les sumó casi al mismo tiempo porque era amigo de Edwin.

—A principios del semestre pasado notamos que de un rato a otro Hugo y Áureo se volvieron muy amigos —dijo Omar, rascándose la cabeza.

Pero creyeron que era normal. Después de todo, tenían actitudes muy parecidas.

Un día Joel quedó de verse con Hugo en el receso para jugar en las canchas como todos los días, pero no apareció. En su desesperación porque el tiempo de juego iba a acabarse y el equipo estaba incompleto, lo buscó por toda la escuela. Pero en el momento en que lo encontró, justo detrás de unos salones apartados, Joel vio que Áureo estaba forzando a Hugo a besarlo.

—Nombre, gringo, si hubieras visto el pedo que se armó… —a Edwin le pesaba recordarlo—. Hugo estaba espantadísimo.

Omar solo asentía con la cabeza, dándole la razón a su amigo. Yo no podía procesar completamente lo que me contaban. Todo sonaba tan… mal.

Hugo no quería que Áureo lo siguiera molestando, pero este último no paraba de insistir. Como él no estaba para nada interesado lo rechazó directamente y eso, supuestamente, Áureo no lo entendió.

—Áureo amenazó a Hugo con decirle a todo el mundo que estaban en una relación, aunque no fuera verdad —continuó Edwin. En mi cabeza ya no cabía más información—. Y por el miedo de todo su desmadre, Hugo se fue a la capital.

Había olvidado hasta cómo parpadear. Los dos notaron que mi rostro palideció y que mi mente estaba hecha un lío. Entre que relacionaba nombres, lugares y hechos para darles sentido, los dos volvieron a darse unos cuantos empujones porque el espacio era pequeño y sus cuerpos, grandes.

—Joel fue el único que lo vio todo, por eso nos lo contó.

Capítulo 10

Abandonaron mi casa justo después de contarme el chisme que más curiosidad me causaba, pues escuchamos un trueno a lo lejos, notamos que el viento incrementó y que en el ambiente ya se respiraba la humedad de la tierra. No querían que les agarrara la lluvia como la última vez que todos salimos al cerro.

Los despedí desde la cama, pues no tenía ni una pizca de ganas de acompañarlos hasta la puerta. Para eso estaban mi mamá o mi tía. Les dije que los vería en la escuela, como siempre, y les pedí que no le contaran nada a Joel sobre nuestra conversación. De lo contrario, yo delataría que me visitaron en secreto porque a veces se hartaban de él. Fue una negociación muy conveniente para todos, así que, sin más impedimentos, partieron.

Tras volver a mi acostumbrado silencio, me di cuenta de que pasaba mucho tiempo a solas cuando estaba en casa, encerrado en la habitación. Tenía tiempo de sobra, el internet apestaba y mis supuestos amigos me invitaban a salir más de lo que me visitaban. Yo me la pasaba sobrepensando, cosa que nunca había hecho hasta mi mudanza a aquel pueblo. Pero al menos me volví consciente de un montón de cosas que en la ciudad no notaba. Como, por ejemplo, que le importaba a mi mamá. O que podía gustarme alguien en el lugar menos esperado del mundo.

Sin embargo, mis propias reflexiones también me hicieron ver todos los beneficios que yo tenía al vivir en la zona más urbanizada del país y que en este otro sitio no existían. Como, por ejemplo, no sufrir de tantos señalamientos únicamente por ser yo. Tenía miedo de hablar sobre ello con mi familia, sí, pero estaba casi seguro de que no me iba a enfrentar a las mismas cosas negativas por las que seguramente Áureo pasó.

A mí no me esperaban golpizas, amenazas ni insultos constantes. ¿Desaprobación? Tal vez, aunque no de todos a mi alrededor. Porque el mundo estaba cambiando, pero no de forma pareja.

Me dejé caer en la almohada, ignorando casi hasta mi existencia. Mantuve el brazo lastimado sobre mi pecho y el otro a un costado. La cobija permaneció a medio estómago para calentarme únicamente los pies.

Repasé lentamente la breve historia de Edwin y Omar para que terminara de entrarme en la cabeza. Me inquietó con creces todo lo que mencionaron, no solo por la gravedad del tema, sino por desconocer cuál era la verdad. No quería creerles. Principalmente porque ellos tampoco estuvieron ahí y se limitaron a creer en Joel.

Había detalles que coincidían con la historia de mi prima, como el acoso y un chico llamado Hugo que se fue poco antes de que yo llegara en su reemplazo.

Reemplazo...

No quería llamarme ni sentirme así, pero incluso terminé metido en el mismo círculo de amigos que él. Cobró un poco de sentido que esos chicos tan problemáticos fueran los primeros en hablarme sin trabas, pues acababan de pasar por una ausencia importante como lo era la de su pobre amigo acosado.

A pesar de que conocía a Áureo muy poco, no lo creía capaz de hostigar a alguien por sus propios intereses. Era demasiado retraído como para atreverse, estaba seguro. Porque incluso estando a solas conmigo nunca se comportó mal ni invadió mi espacio. Más bien, yo invadí el suyo y le arrebaté parte de su poca tranquilidad aun por encima del acoso escolar que él sí enfrentaba.

De verdad me avergonzaba ser partícipe y no encontrar una forma de detenerme.

El sábado en la mañana —luego de terminar con mis escasos dos días de asistencia a la escuela—, desperté al mismo tiempo que mi mamá. Ella se quedó varios minutos sentada, de espaldas a mí, observando en total calma hacia las cortinas entreabiertas y lo que se proyectaba detrás de ellas.

Yo apenas la miré, un poco atontado por el sueño que aún no desaparecía. Seguía debatiéndome entre seguir dormido o levantarme temprano por primera vez en semanas y hacer algo con mi vida, tan limitada en aquel lugar.

Un pequeño movimiento para acomodarme mejor en el colchón hizo que mi madre volteara hacia mí, seria. Fijamos los ojos en el otro solo por un instante, pues yo volví a cerrarlos para quedarme dormido otra vez. Lo había decidido en ese preciso instante.

De repente, sentí su mano sobre mi hombro, agitándome con un poco de brusquedad. Junté las cejas, tensé los labios y dejé escapar una queja ligera.

—Ya vi que estás despierto —habló en voz baja—. Levántate.

Tomé las cobijas y me cubrí la cara antes de tratar de voltearme en dirección opuesta. Sentí que tiraba de ellas en dirección contraria; mi mamá deseaba evitar que cerrara los ojos otra vez quitándomelas de encima. Una súbita molestia se manifestó en mis adentros.

—Déjame en paz —exclamé con más brusquedad de la que debí, quitándome su mano de encima.

Paró justo en ese momento, tal y como se lo pedí. Dejé escapar el aire en un pesado suspiro, todavía con las mejillas rojas, los puños apretados y una pequeña sensación de culpa en el pecho. Me daba más en el orgullo admitir casi en el instante que no era mi intención sonar tan grosero. Dejé que a mis palabras se las comiera la afonía que siempre estaba en medio de los dos, separándonos más de lo que ella deseaba.

—¿Por qué siempre me tratas así? —preguntó en un susurro.

La presión sobre mi pecho se intensificó. Bastó solo esa pequeña interrogante para replantearme toda mi existencia. Comenzaba el día con el pie izquierdo y era demasiado temprano.

Traté de no hacerme un lío mental. Solo quería descansar, estar tranquilo como cuando no nos hablábamos.

Era mejor cuando se iba todo el día a comprar con sus amigas.

Porque me dejaba solo y en paz, en mis cosas. Mi vida le interesaba muy poco y eso estaba excelente, en comparación con la actualidad. Aquella presencia tan cercana y repentina no me agradaba ni un poco por la falta de costumbre. Nuestra relación era terrible, por eso estar siempre lejos el uno del otro apaciguaba las tensiones. Pero como en ese momento compartíamos habitación y hasta cama, estábamos obligados a convivir.

Me hubiera encantado echarle en cara que le hablaba de esa manera porque ella también solía responderme así cuando, de niño, quería que me hiciera caso por encima de sus inexistentes responsabilidades. Si de alguien heredé el ser rencoroso, fue justamente de ella.

—Porque no me dejas dormir —bajé la voz, portándome lo más sereno posible.

Pero no iba a poder recuperar el sueño, de cualquier modo. Se esfumó casi en el instante en que me enojé por sus jalones de cobijas. Ya solo me quedaba fingir que dormiría por los minutos siguientes, invadido de coraje y orgullo.

Ella salió de la habitación, seria y disgustada, no sin antes decirme con cierto tono autoritario que me levantara en diez minutos para desayunar con los demás. Yo no dije nada, ni siquiera me moví.

Una vez que me quedé solo y descubrí que no podría dormir de nuevo, me quité las cobijas de la cara y me alcé un poco en la comodidad de mi sitio para alcanzar el celular en el buró. Al tantear un poco a ciegas, golpeé el bote de yogurt con lavandas varias veces, provocando que las plantas, ya secas, dejaran caer pequeñas flores y hojas sobre mi brazo.

Desconecté el celular del cargador y lo desbloqueé para revisar si había algo nuevo entre mis notificaciones.

Terminé muy rápido con eso, pues ya no tenía redes sociales. Fui directo a los mensajes. Más saludos que archivar de chicas que no conocía, menos conversaciones importantes. O eso pensé hasta que vi que, a las dos y media de la madrugada, Áureo me mandó el mensaje que tanto esperaba. Sabía que era él porque tenía como foto de perfil una de las cabras con las que yo conviví en su terreno. El impacto y los nervios me hicieron tirar el celular de repente, como si hubiese saltado un screamer en la pantalla.

Me dejé caer en la cama nuevamente, lastimándome un poco el brazo por la brusquedad. Igual que el jueves anterior, rodé en la cama, rojo de pena. Ni siquiera leí lo que mandó, pero imaginé decenas de posibilidades interesantes. "Hay que vernos", "Ven a mi casa", "Acepto ser tu amigo".

Sin pensármelo dos veces, abrí el chat. El corazón no dejaba de latirme con fuerza y mi respiración tampoco podía calmarse. Grande fue mi decepción cuando, al querer leer su mensaje, descubrí que solo había mandado un punto. Un punto. Cero palabras o emojis. Un simple e insignificante punto.

¿Cómo carajos respondo a eso?

Todas mis fantasías se cayeron al suelo. De nuevo me invadió la angustia y la inseguridad. Hundí la cara en la almohada, solté una pequeña exclamación, golpeé el colchón con el puño un par de veces al no saber qué hacer. ¿Acaso me invitaba a que yo iniciara la conversación? ¿O solo me mandó ese punto para que registrara su número también? Si me atrevía a escribirle, podía quedar en ridículo por mis excesivas suposiciones y era lo que menos quería.

Pero si no aceptaba el sacrificio de pasar por alguna vergüenza, no iba a llegar a ninguna parte. Después de calmarme, tomé el celular nuevamente. Vi con detenimiento ese mensaje tan intimidante, recuperando el aliento. Junté un poco las cejas, sostuve el dispositivo con ambas manos y, sin detenerme tanto en que algo podría salir mal, escribí lo primero que se me vino a la cabeza:

"¿Puedo pasar por mi suéter hoy?"

De este modo obtenía varias cosas buenas como, por ejemplo, mi suéter, confirmar que no se equivocó de número y, principalmente, la posibilidad de verlo. No me despegué de la pantalla por el rato siguiente, esperanzado de que respondiera rápido. Pasados ya tres minutos que se sintieron como una eternidad, bajé ambas manos, rodé por la cama unas cuantas veces y me relajé.

Fue entonces cuando la notificación sonó, acompañada de un flash parpadeante. Me lancé nuevamente al celular y leí a toda velocidad su respuesta. Sonreí de oreja a oreja, sin poder controlar mi instantánea felicidad. Áureo dijo que sí, que podíamos vernos para eso. El chico añadió en breve que nos encontráramos justo en el mismo sitio que la primera vez que cruzamos palabra; por donde crecían los grandes matorrales de lavandas silvestres.

Era un buen punto de referencia, ya que ninguno sabía dónde vivía el otro. Quedamos de vernos dos horas después, justo al mediodía.

Desayuné con mi familia y estuve casi todo el rato al pendiente del teléfono por si Áureo mandaba más mensajes, aguardando también con impaciencia a que llegara la hora de encontrarnos. Incluso cuando creí haber recibido una notificación en la mesa y revisé el celular, mis tíos hicieron el típico comentario de que seguramente me mensajeaba con la novia y por eso andaba tan sonriente.

Me reí por obligación para no causar ningún tipo de silencio incómodo ni comportarme como un mamón. Ya al final del almuerzo, cuando iba a dejar mi plato a la cocina, me crucé con mi mamá y le avisé que saldría con uno de los chicos que vino días atrás. Ella se negó al principio, alegando preocupación por mí. No quería que el incidente de la semana anterior se repitiera y terminara lastimado otra vez.

Traté de tranquilizarla diciendo que no me pondría bajo ningún riesgo y que andaría muy cerca de la casa. Que me llevaría el celular y que le llamaría si ocurría algo, aunque la señal estuviera del asco. Tampoco estimaba tardar demasiado porque solo iría por mi suéter.

Finalmente, cuando la hora estuvo demasiado cerca, salí corriendo hacia el cerro, sin despedirme de nadie. La emoción y las ganas de verlo a solas eran muy fuertes. Subí unos cuantos metros por la calle y más pronto que tarde seguí el camino de tierra que ya empezaba a saberme de memoria.

Mientras andaba, revisé el celular en repetidas ocasiones. Iba varios minutos adelantado a la hora de encuentro, seguramente por la prisa y la creencia de que, si yo me apresuraba, él también lo haría, o incluso que ya aguardaba por mí.

Cuando me hallé bastante cerca de aquel matorral que Áureo olió en el pasado, noté que él aún no llegaba y que me tocaría esperar por aproximadamente quince minutos, eso mientras el otro fuera un chico muy puntual.

Me senté en la tierra con bastante cuidado, junto a las lavandas. Crucé las piernas y aguardé. El silencio del bosque fue en verdad relajante y el sol que apareció aquella mañana, una inmensa ayuda para que el frío se fuera de mi cuerpo.

Así pues, faltando tan solo dos minutos para que dieran las doce en punto, Áureo apareció a lo lejos, caminando con lentitud. Saludó apenas con un movimiento de mano, sin cambiar la seriedad de su expresión. Yo me levanté casi de golpe, sacudiéndome la tierra del trasero y las piernas. Sonreí un poco para disimular mi emoción; le dije hola en un murmullo.

Nos quedamos de pie, uno frente al otro, callados. Evadimos la mirada por un corto instante antes de que él decidiera sacar mi suéter de su morral de lana café. Me lo tendió con una mano, queriendo que lo tomara cuanto antes. Yo se lo recibí con un agradecimiento sincero, especialmente porque ya no estaba lleno de lodo y plantas.

Luego recordé que ese suéter debía lavarse de forma especial. La señora Rafaela era la única que sabía cómo no estropearlo. Era muy probable que esa prenda ya estuviera perdida para siempre, pero aprecié mucho su gesto. Ya me compraría otro después.

—De nada —retrocedió un paso, muy dispuesto a regresar por el mismo camino.

Yo no lo había esperado en la tierra húmeda por quince minutos para que nuestra reunión solo durara unos pocos segundos. Quería pasar más tiempo con él, aprovechar la oportunidad de estar solos y fuera de la escuela para conocernos, para ser amigos, justo como él accedió.

Lo detuve a tiempo, mencionando su nombre por primera vez.

—Áureo… —el chico volteó casi al instante, prestándome atención. Oculté un poco el rostro, viendo hacia el matorral de lavandas junto a mí—. ¿No quieres hacer otra cosa? No sé, ir a platicar a algún lado.

No contestó de inmediato. Igual que yo, miró en otra dirección. Se rascó la nuca y tensó un poco los labios. Su indecisión causó cierta desesperación en mí, así que volví a tomar la palabra tan solo diez segundos después.

—Pues ya estamos aquí, ¿no? —alcé los hombros, busqué su mirada para que el ambiente se sintiera menos pesado.

—Bueno… —accedió en voz baja—. Pero ¿a dónde vamos?

Lo hubiera invitado a mi casa si tan solo no estuviera toda mi familia, en especial Talía, que conocía los rumores sobre Áureo. Temía que sacara conclusiones muy rápido, creara en su mente otro chisme como los que ya circulaban y nos metiera en un problema. Y como era sábado, seguramente otros miembros de su familia también estarían en su casa.

No tuve que pensarlo demasiado. Podíamos tener privacidad suficiente en aquel terreno de su familia donde abundaban las lavandas y a donde nadie iba porque era propiedad privada. Se lo comenté con cierta pena, pues no quería sonar a que yo mismo me invitaba a su propio espacio.

Alzó un poco las cejas, asintió ligeramente.

—Está bien —comentó a la brevedad—. Vamos.

Seguimos el camino de tierra por un buen rato, yo por detrás, observando con curiosidad a mis alrededores. De fondo el sonido de los pájaros, las ramas meciéndose y Áureo explicando en pocas palabras el camino que estábamos tomando. Me gustaba su voz tan tranquila, uniforme y un poco grave. Hacía un juego excelente con el entorno.

Le presté atención durante todo el trayecto. Observé sus puntos de referencia, como un tronco caído, piedras enormes con formas específicas, manchas rojas en los árboles. Pronto dejamos atrás el camino que tanto me sugerían no perder de vista. Me pegué un poco más a él para evitar perderlo y, con ello, perderme.

—¿Ya estamos cerca? —pregunté, mirando hacia atrás. Ya no tenía ni idea de dónde estábamos.

Áureo asintió, confiado.

—En cuanto empieces a percibir el fuerte aroma a lavanda, por ahí es —estaba seguro de eso.

Caminamos solo unos metros más. Yo miraba hacia otra parte justo cuando él se detuvo de golpe. Se giró un poco para hablar conmigo, pero no pudo decir nada porque choqué con la parte lateral de su cuerpo. Áureo alcanzó a sostenerme ágilmente por los hombros y a plantar firmemente sus pies sobre la tierra, impidiendo que los dos cayéramos cuesta abajo por la pérdida de equilibrio.

—Creí que habías entendido lo peligroso que es caerte en una bajada así —me llamó la atención.

Observó mi brazo, todavía vendado. Encogido de hombros, me disculpé por mi descuido. Incluso sentí el ardor en las mejillas, producto de la vergüenza.

Antes de soltarme para que siguiéramos caminando, me dio un pequeño coscorrón en la cabeza, curvando muy poco los labios. El gesto más inesperado del mundo. Mi rostro no pudo contener la sorpresa. El pecho me ardió, mis mejillas estuvieron cerca de explotar, las piernas me temblaron de forma incontrolable.

—Solo estate atento al camino, güero —dijo ya más relajado antes de dar media vuelta y seguir por delante de mí.

Lo obedecí en silencio, por encima de mis emociones. Me gustaba la forma en la que hablaba, sobre todo cuando solo estábamos nosotros dos porque parecía un poco menos vacilante. Aunque, en realidad, todo en él me gustaba. Su apariencia, su actitud, su inteligencia. Era misterioso, pero no muy cerrado. De pocas palabras, pero frases atrapantes. Y con un rostro tal vez muy oculto por sus inseguridades, pero lo suficientemente guapo para llenar mis expectativas.

Por los siguientes dos minutos lo admiré de cerca y en silencio, pero atento al camino también. Una vez más se detuvo, pero hizo una seña previa con la mano para evitar otro tropiezo. Esta ocasión me quedé de pie a su lado, aguardando sus siguientes comentarios.

—Presta atención al aroma —alzó el índice junto a su cara, cerró los ojos e inhaló con profundidad.

Lo imité, creyendo que con sus movimientos me pedía hacer lo mismo. Justo como él comentó un rato atrás, el aroma a lavanda se hizo presente. Un aroma fuerte, fresco y embriagante, como mis sentimientos por él.

Capítulo 11

Después de admirar desde la altura la belleza del gran terreno floreado, nos dispusimos a bajar del cerro por una zona bastante inclinada. Era la única forma que teníamos para llegar a nuestro destino, pues no existían caminos de tierra que nos llevaran a salvo hasta ahí.

Áureo me preguntó en broma si no tenía una técnica especial para bajar rodando y que de esta forma llegáramos más rápido. Aunque al principio fruncí el entrecejo y traté de mostrar que me molestaba que se riera del dolor que todavía me recorría el cuerpo entero, acabé por sonreír con timidez a sus palabras.

Nos acercamos lentamente hacia la parte inclinada, él por delante. Me explicó que pisara de lado y lo hiciera lentamente para evitar resbalones y más golpes. Hizo una pequeña demostración por el camino que tomaríamos y esperó a que yo lo imitara. Pero con un brazo lastimado y los pies más torpes del mundo, no logré mantener muy bien el equilibrio para bajar justo como Áureo sugirió. Casi aterricé en el suelo un par de veces y, en otras más, mi mano logró impedir que me golpeara el cuerpo a cambio de recibir los peores impactos de la tierra.

—Deberías bajar sentado —él no tuvo problemas para recorrer un pequeño tramo de esta forma y mostrarme cómo podía hacerlo.

—Me voy a ensuciar más el pantalón…

Giró los ojos, un poco desesperado por mi torpeza y mi poca colaboración. Ayudar a un niño rico no era tarea fácil, hasta yo lo admitía. Áureo se levantó del piso, se sacudió un poco el trasero y volvió a pedirme que intentara bajar de lado como llevaba haciendo por varios metros. Yo estaba un poco más cansado de lo esperado y ya no quería seguir lastimándome. Al ver mi indecisión, se le ocurrió una idea sencilla.

—Dame la mano —y me la extendió sin dudar.

No quería pensarlo demasiado sino aceptar, pero la emoción que me generó su propuesta no me dejó. Incluso retrocedí ligeramente. Estaba avergonzado, temeroso y alterado. De repente se me quitó el frío del cuerpo y mis piernas se sintieron más débiles que cuando bajaba por el cerro. ¿De verdad quería darme la mano?

Se la extendí con cierta duda, aunque seguía más cerca de mi cuerpo que del suyo. Él tuvo que avanzar un paso para alcanzarla y sujetarla con fuerza y seguridad. La brusquedad de su movimiento causó que respingara y mantuviera los ojos bien abiertos, fijos en él. Su mano estaba más caliente que la mía.

—Yo te sostengo, güero —quizás pensó que tenía miedo—. Solo pisa igual que yo.

Su confianza fue contagiosa, así que lo seguí sin poner más excusas, todavía con el corazón y la cabeza hechos un lío. Traté de ser cuidadoso en todo momento, en especial para cuidar mis heridas de la caída anterior, que dolían aún más cuando trataba de moverme despacio.

Áureo era fuerte, más de lo que hubiera esperado. Pudo con su cuerpo y aparte con el mío durante la bajada. Soportó mis resbalones y fue también esa pared de la que me sostuve en más de una ocasión. Nunca habíamos tenido una cercanía así; cosa que le agradecí a mi torpeza. Solté varias exclamaciones cuando creí que me caería, como una alarma para que Áureo corriera a rescatarme. A veces me reía, otras no tanto. Pero siempre estuve al pendiente de que su mano siguiera sosteniendo la mía.

Se ven bien juntas.

La sola idea me hacía sonrojar y sonreír como un idiota.

Una vez que los dos nos hallamos en tierra firme tras un trayecto corto, pero agotador, me soltó. No miró ni siquiera a nuestras manos ni a mi rostro, sino que se fue directo al campo para pasearse en él. Yo no tuve más alternativas que seguirlo de cerca, viendo cómo se ponía a oler cuantas flores le fueran posibles.

Las sujetaba con el índice y el pulgar, las aplastaba y después se olía los dedos, disfrutando de la fragancia que de por sí ya era fuerte y relajante. Queriéndolo imitar, hice lo mismo. Tomé un par de flores, las estrujé y olí de cerca su aroma. Era mejor que el de los suavizantes de ropa o el de los matorrales de ciudad.

—Ya vi que también te gustan las lavandas —comentó, mirándome al otro lado del matorral que los dos olíamos.

—Me relajan y me recuerdan a mi casa de allá.

Mi mamá también era fanática no solo del aroma, sino del color de las lavandas. Representaban una parte importante del pueblo donde nació, pero también parte de mi propia vida. Ella solía decorar nuestro hogar con aquel característico color en secciones muy específicas y también tenía varios matorrales en nuestro jardín. En esa casa yo viví toda mi vida, pero era menos consciente del valor de aquellas cosas moradas hasta que me fui a esconder al pueblo.

Gracias a Áureo, ya tenía un motivo más para estar cerca de aquella planta.

Él estuvo de acuerdo conmigo. Dijo que también le agradaban por su efecto relajante. Comenzamos a caminar rumbo a la construcción en obra negra, ubicada a no más de cincuenta metros de nosotros. Lo miré de reojo varias veces, aprovechando que no hablábamos. Estar cerca de él así, a solas y callados, me ponía bastante nervioso.

—Cuando quiero estar tranquilo, vengo aquí —confesó para romper un poco con el silencio que se venía prolongando.

No le gustaba estar encerrado en su casa. Prefería pasear mientras escuchaba música, respirar aire fresco, todo lo contrario a mí. Si yo no estaba en mi cuarto, era porque tenía escuela, entrenamiento o algo importante que hacer. Y en el pueblo, donde no había nada, el cuarto y el silencio eran más atractivos que la gente.

—Ya vi que los dos nos aburrimos seguido —dije yo, esperando que de esta manera pudiéramos iniciar con una conversación más personal—. No hay nadie para salir o platicar.

Áureo me observó de arriba abajo, con una ceja alzada.

—Pensé que salías con Joel y los otros —susurró antes de entrar a la construcción.

Las cabras estaban afuera; una yacía acostada sobre el pasto, y la otra comía con calma al lado de ella. Las examiné por un instante antes de sumirme en la misma oscuridad que Áureo.

Alcé los hombros, hice un puchero. Le dije que Joel no me agradaba tanto como los otros dos y que estaba con ellos porque fueron los únicos que comenzaron a hablarme como si ya me conocieran de toda la vida. Mi vulnerabilidad ante el cambio repentino de ciudad hizo que les tuviera confianza muy rápido antes de ver qué tipo de personas eran.

—Pero quiero comenzar a alejarme de ellos —me sinceré, cabizbajo—. Creo que no son buenas personas.

Áureo se sentó cerca de donde yo me quedé cuando me escondí. Esperó a que lo imitara, observándome y luego girando la cabeza hacia el espacio junto a él. Caminé hasta ahí y, sin pensar mucho en la suciedad del piso, acabé a su lado, aunque no completamente cerca. Treinta centímetros me separaban de su cuerpo.

—Edwin y Omar solo son tontos —contestó a mi comentario anterior para que el tema no muriera—. Joel es por quien debes preocuparte.

—¿Por qué? —pregunté rápidamente.

Él frunció las cejas, cuestionándose si mi pregunta iba en serio o no. La respuesta parecía ser muy obvia, pero no para mi cabeza. Por la entrada de la construcción pude ver que las nubes grises y densas se aproximaban. Todavía era mediodía, pero la lluvia en este pueblo no tenía horario. En cuanto surgiera otro silencio incómodo, tomaría el teléfono y le avisaría a mi mamá que me encontraba bien.

—¿Acaso no has visto su pistola…? —se interrumpió a medias en un sobresalto—. Quiero decir, el arma de su papá. Ya sabes, la que dispara… No lo malpienses.

Agitó las manos por enfrente, un poco nervioso. Yo no me había dado cuenta de que sus palabras podían malinterpretarse hasta que él mismo lo comentó. Me sorprendí y avergoncé, pero traté de ocultarlo diciéndole que entendía bien a qué se refería. No necesitaba hacer aclaraciones.

Después de eso, nos reímos. Él hundió el rostro en sus rodillas porque todavía se sentía apenado. Incluso cuando las risas terminaron a los pocos segundos, se cubrió la cara con ambas manos. Yo lo observé con mucho interés, todavía sonriendo, con el pulso acelerado y la respiración cada vez más fuerte.

Era demasiado para mí. Guapo, amable, tímido. Nos parecíamos más de lo que hubiese esperado. Estar con él, aunque fuera en silencio, reconfortaba muchísimo. Me sentía mucho menos solo porque sabía que él también comprendía parte de mis sentimientos, aunque no lo supiera.

Sentimientos de culpa constante, negatividad y odio propio. Confusión, dolor, soledad. Tenía que enfrentarme a diario con ese peso tan desagradable cuando no era honesto ni conmigo. Y lastimaba, aunque no tanto como lo lastimaban a él.

—También he visto cómo te trata —murmuré.

Alzó el rostro de nuevo, recargó la barbilla sobre su mano y me miró con atención. Yo intenté evadirlo al principio, creyendo que me metía más rápido de lo que debía en un tema complicado. Aunque quería desviar la atención de aquello con otra conversación más pacífica, no encontré la manera. Volvimos a quedarnos callados por el minuto siguiente.

—Ya te contaron la razón por la que lo hace, ¿no? —noté que tensó un poco los labios.

Asentí sin decir nada. De repente el ambiente se tornó pesado e incómodo. No era completamente capaz de decirle qué era exactamente lo que sabía. Tenía cierto temor por su forma de reaccionar a la historia de mi prima y a la de los sujetos que se suponía seguían siendo sus amigos.

—¿Pero es cierto lo que dicen? —seguí hablándole en voz baja.

Áureo se alzó para recargar la espalda y la cabeza en la pared. Estiró las piernas por enfrente, dejó las manos tendidas a los costados, miró hacia la nada, suspiró. Antes de revelarme su propia verdad, quiso saber qué fue lo que me habían contado.

Nuevamente los nervios me impidieron hablar cómodamente. Me prestó mucha atención, aunque apenas volteara sus ojos hacia mí. Aguardó con un poco de impaciencia a que organizara mentalmente la historia que le relataría. ¿Por dónde empezaba? ¿Qué supuesto secreto tenía que mencionar?

—Ellos hablaron sobre un tal Hugo que ya no vive aquí —me encogí lentamente en mi lugar—. Y que a ti… te gustaba mucho.

El chico permaneció inmóvil y callado, esperando a que agregara más. No negó ni aceptó aquella información hasta que yo hablé de nuevo, siendo un poco más específico.

—Dijeron que lo acosabas —el volumen de mi voz disminuía cada vez más—. Y que lo obligaste a besarte.

Él asintió lentamente, procesando mis palabras. Pude notar que apretaba el puño en el piso, pero no desvió la vista del frente.

—Es justo lo que me dijo Joana —habló por fin.

Y después aclaró que aquel rumor no era más que eso, un rumor. Malicioso y hasta cruel, pero tan falso como mi amistad y empatía por Joel. Yo sabía que las palabras de Talía, Omar y Edwin no podían ser ciertas, en especial porque ellos jamás estuvieron en el momento de los hechos para comprobarlo.

Tuve bastante curiosidad por descubrir la verdad, aunque también supiera que eso no haría ninguna diferencia en su presente. ¿Qué podía esperar de su respuesta? ¿Un rumor por venganza? ¿Un intento de exilio? Imaginé tantos escenarios como pude en menos de tres segundos, hasta que Áureo interrumpió mis pensamientos con brusquedad.

—En realidad, Hugo era mi novio.

Sentí una extraña e inexplicable punzada en el pecho. Su revelación tan repentina me causó cierta conmoción que no pude evitar manifestar en el rostro. No quise que él pensara que estaba en desacuerdo con sus acciones, así que volví pronto a la neutralidad de mis gestos, aunque por dentro estuviese ardiendo.

—Vaya… —fue lo único que pude decir.

Que él estuviera en una relación, aunque a escondidas, decía mucho. Y no tanto en un aspecto negativo, sino de experiencia. Áureo ya había besado a un chico, también experimentado tener novio y quererlo con su debida honestidad. Y si permitía a mi mente profundizar más en su vida íntima, era probable que tal vez, y solo tal vez, ya lo hubieran hecho.

Dejé que él mismo me lo contara.

Hugo y Áureo se conocieron en secundaria, cuando Joel los presentó. Al principio fueron buenos amigos y mantuvieron esa amistad tan tranquila y ordinaria hasta la preparatoria. Pero sin haberlo planeado y por coincidencia del destino, comenzaron a frecuentarse más. Tenían varias cosas en común, como su gusto por los paseos en el bosque, escuchar música gran parte del tiempo y ser más reservados que los otros porque preferían la tranquilidad por encima de los problemas.

Los dos, juntos y a solas, pasaban ratos de suma calma y pláticas interesantes. No fue sorpresa para ninguno que su cercanía se volviera tan estrecha, incluso más que la que Hugo tenía con su amigo de la infancia, Joel.

—Él fue el primero en decir que le gustaba —sonrió apenas, en una minúscula curva.

Áureo ya intuía que entre ambos existía una inexplicable tensión, pero no la había aceptado hasta que Hugo se sinceró respecto a sus propios sentimientos. Y él estuvo de acuerdo, aunque no de inmediato. La confusión primero invadió a Áureo por varios días, durante los cuales pensó con detenimiento qué significaba sentirse atraído por otro hombre.

Buscó información en su limitado internet creyendo que ahí podría encontrar la respuesta a una pregunta que jamás en su vida se había hecho y de la que tampoco nadie hablaba. Tras meditarlo y estar seguro de lo que significaban sus propias emociones, aceptó que también sentía atracción por Hugo y que lo mejor era no hablar de eso más que con él.

Ambos estuvieron muy de acuerdo, principalmente para evitar problemas con su pequeño círculo de amigos. Lo que menos querían era que todo el mundo se enterara y que el asunto se volviera incontrolable. Áureo no deseaba que ninguno se enfrentara a cosas tan desagradables como el bullying ni la desaprobación familiar. Así que trató de que ambos fueran lo más cuidadosos posible.

—Pero ya sabes lo que dicen —en todo su relato no dejó de mostrarse serio—: "Tarde o temprano los secretos salen a la luz".

El pueblo, justo como ya había visto, era demasiado pequeño y la voz se corría rápido. Por eso cuando Joel los descubrió detrás de un aula apartada, Hugo tuvo un repentino terror sobre el futuro. Se escudó casi de inmediato con que Áureo lo estaba obligando a estar ahí. Y Joel, al considerarlo casi un hermano, le creyó.

—Él me empujó en cuanto apareció Joel —los ánimos poco a poco desaparecieron— y mintió sobre lo que éramos.

—Qué hijo de puta —opiné por fin, casi en cuanto terminó su oración.

Me sentía irritado, frustrado y triste. Lo que me contaba dolía no solo por la forma en la que se dieron las circunstancias, sino por el motivo que orilló a Hugo a negar a Áureo. Una cuestión de aceptación, falta de amor propio, miedo, costumbres bastante arcaicas y tradiciones conservadoras. Ni ese chico ni Áureo se sentían pertenecientes al pueblo, pero querían fingir que sí y por eso se escondieron por meses.

Áureo hizo una negación de cabeza antes de añadir algo importante a su relato.

—En realidad no —dobló las piernas un poco—. Yo hablé con él antes de que todo ese desmadre pasara. Le dije que si nos descubrían, me echara la culpa.

No cupe en mi asombro. Me quedé callado por un instante para analizar bien lo que me decía, pero no pude entender por completo los motivos por los que Áureo había decidido cargar con la culpa de todo. Se lo pregunté, esperando que aclarara mis dudas.

—Porque Hugo llevaba más las de perder que yo —fue su explicación—. Y porque Joel también iba a ser mucho más cruel con él. Yo le daba igual, así que estaba bien que me molestara.

—Entonces el que amenazó con delatarlos… —concluí.

Áureo asintió, satisfecho por mi rápida forma de captar las cosas.

—Fue Joel —completó—. Aunque solo a mí. Yo le dije a Hugo que se fuera antes de que supieran que mintió.

El cielo relampagueó cerca y se oscureció aún más por las nubes. El aire agitó los pinos y las lavandas, el olor a tierra mojada se intensificó. Tenía que llamar o mensajear pronto a mi mamá para avisarle que no se preocupara por mí, pero estaba en mitad de la conversación que más había esperado en los últimos días.

—¿Por qué me cuentas esto? —pregunté, pegando las rodillas a mi pecho por culpa del frío.

Áureo alzó los hombros, no muy seguro. Recargó bien la cabeza hacia atrás y suspiró. Entrecerró los ojos antes de girar un poco su rostro hacia mí.

—Porque parece que lo comprendes —curvó los labios muy poco.

¿Exactamente a qué se refería? ¿A sentirse atraído por otro chico o a que yo no lo juzgaba por venir de un lugar más urbano? Quizás a ambos.

Apreté los puños con suavidad, rascando parte de la suciedad del suelo. Lo miré fijamente, ya menos intimidado por él que en otras ocasiones, aunque todavía muy nervioso. Sus ojos resplandecían por encima de la oscuridad, sus rizos se mantenían intactos.

—Debo decir que lo entiendo bastante bien —admití. De manera muy sigilosa, comencé a reducir el espacio entre los dos.

No lució muy convencido de mis palabras. Se inclinó un poco en mi dirección, adormecido por el clima.

—¿En serio? —elevó el rostro ligeramente, se llevó el índice a la barbilla—. ¿El dolor, la soledad, el miedo? ¿Todo eso?

Asentí de inmediato, aunque no con insistencia. Lo entendía muy bien. Entendía lo mucho que lastimaba callarse las cosas por el miedo. El miedo al qué dirán e incluso a mí mismo. Y claro que entendía la soledad que enfrentaba una persona como yo que no encajaba en ningún lado, pero que quería ser uno más de los chicos también. No tener a nadie para consolarte porque justo lo que te hacía llorar era un secreto.

—Soy igual que tú —solté.

En ese momento ya no podía controlar por completo mi ansiedad. Tenía un nudo muy pesado en el estómago, el pecho dolorido, el corazón desbocado. Era la primera vez que me sinceraba de esa manera con alguien y le decía de forma indirecta que era gay.

Él era un chico inteligente. Sabía a lo que me refería, pero no quiso preguntar más para confirmarlo. Permaneció pensativo, pero también confundido y hasta dudoso de mi corta oración. Sin cambiar de posición, volvimos a conectar nuestras miradas por un tiempo mucho más prolongado. La tensión volvió para quedarse.

—No te creo —murmuró.

De repente me encogí en mi sitio, principalmente por la cercanía de nuestros cuerpos y rostros. Seguíamos mirándonos con una intensidad que no logré interpretar de ninguna manera lógica. Podía sentir mi pulso acelerado y escucharlo en mis oídos con la misma intensidad que mi respiración.

Si sigo temiendo así, no voy a llegar a ninguna parte.

Tuve que ser valiente para probarle que no mentía, por eso abandoné todos mis miedos, la tensión y mi poca dignidad. Opté por aventurarme al futuro más incierto del mundo, dejándome llevar únicamente por las decisiones precipitadas.

Así que sin nada más que perder, sujeté sus mejillas con ambas manos y lo acerqué a mí para besarlo.

Capítulo 12

Fue mi primer beso con un chico. Bastante corto, frío y quieto. No sabía si llamarlo una decepción o un triunfo, pero estaba muy sorprendido de mí mismo al ver que finalmente me atreví a hacer algo con lo que fantaseaba desde hacía mucho tiempo.

Cerré los ojos para no ver nada, me dejé llevar por el contacto de nuestros labios y disfruté esos dos segundos creyendo que jamás podría tener una oportunidad igual. Ese impulso repentino me costó parte de mi cordura, en especial después de que yo mismo nos separara. Casi no podía respirar por la sorpresa, y la incertidumbre de qué pasaría después no dejaba de molestarme con fuerza en el pecho.

Solté las mejillas de Áureo con prisa y retrocedí unos cuantos centímetros, sin quitarle la vista de encima. Él estaba igual de sorprendido que yo, con los ojos y la boca bien abiertos. No pudimos decir nada en ese instante, así que preferimos tranquilizarnos en medio de la invasión de emociones y pensamientos imparables.

—¡Perdón! —conseguí decir, alzando y sacudiendo los brazos—. Yo… no quería…

Pero se me iban el aire y las palabras. Él se mantuvo callado, pasmado y pensativo. Incluso se llevó la mano a los labios, sin creerlo, como yo. Me cubrí la cara para ocultar mi vergüenza, respirando con mucha agitación. ¿Cómo iba a arreglar esto?

Apenas conocía a Áureo, apenas intercambiamos palabras. No sabía sus apellidos, su fecha de cumpleaños, ni conocía la música que le gustaba. Éramos totales extraños, por eso nos habíamos visto ese día; para conocernos mejor, como amigos. Pero en lugar de preguntarle por sus pasatiempos o qué carrera estudiaría, me lancé a besarlo. ¿Qué clase de urgido era?

—No te preo…

—Ya sé que estoy bien pendejo —exclamé, interrumpiéndolo y revolviéndome el cabello—. Ya sé que no le voy a gustar a todos los gays que existen.

Afuera comenzaron a caer las primeras gotas de lluvia, grandes y pesadas. En unos minutos esa lluvia pasaría a ser larga e intensa; no volvería a mi casa con la facilidad que me gustaría.

—Perdón por besarte contra tu voluntad —no podía parar con mis disculpas.

Áureo solo me observó, juntando un poco las cejas y procesando todas mis oraciones. No estaba tan alterado como yo, cosa que no comprendí. Quizás yo era demasiado paranoico y esta experiencia nueva me tenía emocionado en exceso.

Me pegué con el puño en la frente mientras me llamaba estúpido.

—En realidad no…

—No volveré a hacerlo —lo interrumpí de nuevo—. En serio, per…

Pero no me dejó terminar, pues él hizo exactamente lo mismo que yo cuando me tomó de las mejillas y me besó de regreso. Ahogó todas mis disculpas y paró de golpe mis parloteos. Con tres segundos de un beso quieto y frío, confirmó que mi reciente acción no lo había molestado.

—¿Ya te vas a callar? —dijo en cuanto nos separó, aunque sin soltar mi rostro.

Nos miramos fijamente. Yo me limité a asentir a su pregunta. Mi rostro hervía y mi cuerpo entero temblaba. Si me había sorprendido por mi propia acción, la suya me hizo perder por completo la cabeza.

Áureo me había besado. Nos habíamos besado otra vez. Y yo no tenía ni la más remota idea de qué significaba eso. Tiré un poco del cuello de mi suéter en cuanto él regresó a su posición original, recargado en la pared. Por primera vez sentía que hacía calor en el pueblo.

—Solo es un beso —les restó importancia a sus actos.

Era probable que de forma indirecta me estuviera diciendo que me relajara y que no tomara muy en serio lo que acababa de pasar. Me dolió pensar en que su indiferencia podría ser cierta, en especial por la importancia que le daba al asunto y lo indiferente que parecía para él. De una u otra forma mi egoísmo me orilló a tratar de hacer que también fuera importante para Áureo.

—Es mi primer beso… —confesé. Áureo volteó al instante, asombrado—. Con un chico, quiero decir.

En las fiestas de mis amigos siempre jugábamos a la botella. Tuve que besar a varias chicas durante los juegos y esa era mi única experiencia, aunque no lo aparentara. Mis amigos creían que yo era todo un galán, en especial porque sabían que yo era el crush de muchas de mis compañeras.

Salí con varias creyendo que mis verdaderos intereses eran únicamente una confusión o faceta, pero mis fracasos en las citas rectificaron que yo no estaba hecho para las mujeres. Que si era mamón, poco afectivo o que nunca quería ir más allá de los besos eran parte de las quejas de estas chicas. Y yo las entendía completamente porque tenían razón.

—Se nota —Áureo sonrió, cabizbajo.

Morí de vergüenza, en especial cuando recordé que de los dos yo era el más inexperto. Sabía que besar a un chico no era tan diferente de besar a una chica, pero sin duda las sensaciones internas eran incomparables. Y estando enamorado, justo como lo estaba de Áureo, mi poca experiencia en la vida amorosa era un simple y absurdo juego.

—Pero estuvo bien —siguió para que la lluvia no fuese lo único audible en el lugar—. No es algo que no puedas aprender.

Su comentario me hizo recuperar la confianza en mí mismo. Le devolví la sonrisa, busqué su rostro de nuevo para recordar que en esa construcción en obra negra no estaba solo. Justo como días atrás en el receso de la escuela, me dejé llevar por el instinto y mis sentimientos.

—¿Tú podrías enseñarme? —entrecerré los ojos, mantuve la curva de mis labios.

—¿Qué quieres que te enseñe? —él también se inclinó un poco hacia mí.

La distancia disminuyó, igual que mi valentía. Áureo se mostraba cada vez más seguro de sí mismo. Me impactaba lo mucho que cambiaba cuando no estábamos en la escuela o cerca de sus bullies. Era más platicador, sincero, profundo y, a mi percepción, también era más atrevido.

—Todo lo que sabes.

Sus ojos resplandecieron, seguramente los míos también. Al contemplar su rostro tan de cerca noté el rubor en sus mejillas, el brillo de su frente y el nerviosismo de sus gestos. No parecía tan alterado como yo, pero era innegable el hecho de que esto le emocionaba de igual forma. Tragué saliva, nos seguimos mirando por un segundo más antes de que él decidiera pasear la mano por mi nuca en una suave caricia.

Se me enchinó la piel, mis piernas continuaron temblando en el suelo y mi corazón seguía bombeando como si le hiciera falta oxígeno. No podía retractarme de lo que estábamos por hacer. No después de que mis esfuerzos por conocerlo mejor hubieran dado resultado.

Fui yo el que se atrevió a juntar nuestros labios de nuevo para acallar todos esos gritos internos que exigían que me apresurara. Cerré los ojos, dejé que el destino decidiera por ambos lo que ocurriría a continuación. Iba a aceptar cualquier cosa mientras fuera buena.

Nuestro beso comenzó igual que los dos primeros, quietos y fríos por el nerviosismo que aún no disminuía. Áureo intentó eliminar la tensión de mi cuerpo acariciándome la mejilla con el pulgar. Traté de relajarme para seguirle el ritmo que quería que lleváramos. Lento y dulce.

Yo no dejaba de exhalar con pesadez ni de apretar los párpados. Quería que esto ocurriera, pero no podía dejar de pensar en la situación incluso estando inmerso en ella.

Estoy besando a alguien. Estoy besando a otro chico. Estoy besando a Áureo.

Y no podía negar lo bien que se sentía pese a ser la primera vez. Su boca tenía un sabor nuevo e indescriptible, atrayente y hasta adictivo. Quise probar más en ese instante porque la ternura no me bastaba, así que me dejé llevar más de lo que hubiese esperado en mí. Me volví un ser irreconocible, aunque no indecente.

Lo rodeé por el cuello con ambos brazos, me pegué más a su cuerpo. Sus rizos me hicieron cosquillas en las orejas, su mano en mi rostro provocó que la temperatura de mi cuerpo aumentara con lentitud.

Poco a poco el beso se intensificó. Ya no solo movíamos nuestros labios o escuchábamos el ligero chasquido de ellos al separarse, sino que saboreábamos detenidamente la boca del otro con un delicado atrevimiento. Lo disfrutamos bastante.

Tras un par de intensos minutos en los que yo de plano no podría enfriarme, paramos. Los labios me palpitaban; podía sentir la hinchazón. Áureo también parecía estar haciendo un recuento de los daños, pues tiraba de la parte baja de su larga sudadera para esconder la reacción natural de su cuerpo. Lo imité en cuanto me di cuenta de que me enfrentaba a las mismas circunstancias, todavía rojo de pena y calentura.

—Nada mal —fue lo único que dijo.

—Yo tampoco me lo esperaba —admití.

Ni siquiera desperté aquella mañana con la idea de que podría terminar haciendo algo como esto. Sin dudas el día resultó mucho mejor de lo que hubiera esperado, superando con creces todas mis expectativas. Estaba muy feliz, satisfecho y menos ansioso. Acababa de tener mi primera experiencia gay en el lugar menos pensado del mundo y justo con la persona que quería. Sin malentendidos, incomodidades o tormentos.

—Pensé que solo querías que fuéramos amigos —murmuró, apoyando el puño sobre sus labios.

Dejé escapar una pequeña risa, burlándome de su comentario. Era cierto que al principio deseaba ser su amigo, pero siempre estuvo a la par esa intención de acercarme a él porque me llamaba la atención. Me producía interés genuino y quería llegar a él por el camino amistoso e inofensivo. Cosa que no sucedió porque nos saltamos de golpe todo el proceso de confianza y amistad para seguir nuestros instintos y nuestros nada exteriorizados intereses. Fluyó con una naturalidad impensable que quisimos aprovechar.

—En realidad quería conocerte antes de admitir que… —me retracté, pues no sentía que fuera el momento correcto.

De nuevo me precipitaba con mis sentimientos, sin medir repercusiones o pensar en los obstáculos. Volví a hacerme pequeño en mi lugar, deseando que no me preguntara por lo que iba a decir. Sin embargo, yo no podía eliminar la curiosidad de la gente, por más que lo deseara.

—¿Eres gay? —trató de completar.

En realidad, iba a decir que me gustó casi desde el primer momento en que lo vi. Era un chico misterioso, reservado, intimidante y con un secreto que se contaba a voces; obviamente iba a sentir curiosidad.

—Eso yo ya lo sabía desde hace mucho —volví a recargarme contra la pared—. Y ahora lo sabes tú.

Era el único, de hecho. Nunca me atreví a decírselo a alguien más por culpa de mis excesivas preocupaciones. Tarde o temprano tendría que hablarlo con personas como mis padres, pero no en ese momento. Ellos debían atender otros asuntos que requerían de su preocupación y tiempo y que eran más importantes.

El asunto de las amenazas de muerte, el narco, nuestra seguridad.

Me acordé de que debía escribirle a mi mamá y decirle que estaba bien aun con la lluvia. Interrumpí nuestra conversación solo un minuto para sacar el teléfono y verificar si no me había llamado o mensajeado.

Había unos quince mensajes de ella en mis notificaciones preguntando dónde y cómo estaba. También insistía en saber por qué no contestaba el celular. Mi iPhone nunca sonó en todo el tiempo que estuve con Áureo por culpa de la mala señal telefónica. Tomé un screen para probarle que no existía registro alguno de sus llamadas y se la envié antes de escribirle que me encontraba sano y salvo en la casa de un amigo.

Yo estoy bien, bastante bien. Me hubiera encantado escribirle eso también.

Respondió casi al instante, después de todo su drama, con un sencillo "ok". Añadí que llegaría dentro de una hora, por si las dudas.

Aunque los mensajes con mi mamá interrumpieran nuestra charla, estaba agradecido de que al menos no tendría que aceptar en frente de Áureo que me gustaba y que por eso me quería acercar a él, aunque ya lo hubiera hecho. Tenía la libertad de comenzar con un tema nuevo que pudiera interesarnos a los dos, pero él se me adelantó.

—¿Cómo supiste que eras gay? —recargó la cabeza en los ladrillos grisáceos, mantuvo la vista al frente.

Era una pregunta compleja, en especial porque yo no tenía un momento exacto en mi vida que pudiera definir como "el momento". Quizás fue en la pubertad, cuando en las regaderas tras el entrenamiento me distraía viendo el cuerpo de mis compañeros de la misma forma que ellos veían el de las chicas.

O tal vez cuando me ponía nervioso por estar a solas con algún amigo y pensaba en que podría pasar algo tan inesperado como un beso o una confesión que al final jamás ocurría. Y si eso no era suficiente para saberlo, entonces el tiempo que me la pasaba pensando en lo bien que se veía un compañero mientras me daba un vuelco el estómago, sí.

Tenía como trece cuando empecé a sentirme atraído por algunos de mi entorno y la idea me asustaba. Nadie me había hablado nunca de lo que significaba que me gustara otro hombre y por eso pensé que estaba mal. Internet fue mi única fuente de respuestas, como seguramente lo era para muchas otras personas cuando tenían alguna inquietud. Solo bastó con googlear lo que me pasaba y descubrir que no era el único.

No era muy capaz de procesar adecuadamente la información ni de tomar alguna postura madura, pero al menos comenzaba a tener consciencia de que las cosas no estaban tan mal como pronosticaba ni que yo estaba completamente equivocado con mis sentimientos. Incluso me familiaricé lentamente con series o películas que retrataban a chicos como yo, que gustaban de otros chicos mientras iban a colegios con casilleros, salían a fiestas alocadas o tenían problemas consigo mismos.

Pude identificarme varias veces con aquellos personajes, pero no tanto como me hubiera gustado. Yo no vivía en el extranjero, sino en México. Y si bien pertenecía a un escaso porcentaje de personas que podían costearse una buena vida, las experiencias y la gente seguían siendo distintas.

Si yo no podía sentirme completamente representado pese a tener las facilidades de estar en otra parte viviendo como en las series, no quería imaginarme cómo se sentirían Áureo o Hugo. Si es que se detenían a pensar en eso, claro. Hasta para reflexionar no todos tenían el mismo tiempo que yo.

Áureo lo comprendió de inmediato, sin cuestionarme nada. No era una historia de descubrimiento tan complicada como sonaba en mis pensamientos. Porque yo amaba crear dramas de manera inconsciente, sin pensar mucho en que otros la pasaban peor.

—¿Y tú? —Áureo me producía mucha más curiosidad que cualquier otra persona.

Estuvo buscando recuerdos en su memoria durante un rato. Yo me mantuve a la expectativa de sus palabras, creyendo que me esperaba una historia llena de tragedia.

—Me pasó como les pasa a todos con la comida —comenzó—. No sabía que me gustaba hasta que lo probé.

Y se comenzó a reír. A él realmente nunca se le pasó por la mente cuestionar qué era lo que le gustaba hasta que Hugo apareció con su confesión. Antes no sabía qué significaba el tiempo que pasaban juntos, las miradas que mantenían ni la tensión que siempre se sentía en el ambiente. Pero ese otro sujeto se lo explicó con sus acciones, que fueron bien correspondidas después de una larga meditación e investigación.

Fue más fácil para él aceptarse que aceptar las circunstancias en las que viviría por el resto de su vida si se quedaba en aquel pueblo que jamás entendería el significado de sus sentimientos.

—¿Se lo has contado a alguien más? —pregunté con cierto temor.

Asintió. Si bien su caso con Hugo era uno de los rumores más populares de la escuela, casi nadie había confirmado del propio Áureo cuál era la verdad tras ese incidente ni lo que él era. Lo asumían y para él eso era suficiente.

—A Joana, a sus amigas, a ti —hacía el conteo mental, mirando hacia el techo—. A mi mamá.

Una vez más, Áureo me sorprendió con sus palabras.

—¿A tu mamá? —mis gestos parecieron decirle que había cometido un error.

Su mamá era la persona a la que más confianza le tenía en el mundo. Podía contarle cualquier cosa sin temor a ser juzgado ni reprendido. Ella hacía todo lo posible por entenderlo encima de sus prejuicios y por eso la amaba. Fue justamente su mamá la que le ayudó a reflexionar sobre quién era y la que le brindó la confianza suficiente para mantener el secreto entre ambos. Ni su papá ni su hermano tenían que saberlo o podría ser doloroso para él.

Le tuve envidia. Mucha. Hasta el rostro se me enrojeció, aunque no hiciera ninguna mueca que me delatara.

Yo no era cercano a ninguno de mis padres, incluso bajo las circunstancias en las que nos encontrábamos. No tenían tiempo para mí porque siempre había algo que se necesitaba organizar, arreglar, comprar o visitar. Y yo estaba bien con eso.

A veces bromeaba en mi imaginación con que Rafaela era mi verdadera madre y Juan, el chofer que me llevaba al colegio, a los entrenamientos, o a mis salidas con amigos, mi papá. Pasaban más tiempo conmigo y eran mucho más amables y afectuosos. Nunca me sentí culpable por haberles quitado a otros niños a sus padres para que me cuidaran a mí. Pero ahora que ya no estaba con ellos, deseaba que en serio pudieran aprovechar bien el tiempo con sus hijos.

Ya no tenían que limpiar mis desastres ni llevarme a ningún lado. Mi papá era el único en la casa y seguramente llegaba bien entrada la noche. Todavía tenía el pendiente de mi perro, pero a veces Rafaela le tomaba fotos cuando lo sacaba a pasear y me las enviaba cuando yo todavía seguía dormido.

A todo esto, yo confiaba más en Rafaela o Juan que en mi propia madre incluso cuando en el presente compartíamos habitación. No podía entender por qué tuvieron que pasar estas amenazas para que ella decidiera fijarse en mi existencia. Yo llevaba más de la mitad de mi vida acostumbrado a no necesitarla y que las cosas cambiaran tanto me resultó incómodo. Por eso me quedaba en cama, por eso me rehusaba a hablar.

Tenía que admitir que también admiraba la cercanía de Áureo con su mamá. Yo no estaba ni cerca de atreverme a superar mis miedos para decirle a la mía lo que me pasaba. Y, claro, no dejaba de creer que tampoco lo entendería. Quizás, si hubiera sido una madre común, habría notado y sabido desde hace mucho tiempo quién era su propio hijo sin que yo tuviera que explicárselo.

Dolía de solo pensarlo, por eso se me formó un molesto nudo en la garganta.

Capítulo 13

Yo pensé durante mucho tiempo que mi vida era complicada en la ciudad, pero no fue hasta que cambié parte de mi panorama y círculo social que me di cuenta de que, en realidad, los motivos por los que sufría gran parte de las veces eran absurdos.

Que si tal ropa no estaba limpia, que si tenía que ir a eventos familiares, que si no podía comprar cosas porque aún no estaban disponibles, o que hubiesen cocinado algo que no me gustaba, solían hacerme creer que estar en mis zapatos era un martirio.

Salir de la burbuja por obligación sirvió para que me diera cuenta de que yo vivía excelente hasta ese momento y que en realidad era un malagradecido. Lo único que en serio debía molestarme y preocuparme era el poco afecto familiar y mi abierta aceptación como gay. De lo demás podían reírse, Áureo lo hacía.

Pensé que después de nuestro encuentro y aquel beso apasionado podríamos vernos y hablar con más frecuencia, pero no fue completamente así. La semana siguiente, en la escuela, no hablamos para nada. Todo fue exactamente igual, con Joel y sus bufones al lado de mí, gritándome en el oído y bromeando a la mínima oportunidad.

De vez en cuando Áureo volteaba en mi dirección, aunque no solía sonreírme como yo lo hacía cuando conectábamos miradas. Joel podía verlo perfectamente desde su lugar, así que prefirió no arriesgarse. Yo ignoraba las clases solo para mirarlo, no me aburría hacerlo.

Al llegar a casa, e incluso durante mi caminata con Talía, él me escribía cortos mensajes diciendo lo bien que me veía o que le hubiera gustado sonreírme también. No hablábamos mucho, pero se notaba que entre nosotros las cosas habían cambiado y que nuestro chat no era como el de dos amigos comunes. La emoción se me manifestaba en la cara de forma inevitable y mi prima lo notaba.

Creyó que me mensajeaba con alguna chica de la ciudad tras ver que mi interés por sus amigas era inexistente.

—Es una güera como tú, seguramente —me empujó un poco con el hombro—. De esas que parecen modelos.

Fingí que sí para poder contarle sobre nuestra conversación o las cosas lindas que nos decíamos. Incluso tuve que registrarlo con el nombre de Sofía y explicarle que la foto de la cabra era parte de un meme. Pero, aunque tuviera que esconder a Áureo, era liberador poder contarle a alguien de confianza lo bien que me sentía después de tanta depresión. Y Talía también se sentía feliz por mí.

Solo le pedí que no hablara de eso con nadie, mucho menos con nuestros papás. A cambio, yo no le diría a mi tío que la vi coqueteando con un compañero de mi salón tan solo dos días atrás. Entre risas y súplicas para que no dijera nada, quedamos de acuerdo en que mantendríamos nuestras relaciones en secreto y que aprovecharíamos para pasarla bien a escondidas.

—Pero recuerda que él solo es un pasatiempo, eh —le advertí—. Porque tienes que irte de aquí para estudiar la uni.

Asintió varias veces, muy convencida. Me contó que había investigado algunas universidades porque quería irse y hacer lo mismo que mi mamá: estudiar, trabajar y casarse con un hombre rico y guapo con el que pudiera formar su familia soñada. Se sintió bien descubrir en mi prima sueños y aspiraciones lejos del pueblo.

—También puedes hacerte rica tú sola —comenté, esperando motivarla aún más—. Así que cuando estés por entrar a la universidad, ven a vivir con nosotros.

Y lo decía en serio. De mis primos era la menos fastidiosa, por eso quería que estuviera en la ciudad y conociera que el mundo era mucho más grande y diverso de lo que creía, que cambiara su perspectiva y fuese una mujer todavía mejor que mi madre, porque tenía potencial para serlo.

El jueves fue un día de poco sol. Las nubes cubrían el cielo totalmente y el aire me hizo tiritar otra vez, causando burlas de parte de Joel. Siempre me decía que era demasiado débil y que no aguantaría el clima dentro de un mes. Podía tener razón, pero odiaba que me lo recordara él con su clásico y molesto comportamiento. Al menos Edwin me consoló diciendo que podría quedarme en cama casi todo el día, mientras no tuviéramos clases.

Una vez que sonó el timbre de salida, los cuatro caminamos juntos hasta el portón principal, charlando muy poco y riendo por alguna de las ocurrencias de Omar. Mi relación con los otros dos chicos parecía ser un poco más estrecha, pero temí que eso molestara a Joel porque lo hacíamos de lado. Sinceramente yo ya no lo quería cerca. No después de haberme acercado a Áureo y escuchar su verdad, esa que probaba lo dañino que era Joel para la existencia.

No vi a Áureo cerca de nosotros, lo que me alivió. Poco deseaba tener que cruzármelo al estar yo con Joel y los otros. Podían molestarlo y yo no quería enfrentarme a ellos y delatar con eso que éramos amigos. Áureo insistió mucho en que no me acercara a él, principalmente porque no quería que lo que evitó para Hugo me ocurriera a mí.

Al salir a la calle me topé con Talía, que ya me esperaba junto a sus amigas. Pero no pude acercarme a ella como hubiese querido porque Joel me rodeó por el cuello, me atrajo hacia él y me revolvió el cabello mientras yo lo sostenía del brazo para que no me ahorcara.

—Vamos al billar —parecía muy animado—. Nos fumamos un cigarrito y nos echamos una chela bien fría.

A Edwin y a Omar les gustó la idea. Accedieron de inmediato, como siempre. Yo tuve que pensarlo un poco mejor, aún con sus insistencias aturdiéndome en la cabeza. Dijeron que ya no tenía el brazo malo y que podía jugar sin problemas, que ellos pagarían todo y que terminaríamos temprano para que no se espantara mi mamá.

No les di una respuesta inmediata. Aunque quisiera, la idea de que Joel también estuviera ahí me incomodaba bastante. Ya no quería pasar tiempo cerca de él ni mucho menos hablarle, pues toda actividad que lo involucrara parecía estar condenada al caos.

Sin embargo, e igual que Omar y Edwin, sentía una presión interna —guiada por el miedo— que me obligaba a quedarme, a seguirlo, a forzar una interacción, aunque no la deseara. Era mejor ser su "amigo" que su enemigo. Solo por eso seguía ahí.

Tras un montón de súplicas que fueron hasta divertidas, finalmente acepté acompañarlos. Les pedí que me dejaran hablar con mi prima y que después de darle una buena excusa, iría con ellos. Jamás había ido a jugar billar con compañeros de la escuela, así que quería intentarlo.

Talía ya no sabía ni cómo hacerme entrar en razón. Solamente me dijo que no tardara tanto y que ella se encargaría de inventarle una excusa a nuestra familia. No sabía con exactitud a dónde iría ni lo que haría, pero estando con Joel y sus amigos, seguramente nada que pudiera decirle a mi mamá. Me pidió que tuviera cuidado.

Después regresé con los chicos y caminamos en dirección contraria a la casa de mi abuelo, hacia el pueblo y la zona más concurrida de por allá, donde estaban los locales de ropa, de comida, artesanías y tiendas de la esquina. Pasaban muchos autos y camionetas ya que eran las calles principales, por eso no pudimos andar en medio, jugando, empujándonos o maldiciendo.

Algunas personas nos saludaron en el camino, conocidos de mis acompañantes. Por fortuna nadie nos detuvo de llegar a nuestro destino que se encontraba a menos de quince minutos de nuestra escuela. El local era mediano, algo cerrado y apartado de todo el movimiento del centro, aunque solo por una cuadra. Entramos sin ningún inconveniente, ya que no nos pidieron las identificaciones para confirmar nuestra mayoría de edad.

Joel saludó a una persona tras la barra como si fuesen buenos amigos. Dialogaron un poco mientras nosotros tres esperábamos junto a una de las mesas de billar. Dejamos las mochilas en unos sillones cercanos y nos miramos.

—¿Ya has jugado? —preguntó Omar.

Yo asentí, no muy seguro. Había jugado un par de veces en la mesa que tenía mi papá, pero solo cuando teníamos visitas porque generalmente no jugábamos juntos, no había tiempo para eso. Me sabía reglas y jugadas básicas, pero en aquel pueblo era probable que tuvieran sus propias reglas.

Pregunté de todos modos, en lo que Joel pagaba y pedía de fumar y tomar. No era tan diferente según lo que entendí, así que me sentí un poco más confiado. Cuando Joel regresó unos minutos después, nos pasó los tacos y la tiza verdosa para las puntas. Edwin fue por las bolas y las acomodó en la mesa.

Para ese momento, yo ya había encendido el primer cigarro. Me sentía como un adulto o un adolescente rebelde, en especial por el escenario donde estaba. Debía admitir que me gustaba hasta cierto punto.

El mismo sujeto de la barra puso una mesa plegable al lado, dejó las cervezas y se unió a nuestro juego sin ninguna pena. Éramos los únicos en el establecimiento, así que podía darse el tiempo de descansar un rato.

Siempre que esperaba mi turno, le daba dos o tres tragos a la lata. Ese fue el día que más fumé en mi vida. Era imparable, aunque el sabor y el olor no me gustaran tanto. Quizás fue por los nervios o la despreocupación que traía consigo el alcohol. No me estaba midiendo tanto como me gustaría, pero al menos no era el único.

Jugamos unas cuatro partidas. En ninguna gané, pero tampoco quedé en último. Estuvimos riéndonos mucho, celebrando con exageración, tomando más y empujándonos. Mi noción del tiempo estaba totalmente ausente y mi raciocinio no era tanto como al principio.

Sabía que debía tener miedo de emborracharme en un sitio que no conocía y con personas en las que no confiaba, pero era demasiado tarde. Y me iba a arrepentir.

Una vez que la luz comenzó a descender y el hombre del local dejó de jugar con nosotros porque comenzaban a llegar clientes nuevos, consideramos que era el momento de irnos. Ni siquiera revisé el teléfono para saber si me habían llamado o escrito en las últimas tres horas, no me importó. Al menos me la estaba pasando bien con ellos, algo que rara vez ocurría.

Salimos de ahí tambaleantes, pero contentos. Empujándonos, pero también viendo el mundo ondear ante nuestros ojos. No era la primera vez que me empedaba y por eso sabía que no me encontraba tan mal.

Regresamos hacia la escuela para que pudiéramos tomar nuestros respectivos caminos a casa, pero como Joel se sentía algo cansado, nos quedamos sentados en la banqueta frente a una tienda en la esquina. Platicamos y nos reímos un rato más mientras otras personas nos observaban con desaprobación. Ni Omar ni Joel habían soltado sus latas ni yo mi cigarro.

—Oye, Edwin —dijo Omar muy sonriente, sentado junto a Joel—, te reto a cruzar la calle con los ojos tapados.

Los cuatro soltamos una exclamación, algo eufóricos por el reto repentino. Antes de que accediera a hacerlo, comenzamos a decir casi al mismo tiempo que entre nosotros debíamos ponernos retos extremos. Algo en mi interior decía que la idea era terrible y que no debía hacer nada en ninguna circunstancia, pero mi lado irracional se imponía, emocionado.

—Va, va —contestó Edwin, poniéndose de pie en la orilla de la calle.

Había autos, aunque no tantos y estos marchaban despacio. No me preocupé tanto por él, pues era muy probable que los autos tuvieran tiempo de detenerse en cuanto lo vieran cruzando. Se subió el cuello de la sudadera hasta la cabeza, de forma que no pudiera ver absolutamente nada, y cruzó.

Nosotros, entre risas, le dábamos algunas indicaciones para evitar que tropezara, pero al final decidió confiar en Joel, quien lo llevó al otro poste de la esquina y lo hizo chocar con él. Los tres nos reímos mucho mientras Edwin nos maldecía al otro lado de la calle.

Cuando regresó hasta nosotros sano y salvo, trató de pegarnos antes de que se le ocurriera el siguiente reto. Dijo que teníamos que subir el nivel poco a poco y volver de este juego algo muy extremo. Estuvimos de acuerdo, aunque en mi interior solo podía decirme sin parar que huyera de ahí.

—Yo reto a Joel —Edwin lo señaló, sonriendo por su futura venganza—. Te reto a… que agarres agua de ese charco y te la tomes.

Los tres exclamamos con asco. Joel cerró los ojos, tragó saliva y se mentalizó. En ningún momento se negó. Se paró y caminó despacio hasta el charco, nosotros lo seguimos de cerca, sorprendidos de que realmente fuera a hacerlo.

Se inclinó hasta el piso, bajó las dos manos y con ella recogió un poco de agua sucia, llena de tierra. No pudimos evitar mantener una cara llena de asco cuando lo vimos acercarse el líquido hasta la boca y, finalmente, tragárselo. Soltamos un fuerte alarido y nos rehusamos a ver más. Pero había cumplido, aunque tuviera arcadas después.

Una vez que se levantó y se secó la boca, miró a Edwin con odio por haberlo obligado a hacer algo tan asqueroso como eso. Prometió en voz alta que se vengaría de él y de nosotros por reírnos.

—Pero primero se la voy a cobrar al güerito —me señaló con la mirada.

Fue inevitable sentir miedo, en especial porque su sonrisa indicaba que ya sabía qué reto me pondría. Si me hubiera encontrado en mis cinco sentidos, seguramente habría temblado de terror y me habría encogido en mi sitio, pero en ese momento yo me sentía como el sujeto más valiente del mundo. Le devolví la sonrisa, confiado.

—¿Ves esa tienda? —señaló el mismo sitio que estaba detrás de nosotros cuando nos sentamos en la banqueta—. Te reto a que entres y robes el dinero de la caja.

Nadie se rio, solo Joel. Se me hizo un nudo en el estómago; hasta me sentí menos borracho. Edwin y Omar se miraron mutuamente con cierta desconfianza, debatiéndose entre acceder a que lo hiciera, o pedirle que no subiera tan pronto de nivel.

—Pero no van a abrirla sin que compre algo —dijo uno.

—Y creo que es muy difícil para que lo haga una sola persona —habló el otro.

Joel se quejó por nuestro miedo y nos llamó "jotos", pero no pudo negar que los otros dos tenían cierta razón. Al final, y sin ganas de debatir, dijo que entraría conmigo y me ayudaría, pero que yo, sí o sí, tenía que ser el que metiera la mano.

Respiré profundo, cerré los ojos. No solo tenía nervios, sino un inexplicable terror que no podía exteriorizar por mi condición inestable. Al final, sin pensármelo mucho, accedí. Joel aplaudió una vez y se calentó las manos al friccionarlas entre sí, emocionado. Edwin y Omar se limitaron a observarme con mucha desconfianza.

—Joel, nos van a linchar si nos atrapan —advirtió Edwin con bastante miedo—. Ya sabes lo que le hacen a las ratas.

En este pueblo existían peligrosas leyes no escritas. Y yo había ignorado por completo dónde estábamos. Quise echarme para atrás, más cuando los otros dos me dijeron que no lo hiciera, casi en súplica. Joel trató de tranquilizarlos.

—Relájense, princesas —comenzó a empujarme hacia la tienda—. Su abue es el ex presi y mi papá es del consejo. No nos van a hacer nada.

Eso pareció calmarlos un poco, pero no lo suficiente. No iban a lograr que Joel se retractara, aunque yo expresara abiertamente que no quería hacerlo. Dijeron en voz baja que nos esperarían afuera para echarnos aguas de cualquier cosa mala que pudiera ocurrir ahí, pero en realidad querían desligarse del asunto.

Joel me tomó por los hombros y me dirigió casi a la fuerza hasta la tienda. Yo me resistí un poco, cosa que no funcionó. Terminamos entrando los dos casi al mismo tiempo, cuando no había nadie más que el dueño en el interior.

Era un hombre en la tercera edad, arrugado, canoso y encorvado. Nos saludó formalmente y esperó a que tomáramos lo que íbamos a comprar. El alcohol se me bajó del cuerpo con una rapidez jamás vista. Los temblores y nervios pronto comenzaron a manifestarse, aunque todavía sin mucha notoriedad. Seguía mareado, pero cada vez más racional.

Esto no está bien...

Nos acercamos al mostrador. Dejé que Joel se encargara de todo justo como dijo, yo me mantuve cerca de la pequeña caja registradora, observando todo con la máxima atención que me permití. Mi corazón acelerado poco a poco fue perceptible en mi pecho.

—Buenas, don —Joel lucía mucho más confiado—. Me da una Maruchan de camarón, por favor.

Y las señaló a la espalda del hombre, justo en una repisa. El señor tomó una y se la extendió a Joel con bastante confianza. La hora de cumplir el reto estaba más cerca que nunca.

—Catorce, de favor —dijo el viejo, extendiendo la mano para recibirle el dinero.

Joel me miró con complicidad y me dijo que pagara yo porque tenía un billete grande. Asentí, cada vez más inseguro. Hurgué en mis bolsillos hasta que di con un billete. Se lo tendí al señor de inmediato. Mis ojos se abrieron más de la cuenta y se quedaron fijos en la caja, que el hombre acababa de abrir. Miré a Joel de reojo, todavía no muy seguro de lo que iba a suceder. Suspiré con algo de pesadez.

Antes de tenderme el cambio, Joel abrió la boca de nuevo:

—¿Sabe qué? Mejor cámbiemela por una de habanero.

Observé hacia la repisa una vez más, buscando rápidamente dónde estaba la Maruchan que él pedía. Se encontraba en una de las repisas más altas. Era justo la oportunidad que necesitaba, en especial porque la caja se había quedado abierta. El plan de Joel funcionó y yo tenía que aprovechar.

No lo pensé dos veces. Justo cuando el hombre se giraba y extendía el brazo hacia arriba, apoyé medio cuerpo en el mostrador, extendí ambas manos y tomé con brusquedad todo el dinero que pude. Entre los dedos se me escurrieron monedas y billetes de distintos valores, pero fui capaz de llenarme las manos.

El hombre se alcanzó a voltear justo cuando yo ya había terminado de tomar el dinero.

—¡Vámonos a la verga! —exclamó Joel mientras me tomaba del brazo y tiraba de él.

Salimos corriendo de la tienda.

Sentí una fuerte carga de adrenalina recorriéndome todo el cuerpo. De fondo solo podía percibir los latidos potentes de mi corazón y las maldiciones de aquel hombre que corría torpemente detrás de nosotros. Toda la gente que se encontraba en puestos vecinos y caminando por la calle se detuvo a escuchar al viejo y a mirar cómo huíamos de ahí.

Pero no contábamos con que otros hombres se unirían para auxiliar al señor que acababa de ser robado.

Las circunstancias se sentían igual que en el cerro, cuando huimos de los sujetos que nos vieron jugando con armas. Los cuatro corríamos juntos, pero una vez más sugirieron que nos separáramos para perderlos. Era lo mejor para todos, en especial para mí, pues estábamos en terreno plano y de los cuatro yo era el que mejor corría. No iba a ser tan difícil escaparme.

Todos, sin detener nuestro escape, nos pusimos de acuerdo para que cada uno tomara su respectivo camino y desapareciera. De esta forma yo me libraría de ellos y ellos creerían que la librarían más fácil.

Una vez que me alejé de los otros y tomé mi respectivo camino, seguí corriendo sin parar y sin detenerme ni un segundo a ver quién me perseguía. Las monedas tintineaban en mis bolsillos y los billetes se doblaban con cada paso veloz. Podía seguir escuchando los gritos e insultos de los hombres a la distancia. Me alivió no tener a nadie cerca. Sonreí, sintiéndome como todo un delincuente triunfador.

Sin embargo, subestimaba a esa gente y ese fue el peor de mis errores, pues justo cuando llegaba a una esquina, un hombre apareció sorpresivamente del lado del cruce y me tacleó como todo un profesional.

Capítulo 14

Mi ojo derecho estaba hinchado a reventar y me dolía demasiado. El mismo sujeto que me derribó en la calle me golpeó justo en la cara cuando traté de liberarme de sus grandes brazos para escapar de nuevo. Fue tanta su fuerza y brutalidad, que mi cuerpo dejó de resistirse en automático, sin que pudiera controlarlo.

No podía oír ni ver bien. Los ruidos tapados iban y venían, las pocas imágenes que logré percibir ondeaban sin parar a mi alrededor. Mis pensamientos estaban hechos un lío, producto de la semiinconsciencia.

Nadie me levantó del suelo. Me quitaron la sudadera y la camiseta antes de arrastrarme de los pies hasta quién sabe qué lugar. Hacía frío, pero no lo podía sentir. Las piedras, la tierra y la suciedad se me pegaron a la espalda, algunas causando cortes o golpes que después me provocaron un insoportable dolor.

A mi lado caminaban otros hombres, llevando consigo palos, sogas y hasta pistolas en el cinturón. No tenía ni la más remota idea de lo graves que eran las cosas, mi cerebro era incapaz de procesarlo. Yo me sentía como en un sueño, flotando, creyendo que lo que ocurría no era más que producto de mi imaginación.

Pero estaba en el pueblo, justo en ese donde la gente tomaba acción por cuenta propia porque no había policía y estaban hartos de las injusticias. Podía notar la furia en sus facciones y en sus palabras. Cada tantos metros alguien me insultaba o me escupía, incluso me tiraban alguna patada.

Estar casi desmayado sirvió para que la situación y ese corto trayecto no me estresaran más de lo que ya lo hacían. Aunque lastimosamente esos efectos poco a poco desaparecieron, trayendo consigo un montón de sensaciones indescriptibles, tanto físicas como mentales. Mi cuerpo se encontraba rígido, tembloroso y sangraba.

Mi mente estaba sumergida en miedo, volviéndome incapaz de gritar por perdón.

Había visto linchamientos en internet. Ciudadanos comunes matando a palos, pedradas o a golpes a ladrones o violadores. Era común e incluso legal en sitios como este pueblo por los usos y costumbres. La gente aplaudía, la gente grababa, la gente estaba de acuerdo y hasta yo, por encima de la brutalidad, creía que se lo merecían.

Nunca pensé que me encontraría en una situación similar, todavía sin saber si acabaría muerto o solamente apaleado hasta la parálisis, el coma o ambos.

Finalmente me soltaron en el pequeño zócalo del pueblo, justo a una cuadra de la tienda donde me atreví estúpidamente a robar. Ahí me esperaban un montón de curiosos y otros hombres serios. Dejaron de agredirme físicamente y me rodearon, todavía sin parar sus majaderías.

Algunos sacaron los celulares y me grabaron tirado en el suelo, débil, golpeado y semidesnudo. Respiraba a fuerza, como un pez fuera del agua, mientras escuchaba cómo algunos documentaban las cosas, llamándome "rata" y diciendo en voz alta lo que hice.

Moría de vergüenza. Me sentía asqueroso y merecedor de toda esa humillación pública, pero porque creí que solo se quedaría en eso.

Fueron aproximadamente tres minutos así que se percibieron eternos. Ese tiempo bastó para que recuperara un poco la consciencia, pero no el movimiento. Solo deseaba que todo terminara pronto y que el asunto se olvidara, pero eso no iba a pasar. El inicio de mi tortura apenas estaba comenzando.

Un sujeto que cargaba un galón lleno de agua amarillenta se me acercó. Todos comenzaron a gritar, aplaudir y hasta celebrar cuando el hombre abrió la tapadera y derramó sobre mí todo el líquido.

—¡Rata! —me gritó, rodeándome para humedecer bien todo mi cuerpo—. ¡Ahora sí ya te cargó la chingada!

Cubrí mi cara por reflejo, logré elevar un poco las piernas hasta mi pecho y hacerme un ovillo, tembloroso. El líquido se veía brillante y se sentía ligeramente aceitoso, pero fue el intenso olor el que hizo que me diera cuenta de lo que era.

Me estaban echando gasolina.

Fue entonces cuando por fin reaccioné, aunque no de la manera que hubiera deseado. Abrí el ojo sano lo más que pude y comencé a llorar. El pánico provocó que soltara un par de gritos ahogados de los que solo se burlaron, pues el pueblo entero quería celebrar que, por unos cuantos billetes, iban a poder quemar vivo a alguien.

—No... —la voz ni siquiera me salía para pedir que por favor no me mataran.

De fondo la gente exclamaba con una increíble insensibilidad que ya me prendieran fuego. Los celulares estaban más fijos en mí que nunca. ¿Era realmente necesario tener eso en video? Siempre pensé que en este país el morbo era mucho más fuerte que la misma humanidad de la gente.

Estaba enojado conmigo mismo por dejar que las cosas terminaran de esa manera, por no haberles hecho caso a Edwin y a Omar, que seguramente ya estaban en sus casas sanos y salvos. Pero, principalmente, estaba enojado por ceder tan fácilmente ante Joel pese a saber que nada bueno podría salir de eso.

El sujeto que me roció con gasolina sacó de uno de sus bolsillos una caja de cerillos. Los agitó para comprobar que hubiera los suficientes para llevar a cabo la parte final de mi linchamiento. Cuando la gente los vio, volvieron las exclamaciones y las insistencias para que se apresurara.

Pero cuando yo los vi, me dieron unas fuertes ganas de vomitar. Mi corazón no podía dejar de latir con potencia y mi respiración acelerada era imparable, justo como mis lágrimas. Apreté los dientes y los párpados porque no quería ver ni siquiera el momento en que el hombre prendiera el cerillo y sintiera más cerca mi final.

—¡Alto! —gritaron a lo lejos no una, sino dos voces—. ¡Paren con esto!

Las ovaciones comenzaron a callarse, la gente volteó a todas partes para saber de dónde provenían aquellas voces gruesas, potentes y seguras. Yo las reconocí al instante; eran mi abuelo y el esposo de mi tía.

Pronto mi llanto pasó a ser de alivio. Lloré como un niño cuando su madre descubre que se hizo daño. Era la única forma que tenía para pedirles ayuda y que hicieran algo pronto. Se abrieron paso de entre la gente hasta estar en el mismo lugar que el hombre de los cerillos. Mi abuelo se quedó con él mientras mi tío corría para revisarme. Me pidió en voz baja que me tranquilizara, que todo estaría bien y que me iban a ayudar.

Algunas personas no pudieron evitar soltar exclamaciones diciendo que me lo merecía, que yo era una rata, que dejaran que me quemara y que no era justo lo que estaba sucediendo. Los sujetos de los celulares no dejaron de grabar, pues la situación se había transformado en algo muy telenovelesco y eso también les gustaba.

—Por favor, no lo quemen —escuché a mi abuelo hablando con los hombres de los palos y sogas—. Él no es de aquí, no sabe cómo son las cosas.

—Le robó dinero a don Jacinto —dijo uno de ellos—. Y se quiso dar a la fuga como si nada.

Mi abuelo volteó a verme en ese estado tan lamentable solo para verificar aquella información. Yo no pude negar nada, porque era cierto todo lo que decían. Volví a apretar los párpados y a llorar, muy avergonzado por lo que le estaban diciendo a mi abuelo. Mi tío tampoco pareció contento por la situación. Se despegó de mi lado y se acercó a las otras personas. Volví a quedarme solo en el suelo, en mitad de la gente, sin escuchar casi nada de lo que decían.

—Perdóneme por lo que voy a decir, don Franco —dijo el hombre—, pero su nieto es una rata y tiene que pagar.

Mi abuelo asintió con pesadez. Podía notar en su cara la decepción, el enojo y la incertidumbre. Estaba tenso, contra la espada y la pared. La gente de ahí lo respetaba mucho por ser un hombre recio, justo y franco como nuestro nombre, pero conmigo y la situación no estaba siendo nada de eso.

Soltó un pesado suspiro antes de volver a hablar.

—Yo voy a hacer que pague —dijo.

Lentamente se giró en mi dirección y se acercó junto con el señor de los cerillos. A la distancia podía escuchar a mi tío diciéndole que esperara, que se detuviera, pero él lo mandó a callar por encima de todo el bullicio que regresó en cuanto tomó una decisión.

Se paró junto a mí, apretando los puños. Yo me atreví a observarlo, quizás aliviado, quizás un poco temeroso de lo que pudiera pasar. Estaba enojado, podía notarlo muy bien. Su acompañante también me miró en silencio, todavía más enfurecido que mi abuelo.

—¿Verdad que no lo volverás a hacer, Franco? —me dijo.

Pero no pude responderle en el instante, pues me pegó una patada directo al estómago. Todo el aire salió expulsado de mis pulmones, causándome un sofoco instantáneo. Me doblé en el piso y solté una queja de dolor como pude, igual de ahogada que mi propia respiración. Puse mis manos justo en donde mi propio abuelo me golpeó.

Vi que mientras me retorcía de dolor y trataba de recuperar el aire, le arrebataba la soga al otro tipo, la doblaba en dos y alzaba el brazo.

—¿Verdad? —preguntó de nuevo antes de dejarme caer la soga con toda la fuerza que pudo.

Sentí que la piel desnuda de mi espalda se agrietó al instante. Un indescriptible dolor y ardor se manifestó por todo mi cuerpo, provocando que gritara con la misma intensidad del primer latigazo.

No me insultó como los otros hombres mientras me agredía. Me golpeó en silencio otras diez veces mientras los demás aprobaban sus actos y se emocionaban con mi sangre. Lentamente me volví inmune al dolor y mis fuerzas para quejarme se redujeron hasta el punto de desaparecer. Mi cuerpo permaneció inmóvil, los párpados se me cerraron lentamente. Respirar me resultó cada vez más pesado, pero al menos ya no temblaba.

Cuando desperté no podía moverme por culpa del intenso dolor que invadía todo mi cuerpo. Jamás había experimentado semejantes sensaciones tan indescriptiblemente insoportables. Todo mi cuerpo estaba entumido. Tenía una venda rodeándome la parte alta de la cabeza y podía sentir pegados a mi espalda un montón de parches.

Me encontraba en un lugar bastante tranquilo, silencioso y muy iluminado. Olía a limpio o, mejor dicho, a hospital. Para mí el olor de sitios como este era inconfundible. Abrí el único ojo que podía con cierta dificultad. Me pesaba como si no hubiese dormido en días.

Respirar incluso era un martirio, pues estaba recostado bocabajo en una camilla para que las heridas de mi espalda no se aplastaran contra el delgado colchón. Sentía que toda mi piel hervía con potencia; era probable que tuviera temperatura. Aún me encontraba mareado y aturdido, tembloroso. Los recuerdos de lo que me llevó a estar postrado en cama eran difusos, pero emocionalmente también me lastimaban.

Traté de hacer un esfuerzo para visualizar mejor mi entorno. Había otras camas junto a mí, con personas que dormían profundamente. No había enfermeras cerca ni podía saber si alguno de mis familiares se hallaba conmigo, pues estaba casi obligado a mantenerme en la misma posición. Ni siquiera pude meditar como me gustaría, pues aunque ya había recuperado gran parte de mi consciencia, el dolor no me permitía pensar en otra cosa. Apreté los párpados y los puños como pude, pues nuevamente el ardor regresó a mi espalda. Me encorvé un poco como parte de un reflejo, tensé la boca, respiré con agitación. Sin que pudiera controlarlo, solté quejas entremezcladas con llanto.

En serio dolía.

Alguien se dio cuenta de mi sufrimiento con rapidez, pues en menos de dos minutos llegaron mi mamá y mi abuelo. Ella, con sumo cuidado, me sujetó por los hombros y me pidió —también entre lágrimas— que me calmara. Verla llorar hizo que yo llorara aún más.

—¿Qué te hicieron, mi niño? —decía, acariciándome la cabeza y pegando su frente con la mía.

Era muy probable que ya lo supiera, como todos en el pueblo, pero que no lo aceptara. Yo solo podía revolcarme de vergüenza y sufrimiento. No la miré más para que la tortura emocional no fuese tan profunda. Quería disculparme por todo, pero no me salían las palabras.

—¿Por qué le hiciste daño, papá? —se dirigió a mi abuelo, hecha una furia—. Mira cómo lo dejaste.

Se apartó de mí, todavía con las lágrimas invadiéndola.

—¿Querías que te lo mataran, pendeja? —exclamó él—. Le salvé la vida.

Comenzaron a discutir en mitad de la sala. Ella le echaba toda la culpa, reclamándole por no haber tomado una decisión diferente y menos perjudicial para mí. Él le explicó con impaciencia que tuvo que hacerlo porque no quería que nadie más tocara a su nieto. Podía escuchar en su voz que era sincero y que le dolía la situación tanto como a mi mamá, pese a no exteriorizarlo de igual manera.

Yo no lo odiaba, pero no podía evitar sentir un incontrolable terror hacia él, producto del trauma. Si antes mi abuelo Franco ya me resultaba intimidante y serio, acababa de convertirse en una de mis peores pesadillas. Sus exclamaciones y defensas me doblegaron en la cama. Intenté pegar las piernas a mi pecho, como si supiera que después de alzarle la voz a mi mamá pasaría a desquitarse conmigo.

Dejé de llorar por dolor y comencé a llorar de miedo. No me gustaban las voces tan fuertes ni recordar lo que pasó. Me torturaban.

Una persona que venía a visitar a otro paciente salió a buscar a una enfermera para que calmara la situación. Tuvieron que venir tres para poder sacarlos de ahí y parar con el escándalo. Una de ellas se quedó conmigo para pedir que me tranquilizara, pero no funcionó. Tuvieron que ponerme a dormir de nuevo.

—Franco, hijo, despiértate —susurraron cerca de mi cara—. Tienes que comer.

Mamá me agitó con cuidado por el hombro. Apreté los párpados con fuerza y me negué en apenas un murmullo. No quería hacer nada, solo morirme para ya no tener que sentirme tan mal. La existencia entera me dolía y no podía soportarlo. Dormir sin interrupciones era lo único que quería hacer para aliviarme, estar solo, quedarme quieto.

—Te tienen que revisar, por favor hazme caso —insistió, queriendo alzarme por su cuenta.

La enfermera que se hacía cargo de mí también me lo pidió con amabilidad, corroborando las palabras de mi mamá. Dijo que me ayudaría a sentarme para que mis heridas no se reabrieran ni me molestaran. Yo obedecí, solo abriendo la boca para quejarme. Ambas me tomaron con cuidado por los brazos y me sentaron en la orilla.

Todo ese esfuerzo volvió a sacarme un par de lágrimas que mi mamá secó con el pulgar. Ella aún tenía los ojos húmedos y enrojecidos, los labios tensos. Le pesaba verme en esa condición, más de lo que yo hubiera esperado.

—¿Te duele mucho? —preguntó la enfermera mientras me pasaba los dedos por la espalda.

Cuando asentí, mi mamá se secó las lágrimas con el dorso de la mano. Evadí cualquier mirada con ella, pues era incómodo verla así. Me sentía muy culpable, aunque casi no recordara lo que pasó. Mi mente tenía bloqueada una parte de los hechos a causa del trauma.

—Todavía hueles mucho a gasolina —comentó la mujer—. ¿Quieres que te vuelva a bañar?

Me había acostumbrado al olor, pues yo no lo noté. Me negué casi en ese momento, ya que no me molestaba. Mamá quiso hacerme cambiar de opinión, pero yo insistí en quedarme de esa manera, después de todo sabía que no se iría con uno o dos baños. Cuando volviera a casa de mi abuelo, yo mismo intentaría quitármelo.

La enfermera le dio indicaciones a ella para que me tomara unas pastillas para el dolor, la inflamación y los hematomas. No quería que mis heridas pudieran causar otros daños más severos por no saberme cuidar bien. Después nos dejó a solas.

Paciencia, paciencia…

No me gustaba estar con mi madre, pero no tenía alternativas porque se quedaría conmigo toda la noche. Tenía que estar tranquilo por nuestra paz, aunque supiera que eso significaba platicar y contestar a todas sus preguntas incómodas.

Comí en silencio, rechazando su ayuda. Se limitó a observarme con cuidado y a decirme qué era lo siguiente que debía comer. Todo me habría sabido terrible si no hubiera tenido tanta hambre. Lo devoré todo de inmediato, algo de lo que me arrepentí porque eso me daba más tiempo libre para conversar. Al final, cuando quise volver a recostarme y dormir, abrió la boca.

—Por favor perdona a tu abuelo —habló en voz baja—. Él lo hizo para que las cosas no terminaran peor.

Asentí con seriedad. No lo culpaba por tratar de arreglar mis propias equivocaciones. Sabía que incluso tenía que agradecerle, pero la violencia con la que me trató todavía me atormentaba y me quería mantener lejos de él. Tendría que decirle que no tenía problemas con él y que entendía por qué me había golpeado hasta dejarme inconsciente, por más amargas que se sintieran esas palabras. El pecho me dolió, tragué saliva con dificultad.

—Quiero irme de aquí, mamá —susurré, con la voz temblorosa—. ¿Podemos volver a Ciudad de México?

Me tomó de la mano, bajó el rostro y lentamente hizo una negación de cabeza.

—Las cosas están complicadas, Franco —lo decía en serio—. Tu papá todavía no puede solucionar eso.

Suspiré con pesadez. Me sentía desesperado, en especial por saber que mis días en el pueblo continuaban siendo inciertos y no tan contados como quería. No podía ofrecer ningún tipo de solución, por eso también me frustré. Yo era el niño al que tenían que proteger. Por mí estábamos en ese pueblo y por mí nos íbamos a quedar el tiempo que fuera necesario, quisiera o no.

—Pero también necesito que tú dejes de hacer tantas tonterías, por el amor de Dios —apretó un poco mi mano—. Estamos aquí para protegernos y casi haces que te maten.

Capítulo 15

Salí de la pequeña clínica del pueblo al día siguiente. Mi abuelo nos recogió en la camioneta para que no tuviera que caminar ni exponerme, ya que todos tendrían sus ojos puestos sobre mí más que nunca. No dije nada en todo el trayecto, tampoco después. Decidí en ese preciso momento que no le hablaría a mi abuelo hasta que todo se calmara en mi mente, porque estaba hecho un caos y no quería volver a equivocarme con mi actitud.

Una vez que volví a casa, me quedé en cama por varios días y me curé lentamente con ayuda de mamá, mi tía y Talía, las únicas personas que no me causaban terror. Todo ese tiempo traté de decir la menor cantidad de palabras posibles para que la interacción con ellas fuese igual de limitada. Quería estar solo, meditar en silencio, dormir todo el tiempo que pudiera.

Después del linchamiento abandoné la escuela. Para mí fue suficiente el mes que acudí para darme cuenta de que nunca en mi vida quería volver a cruzarme con alguna persona del pueblo, ni siquiera con la familia que me prestaba su casa.

Les tenía un miedo terrible a casi todos, sin excepción. No comprendía su estilo de vida ni sus costumbres, por eso dejé de fijarme en ellas como al principio. Mi curiosidad fue asesinada, igual que mi aceptación a vivir ahí.

Jamás estuve tan deprimido como esos primeros días, pero más pronto que tarde me acostumbré. Mi mamá estaba muy preocupada por mí, en especial por el apagón repentino de mi actitud. Sabía que la violencia me lo había provocado, pero no tenía idea de cómo ayudarme a superar ese incidente sin tener que mencionarlo.

Cuando ella quería hablarme sobre eso o preguntar cómo estaba, yo salía de la cama casi corriendo y me encerraba en el baño hasta que estuviera completamente seguro de que ya no me esperaba en el cuarto. Era mejor eso que explotar contra ella por mi incontrolable enojo hacia todo.

Podía pasar horas en el baño sin ningún tipo de problema. Había una gran ventana que apuntaba al cerro, el inodoro era un buen asiento, había algunas revistas viejas a mi espalda que no me molestaba leer por décima vez y, si no olvidaba el celular, me entretenía mirando algo.

Mi WhatsApp seguía infestado de mensajes, pero no quise leerlos por mi propia paz. Sabía que algunos compañeros estarían insultándome y otros más preguntarían si estaba bien. No lo estaba, para nada. ¿No era obvio?

Los únicos mensajes que vi fueron los de Omar, Edwin y Áureo, pero no le contesté a ninguno. Los dos primeros chicos me escribían casi lo mismo. Querían saber cómo me encontraba y también se disculparon por haber comenzado con su estúpido juego de retos. Se sentían parcialmente culpables, al menos. De Joel, ni sus luces.

Aunque yo jamás les respondí, me escribieron como si yo también quisiera charlar. Áureo fue el que más lo hizo. Después de comprobar que estaba en línea, me contaba en pocas palabras lo que habían visto en la escuela y me decía que esperaba que regresara pronto. Pero eso no iba a suceder, al menos no hasta que me obligaran.

Nadie me visitó porque gracias a mi prima se enteraron de que yo no me la estaba pasando de lo mejor y que no hablaba con absolutamente nadie. Era muy probable que todos en la escuela ya supieran que había optado por la marginación voluntaria. Para mí eso estaba excelente, ya que me sentía menos presionado y preocupado.

Solo pensaba en volver a la capital. Era lo único que quería en ese momento porque allá no tenía ni una sola preocupación. Mis amigos cada vez me escribían menos, pero no me sorprendió después de recordar que nunca contestaba los mensajes. Estaba completamente solo y muy herido. No tenía ni idea de cómo sentirme mejor.

Fueron dos semanas de total aislamiento. Dos semanas en las que casi no comí y en las que la cabeza y la espalda me molestaron bastante. Tenía moretones en todo el cuerpo, algunos abultamientos en la cara, apenas podía mover el brazo que ya me había lastimado antes y las múltiples rayas de mi espalda ardían, algunas más que otras.

Mi mamá también se preocupó por mi debilidad física. Pensó en llamar a otro doctor luego de que el primero le dijera que todo estaba bien, e incluso consideró buscar un psicólogo para mí. Mi tía le dijo que no iba a encontrar uno en el pueblo porque realmente nadie acudía a ellos. Decían que era para gente loca.

Yo le pedí personalmente —en uno de esos escasos ratos en los que abría la boca— que me llevara a la capital con uno. Que no importaba si regresábamos al pueblo ese mismo día, pero no aceptó. Era mucha pérdida de tiempo por el trayecto y exponernos también representaba un riesgo para la familia. Me iba a quedar con todos mis problemas hasta que volviéramos meses después.

Traté de no llorar en todos esos días, pero fue inevitable hacerlo. A veces creía que mi mamá lo notaba por las ojeras que me quedaban al final o lo mucho que tardaba mi cara en dejar de estar roja. Me avergonzaba que lo supiera, porque eso le daría más razones para intentar hablar conmigo y yo no quería ser grosero.

El penúltimo día de mi aislamiento cayó en jueves. Como venía ocurriendo todos esos días, alguien me dejó la comida junto al ramo seco de lavandas, mientras yo dormía. Me senté y comí viendo hacia la puerta, esperando que nadie viniera y me encontrara en pleno intento de supervivencia.

Ya no me dolía tanto la espalda. Solo quedaban algunas costras, pero también marcas permanentes que me recordarían el resto de mi vida aquel suceso. A veces me abrazaba a mí mismo para sentir las cicatrices con los dedos y ver si de un día para otro habían desaparecido.

En un futuro tal vez lejano alguien me preguntaría qué me pasó y yo tendría que contar la historia o mentir. En especial si todavía no me sentía preparado para hablar de ello.

Cuando me terminé la comida hice las cobijas a un lado y fui al baño para lavarme los dientes. Permanecí con los ojos fijos en el espejo, examinando cada detalle de mi cara mientras saboreaba la pasta de dientes. Nunca había tenido tantas ojeras, la piel tan descuidada ni el cabello tan largo. La última vez que fui a la estética había sido cuando aún vivía en la Ciudad de México.

Abrí el cajón bajo el lavabo y me asomé para buscar unas tijeras. Yo mismo me encargaría de cortarlo en las partes donde ya me picaba, como las orejas y justo en los ojos. Sin quitarle la mirada al espejo y con la mano un poco temblorosa, poco a poco fui deshaciéndome del largo de mi cabello. Me sorprendió que no me equivocara ni una vez, aunque siguiera sin estar del todo rebajado.

Tomé los cabellos con los dedos y los tiré a la taza del baño para ocultar la evidencia, aunque más tarde mi mamá supiera lo que hice. Le bajé y salí con lentitud, sacudiéndome un poco para deshacerme del pelo que me picaba en la cara y el cuello.

Pero antes de que pudiera montarme de nuevo en la cama para dormir hasta el anochecer, alguien sujetó el picaporte de la puerta y lo trató de girar con torpeza. Podía ser mi mamá, mi tía o mi prima, personas que en ese momento no deseaba ver. Corrí de nuevo al baño y me encerré, justo como marcaba la rutina. Recargué la cabeza en la madera para escuchar cuando se fueran.

—Franco, sal, por favor —era mi mamá con su mismo tono triste, ingresando a la habitación.

Suspiré, apreté los párpados, no cambié de posición.

—Es importante —me dijo.

—Aquí estoy bien —contesté casi en un susurro.

Ella no me insistió como en otras ocasiones. Esa excusa de que era algo importante la utilizó muchas veces y en ninguna caí. No iba a ceder, así que esperé a quedarme solo de nuevo. En menos de un minuto ella salió del cuarto, cerrando la puerta a su espalda. Me aseguré de escuchar que bajara los escalones para sentirme completamente solo.

Abrí con calma e incluso caminé un par de pasos hacia afuera deseando dormir, pero tuve que volver al baño a toda prisa y encerrarme de un portazo en cuanto vi a Áureo sentado en la orilla de la cama.

Recargué la espalda en la puerta, tomé el cuello de mi camiseta y lo estrujé con fuerza; mi corazón se aceleró de golpe. Me cubrí la boca para no hacer tanto ruido, queriendo tranquilizarme. Lentamente mis piernas cedieron al peso de mi cuerpo, consiguiendo que me sentara. Escondí la cara entre mis rodillas, atemorizado.

¿Qué hace él aquí?

De todas las personas, él era a quien menos esperaba encontrar, mucho menos en el interior de la habitación. Todavía no me sentía bien y quizás faltaría mucho tiempo para que volviera a recuperar parte de mi estabilidad, por eso no quería que él me viera así. Además, sentía demasiada vergüenza por lo que hice y lo que sucedió. Verlo a la cara iba a ser una tortura para mí.

Afuera, Áureo abandonó su lugar en el colchón para acercarse a donde yo estaba. Se detuvo una vez que se quedó a escasos centímetros de la puerta.

—Hola —dijo con cierta confianza, sujetando el picaporte y verificando que realmente estuviera cerrado.

—Vete, por favor —se me quebró la voz.

Lidiar con mi familia dentro del baño era muy fácil; solo debía expresar que no los quería ver y se iban sin cuestionarlo. No insistían ni forzaban la puerta, solo me dejaban tranquilo. Sin embargo, Áureo no era mi familia, sino un extraño. Y tenerlo justo dentro de mi espacio seguro me provocaba pánico.

Tal vez podía aplicarle lo mismo que a mi familia, hacerle esperar en silencio hasta que se aburriera. Pero su inesperada visita también fue una especie de gran consuelo y alivio para mí. Los mensajes por WhatsApp no eran suficientes y, por lo visto, mi silencio de casi dos semanas tampoco pareció gustarle mucho. Por eso Áureo estaba ahí y yo no tenía ni la más remota idea de cómo reaccionar.

Escuché cómo se sentó al otro lado de la puerta, recargado contra ella porque hasta la madera tembló. Podía oír también su respiración y los golpeteos ansiosos de su pierna contra el piso. Se mantuvo callado por un minuto, atento a lo que yo podría estar haciendo dentro del baño y quizás pensando en cómo hacer que yo saliera.

—Es extraño ver tu lugar vacío en la escuela —habló por fin—. ¿No piensas volver?

Yo negué con la cabeza, creyendo que él me observaba y que esa era respuesta suficiente. Al final tuve que abrir la boca para decirle que no con una simple palabra. Quería mantenerme firme con mi decisión, no me importaba perder el año a cambio. No había nada en esa escuela que valiera la pena.

—Hace mucho que no te veo —sonó triste—, por eso vine.

Asomé un poco mi cabeza, por encima de las rodillas. Sus palabras me hicieron sonreír un poco. El pecho se me calentó de repente, conteniendo una alegría que en mucho tiempo no había experimentado. Esperé que él añadiera más, así que permanecí en silencio.

—¿Me dejas verte, güero?

Saqué el aire contenido de mis pulmones, me lo pensé con un poco de detenimiento. No me sentía nada bien como para interactuar con los demás igual que antes, pero si no comenzaba a salir, aunque fuera poco a poco, jamás me iba a recuperar emocionalmente de todo. Y eso me iba a doler más a la larga.

Traté de armarme de valor. Apreté los párpados, apoyé las palmas sobre mi frente, inhalé con cuidado y lentitud. Podía sentir que mis brazos temblaban y que en cualquier momento lloraría, pero necesitaba sacarlo. Sacar mi frustración como pudiera para lentamente sanar.

—¿Puedes ponerle seguro a la puerta? —quise asegurarme de estar completamente solos.

Él se levantó para hacerlo casi de inmediato. Escuché el clic del seguro y cómo regresaba para sentarse otra vez. Sus rápidas acciones me tranquilizaron; nadie —salvo Áureo— se hallaba cerca como para saber que finalmente saldría de mi escondite queriendo charlar. La simple idea me emocionó e inquietó en partes iguales.

Todavía tembloroso, tomé el picaporte, lo giré despacio y abrí la puerta hacia adentro. Me asomé muy poco solo para verificar que Áureo no fuera parte de alguna alucinación extraña, producto de mi aislamiento y necesidad natural de interactuar.

Pero ahí estaba, sentado y de espaldas a mí. Se giró solo un poco para verme; su sonrisa me contagió un poco de alegría. No pude contenerme más. Me lancé a abrazarlo sin medirme ni siquiera por un segundo.

Él se sobresaltó, incapaz de responder a mi abrazo al instante. Hundí la cabeza en su hombro, rodeé su cuello con fuerza, pegué mi pecho al suyo y lentamente moví las piernas hasta quedar hincado con comodidad frente a él. Mi respiración se aceleró casi en el momento en que pude oler su piel, tan fresca, relajante. Al final no pude aguantarme las lágrimas, que entremezclaban el miedo y el alivio.

Áureo finalmente me abrazó, estrechándome más a su cuerpo con los brazos. Primero dijo que no llorara y hasta trató de bromear al respecto, pero al notar que mi sufrimiento era real y que en serio llevaba mucho tiempo conteniéndome, se quedó callado, a la espera de que yo deseara despegarme de él.

Me sentía muy solo e incomprendido, aunque en algún punto de mi vida lo hubiese tenido todo. Yo no tenía derecho a quejarme después de haber vivido tan bien. Lo que yo enfrentaba en ese momento, fuera de mi burbuja de mentiras y bienestar, era lo que millones experimentaban a diario. Frustración, abandono, soledad, miedo, incertidumbre.

Entonces ¿esta es la vida real? Qué desagradable forma de conocerla.

—Me quiero ir —le dije en voz baja, queriendo que me escuchara y al mismo tiempo no.

Acarició mi cabeza con suavidad, muy dispuesto a quedarse conmigo el tiempo que fuera necesario. Estuve muy agradecido con su gesto y su compañía a pesar de que nosotros no nos conociéramos ni habláramos mucho. No había otra persona en el pueblo en la que pudiera confiar tanto como confiaba en Áureo, aunque, claro, esto sucediera en parte por mis sentimientos hacia él. El amor cegaba y por eso era peligroso, pero con Áureo no presentía ni una pizca de duda o temor. Era el hombre más sincero sobre la Tierra, el más auténtico, el más real de todos. A mis ojos tampoco tenía ni un solo defecto que me pudiera recordar cuán humano era.

—No me dejes solo aquí —terminó por recargar su cabeza junto a la mía—. Por favor.

Él también fue abandonado por Hugo durante un tiempo, hasta que yo aparecí en su lugar y llené parte de ese vacío. No entendía a Áureo y saber lo que pensaba era todo un enigma, por eso me la pasaba haciendo suposiciones sobre sus propios pensamientos como si en realidad los conociera.

Me consolaba lo suficiente con eso, porque pensar en él me ayudaba a no pensar en negativo sobre mí.

—Ven a vivir a la capital —sugerí, un poco más relajado.

Estuve tan aferrado a la idea de marcharme del pueblo, que olvidé por completo que Áureo formaba parte de mi vida en él. No lo tomé en cuenta hasta que reapareció para volcar mi odio hacia el sitio donde me veía obligado a vivir. Porque no todo podía ser tan malo y ese chico era la prueba de ello.

—Soy pobre —se excusó—. Y la ciudad es carísima.

Como si de mí dependieran todas las decisiones importantes de mi familia, le dije que viviera conmigo. Había cuartos en la casa y dinero de sobra para que se quedara ahí, pero mi sugerencia casi utópica le resultó poco creíble.

Seguí insistiendo y mintiendo con que mis papás lo entenderían, aunque él ya estuviera dándome el avión. Entre más hablaba con él, más rápido desaparecían las lágrimas. El abrazo comenzó a ser más débil y, más pronto que tarde, nos separamos. No me percaté en qué momento mi tristeza se desvaneció por estar imaginando una vida a su lado.

Acabé sentado frente a él, todavía con lágrimas en las pestañas y el rostro demasiado hinchado y rojo. Él, sin ninguna pena, tomó mis cachetes con ambas manos y jugueteó con ellos usando sus pulgares. Acercó un poco mi rostro al suyo mientras hacía un puchero, como si estuviera lidiando con un niño.

—Pareces un jitomate —bromeó.

Sonreí con mucha vergüenza, incrementando aún más el color de mi cara.

—Y tú un brócoli —finalmente se lo pude decir.

Dejó escapar una risa seca, incapaz de creerse lo que acababa de decirle. Dejó de sujetarme la mejilla derecha para tocarse los rizos con los dedos, entendiendo a lo que me refería. Dijo que dentro de poco lo cortaría porque ya estaba bastante largo y que justamente no quería parecer un brócoli.

Le pedí que no lo hiciera, casi suplicando. Se veía bien así, aunque él me expresara que lo que más quería en ese momento era raparse. Era un cambio extremo y yo no podía imaginármelo. Intenté protestar con un poco más de firmeza, pero me calló tan pronto como pudo justo acercándome mucho a su cara. Pude percibir su respiración y hasta sus rizos acariciándome la frente.

—Ya bájale a tu ruidajo, Jitomate —murmuró.

Yo también me acerqué, aunque rebasando el límite. Mis labios se pegaron a su nariz, evadiendo con lentitud sus intentos por besarme justo en ese momento. Por dentro estaba muerto de nervios y muy sorprendido por mi instintivo comportamiento. Mi cuerpo se movía por sí solo, mis palabras salían sin que las pudiera controlar. Toda la piel se me calentó de golpe tras percibirlo tan cerca.

Me retumbaba el corazón y las piernas siguieron flaqueando lejos de la vista de ambos. Los moretones ya no dolían, mi rostro ya no estaba inflamado y podía mover mi brazo de nuevo gracias al excesivo reposo. Las únicas molestias físicas que me quedaban se sentían en la espalda, pero la cercanía con Áureo hizo que las olvidara por completo.

—Vas a tener que ayudarme —no lo miré a los ojos, sino directamente a su boca para que supiera a lo que me refería.

Me tomó por la nuca y me atrajo hacia él en un cálido beso. Yo no me opuse jamás, sino que colaboré para que estuviéramos lo más cerca posible. Igual que él, sujeté su cabeza con una mano mientras apretaba ligeramente su hombro con la otra, acorde al ritmo de nuestras bocas.

Solo nos habíamos besado una vez, pero extrañé mucho que lo hiciéramos de nuevo, incluso con más desesperación. Su lengua y la mía se entrelazaban sin ningún tipo de vergüenza, volviendo adictivo aquel contacto íntimo. Nos separábamos muy poco para respirar y dejar escapar parte de nuestro placer tan bien contenido. No queríamos que los demás en mi casa nos escucharan.

Continuamos así por varios minutos que se pasaron volando. Ninguno paró hasta que de plano los labios dolieron. Fue él quien lentamente nos separó; todavía me agarraba de los cachetes enrojecidos cuando me miró fijamente a los ojos.

—¿De verdad te quieres ir? —quiso asegurarse de ello después de lo que hicimos.

Con movimientos de cabeza limitados, lo negué.

—Ya no tanto —me encogí de hombros, un poco avergonzado por mis decisiones tan volubles—. Ahora solo quiero volver un fin de semana.

Nos reímos en voz baja. Áureo tomaba mi mano y la acariciaba un poco con el pulgar. La otra la recargaba cómodamente sobre mi muslo, sin hacer nada más que eso. Volvimos a conectar miradas después de lo que dije. Su sonrisa se aligeró.

—Yo puedo llevarte mañana si quieres.

Capítulo 16

Áureo me comentó que podía llevarme a Ciudad de México sin ningún inconveniente, ya que sus papás se tomarían todo el fin de semana libre y su carro estaría disponible. Solo tenía que pedirlo prestado y pagar la gasolina, que correría por mi cuenta.

Al principio creí que bromeaba con lo de escaparnos a la ciudad, pero más tarde, en la noche, me escribió para decir que podíamos irnos muy temprano al día siguiente. A partir de eso ideamos un plan muy cauteloso, pues no iba a pedirle permiso a nadie.

En parte eso me hizo sentir culpable y mal. Mi familia se preocupaba por mí y yo vivía tomando malas decisiones por mi cuenta siempre que podía. Algunas valían la pena, otras no tanto. A pesar de todo, aceptaba los riesgos y las consecuencias posteriores. Más ahora que lo hacía por un intento desesperado de encontrar felicidad temporal.

Áureo pasaría por mí en su auto, pero no directamente a mi casa. Se estacionaría en la esquina de la calle y yo bajaría hasta allá cuando me lo indicara. Saldría por la puerta cuidando que no me vieran mis familiares y después correría. Nada más me llevaría el celular y la cartera, porque yo pagaría todo el viaje a cambio de que me llevara. Era lo más justo.

Antes de dormir y después de quedar bien de acuerdo con el plan, mi mamá me comentó muy de pasada que me notaba un poco mejor después de la visita de Áureo. En otras circunstancias solo me habría dado la vuelta, ignorándola, pero su comentario logró hacer que en mi cara se posara una casi imperceptible sonrisa. Me sentí feliz por primera vez en mucho tiempo.

Le dije que tal vez yo mismo lo invitaría más veces, todo bajo la excusa de que él era una buena persona y que me caía mejor que cualquier otro compañero de la escuela. De todos modos, ella no iba a dejar que Edwin, Omar y Joel vinieran a la casa después de lo que pasó. Era casi una prohibición que hablara con ellos, algo que por fortuna no me presentaba ningún problema.

A Áureo le mandé un último mensaje deseándole buenas noches y diciéndole que estaba emocionado por verlo. Tendría que esperarlo hasta el mediodía y eso para mí resultaba insoportable. Deseé, antes de pegar los párpados, que el tiempo se pasara rápido.

Luego de otro almuerzo solitario, me quedé pegado al celular para revisar el reloj minuto a minuto hasta que, faltando solo cinco para la hora acordada, Áureo me escribió que ya iba en camino a mi calle. Agradecía que fuera tan puntual y entendiera lo importante que era para mí estar lejos del pueblo, así que yo también me preparé.

Ya me encontraba bañado y vestido, aunque oculto bajo las cobijas para evitar que alguien llegara y descubriera que estaba por irme. Las hice a un lado y me senté en la orilla de la cama, mirando hacia el piso. Respiré lento y calmado para pedirle al destino que no me atraparan. Todo tenía que salir bien, ¿no me merecía algo bueno?

"Ya estoy aquí", leí. Mi pecho sintió una incómoda presión y mis manos, que sujetaban el celular, temblaron. Ahora todo dependía de mí.

Caminé hasta la puerta y la abrí ligeramente para verificar que no hubiera nadie. Mi prima estaba encerrada en su cuarto y seguramente mis primos se habían ido con mi tío a saber dónde, porque la casa también se hallaba en silencio. Con eso en mente salí tras casi dos semanas de encierro.

Bajé las escaleras con mucho cuidado de no hacer ruido. Me asomé por arriba para ver que nadie saliera de los cuartos y también por abajo para buscar dónde estaban las mamás. No las vi en el comedor ni en la sala, pero la puerta de la cocina se encontraba cerrada. A veces ellas lo hacían para platicar en privado. Seguramente mi mamá tenía un montón que decir.

Fui hasta la entrada con pasos muy largos, agachando la cabeza. Abrí despacio, mirando a mi espalda. Finalmente salí de ahí, creyendo que mi escape había sido un éxito. Pero justo en los escalones estaba sentada mi prima, viendo el celular. Volteó en cuanto oyó que caminaba detrás de ella. No pudo evitar manifestar asombro.

—¿Qué haces afuera, primo? —se levantó de golpe—. ¿A dónde vas?

Mi corazón no dejó de latir con mucha prisa. La miré igual de sorprendido por encontrármela justo como último obstáculo. Antes de que pudiera decir algo más, le pedí que bajara la voz para que no nos escucharan.

—No le digas a nadie que me salí —dije, queriendo tranquilizarla—. Ahorita vengo, no tardaré.

Negó con la cabeza, disgustada y preocupada. Yo caminé a prisa por el patio, queriendo llegar al portón. Talía me siguió muy de cerca, casi poniéndose en frente para que dejara de caminar.

—No, Franco —me puso una mano en el pecho—. La última vez no le dije a nadie dónde estabas y te madrearon.

Se sentía culpable por dejarme ir con tanta facilidad, por eso en ese instante lució más decidida a evitar que cometiera alguna tontería. Me empujó hacia atrás antes de gritarle a mi mamá con toda la fuerza que pudo. Parecía que la estaban secuestrando.

La tomé de los hombros y la aparté del camino con agresividad, provocando que tropezara y cayera en la tierra. Abrí el portón de la casa mientras ella gritaba mi nombre. Corrí por la calle cuesta abajo, sin voltear. No haber corrido en mucho tiempo me provocó dolor en las piernas; la agitación remarcó parte de las heridas ya casi curadas de la espalda y ni siquiera me importó. Solo había podido escuchar a mi mamá y a mi tía saliendo y preguntando en una exclamación qué estaba ocurriendo.

—¡Franco! —gritó mi mamá. Podía escuchar sus pasos a lo lejos, yendo por mí.

Por la velocidad y la calle inclinada llegué muy rápido a la esquina. Giré la cabeza en ambas direcciones y ahí vi a Áureo esperándome, dentro de un Chevy rojo de dos puertas, con las intermitentes encendidas.

Hice una seña muy apresurada para que nos fuéramos. Él encendió el carro de inmediato. Entré con bastante agitación, cerrando de un portazo. Le dije, antes de saludar, que acelerara porque mi mamá me había visto y me venía persiguiendo.

Áureo parecía más asustado que yo, por eso se tomó mis palabras muy al pie. Huimos de ahí casi volando, incluso antes de que mi familia llegara a la esquina y supiera a dónde fui. No vieron el auto.

Me puse el cinturón mientras avanzábamos por el pueblo y finalmente me recargué en el asiento, sonriendo con los ojos cerrados, sudoroso, recuperando el aire. Alcé una mano únicamente para que él la chocara conmigo, cosa que hizo de inmediato. De forma inevitable me comencé a reír, aunque también quisiera llorar por la preocupación de mis propias acciones.

—¿Cómo estuvo? —quiso saber.

—Mi prima me delató —contesté, un poco insatisfecho por ese ligero cambio en los planes.

El celular vibró en mi bolsillo los minutos posteriores, así que lo apagué. Volvería a utilizarlo más tarde solo para escribirle y avisarle a mi mamá que estaría bien y que me perdonara por irme. Mientras, hasta llegar a la ciudad, Franco se desconectaría completamente del mundo para centrar toda su atención en el conductor del Chevy rojo y empolvado.

Llegaríamos a las seis de la tarde, justo cuando ya estuviera oscureciendo. Al principio me inquietó la idea de quedarnos en la ciudad hasta el día siguiente, más que nada por nuestras familias. Hablé con Áureo para saber dónde nos quedaríamos a dormir.

Si llegábamos a la hora destinada, mi papá no estaría en mi casa, así que podríamos quedarnos sin que él se diera cuenta. El problema era entrar. Rafaela tendría que saber de buenas a primeras que yo estaba ahí y que no podía decirle a nadie. Temía que me delatara con mis papás y que me metiera en más problemas de los que ya tenía, pero debíamos intentarlo.

A él le agradó la idea, así que partimos del pueblo con la intención de quedarnos únicamente en mi cuarto, sin hacer nada más que pasar el rato juntos, justo como queríamos.

Aprovechamos el trayecto para platicar sobre nosotros, para conocernos más allá de los mensajes de WhatsApp y los besos. Nos hicimos preguntas fáciles, como nuestros apellidos, cumpleaños, el nombre de nuestras mascotas y el tipo de música que nos gustaba. En el estéreo del carro, justo respondiendo a mi pregunta, sonaba Linkin Park.

Áureo era fan del rock y el metal, cosa que me sorprendió porque no coincidía con su tan calmada personalidad dentro de los estereotipos de mi mente. Le gustaba usar ropa negra o gris, pero no era como los metaleros de la ciudad que yo había visto, tan raros en apariencia y actitud.

Le prometí que iríamos juntos a un concierto de Linkin Park cuando vinieran a la ciudad, pero se burló de mí. El vocalista llevaba quién sabe cuántos años muerto.

Encendí el celular tras asegurarme de que no hubiera señal. Comencé a tomar varias fotos a los paisajes de alrededor, pero también a Áureo con las manos en el volante. Sonrió en algunas y en otras mostró su concentración en el camino. Yo me le pegué instantes más tarde para tomarme un par de selfies a su lado, sonriendo con auténtica felicidad.

Un día antes, estar con él de camino a la ciudad me parecía imposible. Nunca pensé que algo como esto pudiera ocurrir tan de repente y con tan poca planeación. Las cosas estaban saliendo bien y yo no podía estar más contento.

Por eso cuando llegamos a la ciudad, sonreí de oreja a oreja y no dejé de hablarle sobre todas mis experiencias de vida en ella. Áureo tenía auténtico interés por mis parloteos, aunque no estuviese observando todo el tiempo los sitios que yo le señalaba. Hacía algunas preguntas, opinaba un poco, se reía de mis tonterías. Pero, sobre todo, comentaba lo diferente que era mi vida no solo a la suya, sino a la de la mayoría de la gente.

Y ahí, por milésima ocasión, me di cuenta de todas las cosas que tuve y que otros incluso morirían sin conocer. Áureo no me llamó presumido solamente porque me respetaba y porque sabía que mi burbuja anti-realidad ya estaba rota después de lo que pasó en el pueblo.

No había tocado el tema todavía, cosa que le agradecí mucho. Yo estaba fuera de aquel lugar y no quería arrastrar sus recuerdos conmigo hasta el sitio donde casi siempre era feliz.

Con ayuda de Maps y del segundo piso —un largo puente de paga para atravesar toda la ciudad sin el espantoso tráfico del viernes—, llegamos a mi colonia muy rápido. Tuve que explicarles a los guardias de la entrada cuál era mi casa y quiénes eran mis padres. Sacar mi credencial de la escuela fue la prueba que necesitaron para dejar entrar al Chevy de Áureo, que era todo lo contrario a los lujosos autos que se estacionaban afuera y en las cocheras de las grandes casas.

—¿En serio vives aquí? —parecía muy asombrado.

En mi colonia vivían famosos, empresarios y, sobre todo, políticos. Mi familia era parte del último grupo que podía pagar por una vida tan cómoda. Y como yo era hijo único… los gastos solo se hacían pensando en mí.

Nos estacionamos afuera, frente a la puerta y no estorbando en la cochera. Mi casa no podía verse por dentro gracias al gran muro gris que rodeaba todo el terreno, así que Áureo tuvo que esperar un poco para conocer mi hogar. Antes de tocar el timbre me agaché bajo el portón de la cochera para asegurarme de que el carro de mi papá no estuviera. Celebré en voz baja cuando no lo vi y le hice una seña a Áureo para que presionara el botón.

—Residencia Birlain Velázquez —dijo Rafaela por el intercomunicador, con voz seria.

Hice a Áureo a un lado para poder acercarme mejor a la bocina. Sonreí ampliamente.

—Soy yo, Rafa —contesté, entusiasmado.

La extrañaba porque solía prestarme más atención que mi propia madre; me trataba como a uno más de sus hijos. Hacía el trabajo doméstico desde que yo tenía cinco y crecí con ella y sus constantes pláticas sobre cómo era su vida cuando no trabajaba para nosotros.

Áureo arqueó una ceja en todo momento, sin saber muy bien cómo tomarse toda la situación que estaba viviendo, tan diferente a la que conoció en su vida.

Pude oír la sorpresa y alegría de Rafa tras escucharme después de mucho tiempo. Colgó aprisa, afirmando que iba a abrirme personalmente. Mientras esperábamos le sonreí a Áureo, confiado. Él trató de devolverme el gesto, pero estaba un poco nervioso y cohibido.

Lo primero que hizo Rafaela después de abrir fue abrazarme con mucha fuerza y entusiasmo. Yo le contesté de la misma manera, pues mis sentimientos en ese momento solo eran de alegría. Alegría por estar junto a quien yo consideraba mi verdadera mamá. El otro chico solo se quedó observándonos a la distancia, aguardando.

Ella notó su presencia justo cuando nos separamos. Lo examinó de arriba abajo, extrañada.

—¿La señora Luisa contrató a alguien nuevo? —me preguntó.

Abrí los ojos lo más que pude, lo negué con exaltación.

—¡No! Es amigo mío —la corregí, con los cachetes bien rojos.

No me atreví a ver la cara de Áureo en ese momento por culpa de la vergüenza. Rafaela se cubrió la boca con ambas manos, sobresaltada igual que yo por su metida de pata.

—Discúlpeme, muchacho —se dirigió a él por primera vez—. En serio, perdóneme. Tonta yo por no preguntar bien.

Él no pareció ofenderse. La perdonó de inmediato, añadiendo con amabilidad que no se preocupara. En mi mente solo deseaba que no hubiese entendido o escuchado bien la pregunta de Rafaela, pero sabía que el chico no era tonto.

Queriendo olvidar lo recién ocurrido ella se hizo a un lado y nos apresuró para que pasáramos.

Áureo no podía dejar de mirar en todas direcciones, callado pero asombrado. Quizás era demasiado, hasta para mí. Después de haberme conformado tanto los últimos meses con un cuarto cerrado y pequeño, la casa me pareció una exageración. Tal vez sí era demasiado grande para una familia de tres.

Mi propia realidad en la ciudad de repente me pareció extraña y ajena pese a que no había cambiado en nada. Era más de lo que podría necesitar en el presente y hasta sentí vergüenza por mostrárselo a Áureo. Pero al final, y viendo el lado positivo, me dije que esta también era una buena oportunidad para que supiera que podía vivir conmigo, lejos de ese pueblo.

Rafaela me preguntó por mi mamá. Tuve que inventar una excusa en ese instante que pudiera sonar creíble. Venía a una fiesta y ella me había dado permiso para quedarme solo por el fin de semana. Después nos iríamos. Le pedí que no la llamara para nada, ya que yo la mantendría al tanto de todo. Y que tampoco le avisara a mi papá que estaba en la casa, pues mi mamá lo haría más tarde.

Ella confió en mí, así que no hizo más preguntas.

Tan pronto como la puerta principal se abrió, salió a recibirme mi perro Enzo con un montón de brincoteos y ladridos. Yo alcé ambos brazos, me agaché y lo abracé mientras reía y le hablaba sobre lo mucho que lo había extrañado. Casi me ponía a llorar en la puerta, a ojos de un Áureo que no entendía mucho de lo que estaba pasando.

Quería llevarme a Enzo al pueblo para no sentirme tan solo, pero sabía que allá no habría nada de espacio ni cuidados que se adaptaran a sus necesidades de perro especial. No podía andar ni comer cualquier cosa. Rafaela lo cuidaba mucho y sus hijos, cuando venían, jugaban bastante con él en mi ausencia. Así que podía estar tranquilo sabiendo que no me necesitaba tanto como yo a él.

Una vez que dejé que se fuera a pasear por el jardín, Áureo y yo caminamos hacia las escaleras para ir a mi cuarto. Rafa nos detuvo preguntando si queríamos algo de comer, así que dejé que Áureo eligiera por los dos. Le mencioné que era una excelente cocinera y que podía pedirle lo que quisiera. Pero como no se decidió, simplemente le pedí que ordenara una pizza.

Caminé por el inmenso pasillo, mostrándole algunas de las fotos familiares que colgaban en la pared. En algunas mi papá estaba con personas importantes, en otras más posábamos los tres o yo aparecía de niño. No faltaron las de mi mamá con sus vestidos elegantes ni las fotos de pareja que se tomaban para algún evento.

—Todo es demasiado… bonito —dijo en voz baja, todavía observando.

Entramos a mi cuarto, que también era espacioso. No era mucho de decorar, así que mi pared solo tenía un par de fotos con mis compañeros de entrenamiento. Frente a la cama estaban mis dos escritorios; uno para hacer las tareas y otro donde estaba mi computadora y mis consolas. Gran parte del tiempo jugaba ahí con mis amigos.

Me eché a la cama con una gran sonrisa, alzando ambos brazos. Le dije a Áureo que viniera también a recostarse conmigo, pero solo se sentó en una orilla. Tenía mucha curiosidad por las cosas que yo solía ver y usar a diario.

—¿Te gusta? —pregunté.

Él asintió, sin añadir nada más. Siempre de pocas palabras, aunque de gestos generosos. Me tranquilizaba estar con él.

Lo tomé de la mano, que estaba cerca de mi cuerpo, y lo jalé para que terminara de acostarse. No separamos nuestras manos después de que nos quedamos uno junto al otro, mirando al techo con cierta nostalgia. El silencio nunca me ayudaba a pensar en lo mejor, así que me distraje volteando hacia él. También giró su cabeza.

Nos miramos fijamente a los ojos por varios segundos, sonriendo a medias. Sentí el calor en la cara y el corazón acelerado.

—Tenemos todo este espacio para nosotros —comenté en un susurro.

Sentí que apretó un poco mi mano, tragó saliva.

—¿Y qué podemos hacer? —la voz apenas le salió.

Su sonrisa se amplió, sus párpados se entrecerraron. La pregunta me hizo evadir su mirada casi de golpe, cohibido. Comencé a reírme por los nervios.

Áureo subió su otra mano a mi cara, como tanto le gustaba hacer para indicarme que quería que nos acercáramos más. Seguí riendo, aunque cada vez más bajo. Lentamente nos acercamos y acomodamos mejor en la cama, de modo que nuestras cabezas quedaran bien recargadas en las almohadas y nuestros labios juntos.

Nos besamos durante unos cinco minutos sin parar. Solamente nos separábamos para tomar un poco de aire, juguetear con nuestras mejillas y mirarnos a los ojos, como cómplices de lo que para mí seguía siendo un gran secreto.

Él comenzó a recorrer su mano por mi espalda, acariciándome con sutileza. Podía sentir cómo se movía de arriba abajo, suave. Traté de enfocarme en su boca, pero sus caricias, tan nuevas para mí, me hicieron temblar un poco de goce y nervios.

Me pegué casi por completo a su torso, enredé una de mis piernas con las suyas para evitar que nos separáramos. Él no se opuso en ningún momento, sino que también pareció ser fanático de esta cercanía. Otro par de minutos hipnotizantes, adictivos y hasta excitantes. Mi respiración poco a poco se aceleró como la suya.

Mi cama y nuestros cuerpos agitados bastaron para que él bajara la mano hasta mi trasero. No quise prestarle atención a pesar de que al principio el gesto me incomodó. Nadie había hecho eso conmigo, por eso me asustó casi tanto como me gustó.

No fue hasta que sentí que lo apretó con un poco de fuerza, cuando opté por separarnos.

—Espera… —dije, poniendo mi mano sobre el brazo que aún no me había soltado.

Él abrió los ojos un poco más de la cuenta, peguntándose qué acababa de suceder.

—¿Todo bien?

Los dos respirábamos con fuerza, todavía observándonos. No quería decirle que su mano tenía la culpa, pero debía hacerlo por mi propia comodidad. Sentía que apresuraba las cosas.

—No estoy acostumbrado a que me agarren así —volví a mirar a otro sitio, lejos de sus ojos.

Él quitó la mano tan pronto como pudo, disculpándose.

—Estaba un poco acostumbrado a eso —confesó con pena—. Pero ahorita se me olvidó.

No pude preguntarle a qué se refería exactamente con "acostumbrado a eso", pues justo cuando iba a hacerlo, Rafaela tocó para traernos la pizza.

Capítulo 17

Una hora después de nuestra llegada a mi casa, Rafa tocó a la puerta para decirme que ya se iba. Yo me levanté de la cama y la recibí con otro abrazo más, mencionándole que el lunes —cuando regresara tras el descanso del fin de semana— ya no la vería y que en verdad me había dado mucho gusto verla.

Ella me llenó de besos la mejilla y me dijo que esperaba tenerme pronto en la casa otra vez. Se lo aseguré con mucha confianza, esperando que la situación de mi familia mejorara rápido. Me hubiera encantado tener más tiempo a solas con ella para contarle cómo había estado mi vida en el pueblo, qué cosas me ocurrieron y por qué estaba Áureo realmente conmigo. Quería que fuera la primera en enterarse de quién era yo en realidad.

Una vez que me aseguré de que estábamos completamente solos, volví corriendo a Áureo para abrazarlo en la cama. Me recibió con los brazos abiertos y con un par de giros sin soltarme sobre el gran colchón King Size. Nos sobraba mucho espacio.

Seguimos besándonos por varios minutos, en silencio, sin temor a nada. Áureo fue más tranquilo conmigo, haciendo caso a mis incomodidades anteriores. Quizás mi ritmo era muy lento y aburrido para su experiencia, concluí.

Yo todavía no me sentía muy dispuesto a ceder a un contacto más íntimo. De por sí creía que nuestra relación había sido demasiado apresurada. Por eso me separé de él, sin dejar de observarlo, para sugerirle un pequeño cambio en los planes. Algo se me había ocurrido y no parecía una mala idea.

—¿No quieres salir? —comencé—. Podemos hacer muchas cosas un viernes por la noche.

Se sentó con lentitud, meditando. Yo me puse frente a él, atento a cada uno de sus movimientos. Estaba un poco serio, viendo hacia las cobijas como si ahí estuviese la respuesta.

—¿Como a un bar o algo así? —arqueó una ceja, buscó mi rostro para asegurarse de no estar equivocado.

En ningún lado estaba permitido que dos menores ingresaran a bares o antros sin identificación oficial, pero en la capital todo era posible con buenas amistades o un saludo de manos que escondiera adecuadamente un par de billetes. Todos lo sabían, por eso creí que era un buen momento para verificar personalmente si eso era verdad.

—Pero no a cualquiera —contesté yo, un poco emocionado.

La ciudad era muy grande, pero también muy diversa. Dentro de ella existía una zona exclusiva para antros y bares gay a donde yo nunca había ido, pero de la que escuchaba demasiado: Zona Rosa. Buen ambiente, buena música y buen espectáculo.

Áureo parecía un poco inseguro sobre ir, ya que era un ambiente completamente nuevo para los dos. No sabíamos qué clase de gente acudía, si los sitios se llenaban mucho o si realmente eran lugares seguros. Sin embargo, teníamos que probar suerte o nos quedaríamos con las ganas por el resto de nuestras vidas. O hasta que yo volviera a la ciudad y me dignara a ir solo.

Prendí mi computadora para buscar más información. Los comentarios en las publicaciones de Facebook sobre algunos sitios parecían favorables. Las fotos también eran convincentes. Al menos se notaba que la gente se divertía.

—Si no nos gusta, podemos regresar sin ningún problema —traté de convencerlo con más calma—. Igual traemos el carro, ¿no?

Aunque eso significara que ninguno de los dos podría tomar alcohol. Solo iríamos a observar, quizás bailar un poco, pasar tiempo juntos y conocer más sobre la comunidad a la que pertenecíamos. Era algo que experimentaríamos por primera vez.

Áureo terminó por acceder. Si bien no revoloteaba de emoción como yo, era notoria su curiosidad.

La hora nos favorecía. El cielo ya estaba oscuro y los antros abiertos, con largas filas de espera. Si sobornábamos a los guardias de la entrada justo como me sugirieron mis amigos para acceder a otros sitios, no tendríamos que esperar como el resto ni perder mucho tiempo.

Nos paramos de la cama y caminamos a mi clóset. Teníamos que vestirnos apropiadamente. Yo lo dejé escoger lo que quisiera, sin importar marcas o colores, aunque le sugerí con cierta timidez que probara con ropas más coloridas y cortas.

Tras varias pruebas logramos combinar adecuadamente bermudas lisas con camisas estampadas, a medio abrochar y fajadas. Estábamos más a la moda y lucíamos costosamente bien.

—Nunca me había vestido así —confesó Áureo con timidez, observándose en el gigantesco espejo de mi cuarto.

Le quedaba bastante bien. Había cambiado por completo, salvo por ese alborotado cabello que continuaba refugiándolo del resto. Fui al tocador de mi mamá para buscar entre sus cajones un cepillo y un par de ligas. Que se peinara también sirvió, aunque batallamos al principio para encontrar un estilo que se le adaptase bien.

Con el rostro despejado, Áureo cobró vida. Hasta él se sintió así.

Y nuevamente le tuve envidia, pues él parecía más seguro que yo al momento de cambiarnos de ropa por lo mucho que le favorecía. Las marcas en la espalda fueron mi mayor complejo, tan nuevo. Solo pude verlas un par de segundos a través del espejo antes de echarme encima la camisa. Era la primera vez que podía verlas más allá de un diminuto y sucio espejo de baño. Horribles y grandes. Pero al menos también noté que los moretones y golpes habían desaparecido casi por completo y ya ni siquiera dolían.

Áureo también me observó durante ese instante, aunque intentó ser discreto. No comentó nada.

Una vez que ambos estuvimos completamente arreglados, peinados y perfumados, partimos en el Chevy rumbo al antro. Por dentro me reía de nuestra destacada apariencia y del auto que no encajaba en lo absoluto con nosotros.

Puse nuevamente el mapa para llegar por el camino más rápido, que volvía a ser por el puente.

Supimos que habíamos llegado a la zona correcta cuando saltaron banderas multicolor por toda la calle, luces de neón, música muy alta, filas largas afuera de algunos bares y establecimientos, y grupos de personas bastante arregladas, divirtiéndose en plena calle. Chicos y chicas con ropa corta, maquillajes extravagantes y hasta drag queens caminando en tacones altísimos.

No podía decir que estábamos "en familia", aunque estar rodeado de todas esas personas ayudó a que me sintiera menos solo. No me conocían ni yo a ellos, pero sabía muy en el fondo que yo estaba pasando por etapas y momentos que seguro la mayoría comprendería muy bien por vivirlas al mismo tiempo o por haberlas superado. Con ellos sí podía decir abiertamente quién era, sin escondites ni ansiedad.

Áureo, tras el volante, no dejó de ver a la gente con los ojos bien abiertos. No sabía si su concepto y el mío sobre ser parte de la misma comunidad eran iguales, pero al menos no mostraba rechazo. Tenía auténtico interés por nuestro entorno, ya que en el pueblo donde estuvo toda su vida nunca vio ni hubo nada similar.

Hablamos un poco del sitio sin dejar de ver hacia las filas de hasta tres calles de longitud. Después nos enfocamos más en el estacionamiento. Tendríamos que dejar el carro en la calle y caminar un par de cuadras. Lo convencí de hacerlo tras unos minutos difíciles, ya que temía que le robaran el carro porque, según sus palabras, había mucho ladrón en la ciudad.

Le dije que estábamos en una zona segura y que lo peor que podría pasarle al carro era que un borracho lo vomitara. No le dije que nadie querría robarse un Chevy viejo porque de eso no estaba cien por ciento seguro. La gente era impredecible.

—No puedes tomar nada —le dije a Áureo con seriedad.

—Tú menos —me contestó con un ligero empujón.

Acto seguido, Áureo me sujetó de la mano y me sonrió con confianza. Yo respingué por el gesto, después me encogí de hombros, apenado. Una vez más la emoción me recorrió de pies a cabeza, pero intenté controlarme. Me limité a sonreírle de oreja a oreja y a empujarlo por el hombro también, jugando.

No muy lejos de nosotros caminaban otras parejas abrazándose, besándose y juntando sus cabezas. Algunos incluso traían ropa a juego. Por un segundo creí que nosotros también nos veíamos así, tan unidos como una pareja seria, aunque todavía no lo fuéramos para nada.

Tensé un poco los labios cuando esa realidad se me cruzó por la cabeza. Yo quería más, aunque tuviera que esconderlo después. En la mente tuve esa pequeña inquietud de que tal vez debería pedirle que fuera mi novio. Él me gustaba mucho en todos los sentidos pese a habernos conocido desde hacía tan poco. Pero justo eso también me detenía.

Áureo y yo la pasábamos muy bien juntos. Nos entendíamos, reíamos, nos besábamos mucho y lucíamos lindos. Sin embargo, esas no eran razones suficientes para sentir que nos conociéramos realmente. Tenía miedo de que estuviera apresurándome de nuevo con mis propios sentimientos, aunque semanas atrás hubiese triunfado al expresarlos sin ningún tipo de duda.

Una cosa era admitir que me gustaba y otra preguntarle con seriedad si quería ser mi novio. Mi primer novio.

Con todos esos pensamientos invadiéndome llegamos a la calle principal, donde abundaban los antros, los bares y la gente. Decidimos pasearnos para elegir el que nos pareciera más convencional y donde los guardias no se vieran tan intimidantes.

Algunas personas nos observaron y otras más siguieron atentas a su plática, fumando y bebiendo de todo a escondidas de las patrullas que ocasionalmente pasaban por ahí. Como si siguiéramos en el auto, los dos también miramos hacia las personas que más nos llamaron la atención por sus extravagantes vestuarios.

—Entremos a ese —Áureo tiró un poco de mi brazo para que mirara hacia el lugar que apuntaba.

La fachada lucía atractiva. Elegante por fuera al tratarse de un viejo edificio —bien mantenido y de apariencia histórica—, pero una locura neón por dentro. Pudimos ver a través de las ventanas que la gente se divertía, bailaba, platicaba y se emborrachaba. La fila era también de las más largas que habíamos visto aquella noche, cosa que nos indicó que el sitio podía ser mejor de lo que pensábamos.

Fuimos hacia allá de inmediato, diciéndonos en voz baja que tratáramos de comportarnos con mucha confianza para no arruinar nuestro intento de infiltrarnos siendo menores. Le pedí que me dejara hablar a mí en todo momento.

—Tú nada más pórtate mamón —le dije a Áureo.

—¿Cómo es eso? —lució inseguro. Pensé que me entendería fácilmente.

—Solo… pórtate como yo lo hago siempre —no se me ocurrió otra mejor explicación.

—¿Cómo un creído? —volvió a preguntar.

Yo asentí sin decirle más, aunque quisiera objetar en ese momento que yo no era creído para nada. Solo había tenido suerte al nacer.

Dos hombres cuidaban la entrada. Uno era el que dejaba pasar a toda la fila por el método legal y convencional mientras el otro invitaba en voz alta a todos los que pasaban por ahí. Sabía que teníamos que acudir a él porque el otro seguramente nos enviaría directo a la verga si le decíamos que no teníamos identificación.

Nos paramos cerca del hombre, pero no lo observamos a él, sino al recinto. Tratamos de mostrarnos muy interesados para que el sujeto nos notara, cosa que pasó muy rápido.

—Bienvenidos, chavos —nos dijo, sonriendo—. Pásenle, nada más que ahorita hay fila.

Áureo se quedó quieto como una estatua, mirando hacia uno de los lados y fingiendo cierta despreocupación. Yo observé hacia la larga extensión de la fila, haciendo gestos fingidos de desagrado.

—Es mucha —me crucé de brazos, alcé un poco el mentón.

Parte de estar a la vista de ese guardia sirvió para que se diera cuenta de que nosotros dos éramos clientes con presupuesto. La vestimenta se prestaba bien.

—Yo los dejo pasar por aquí para que no hagan fila —señaló a su espalda, por donde también se podía acceder.

El hombre pareció decidido a no dejarnos ir, por eso sonreí internamente. Estábamos muy cerca de conseguirlo, solo me faltaban dos sencillos pasos.

—Ok. Pero tenemos un pequeño problema —me acerqué despacio, bajando la voz para evitar que su compañero nos escuchara—. Olvidamos nuestras credenciales.

Manifesté un poco de pena mientras veía cómo el guardia meditaba con detenimiento lo que nosotros le comentábamos. Asintió ligeramente con la cabeza, se rascó la barbilla y suspiró. Miró por encima de su hombro un segundo para verificar que no estuviese llamando la atención y, después, me ofreció la alternativa que quería.

—Bueno, por una propina generosa puedo fingir que sí la traen —clavó sus ojos en mí, esperando que no fuera tan inocente.

—¿Qué tal quinientos? —vigilé que nadie nos observara cuando saqué el billete doblado de uno de mis bolsillos y lo escondí en la palma de mi mano.

Esos sujetos se dejaban sobornar hasta por una quinta parte de eso, pero yo quería asegurarme cien por ciento de entrar.

Terminé por extenderle la mano al sujeto para estrecharla, queriendo que cerráramos nuestro pequeño acuerdo y aparte pudiera tomar discretamente el dinero. Me sujetó con fuerza, sonriendo. Después de que me soltó hizo un movimiento de cabeza para indicarnos que lo siguiéramos.

Le dijo algo a su compañero en voz baja y finalmente nos dejaron pasar tras una breve revisión, no sin antes ponernos un sello invisible en la mano que se veía bajo luz ultravioleta.

Pasamos primero por un estrecho pasillo de luces neón rojas junto a otro par de personas, lleno de letreros fosforescentes con textos e imágenes sexualmente insinuadoras. No nos soltamos la mano durante ese breve recorrido y tampoco cuando llegamos al centro del establecimiento.

Había una excesiva cantidad de gente, tanta, que apenas y se podía caminar. Todo estaba oscuro, salvo por las luces azules que parpadeaban y se movían de un lado a otro. Las personas bailaban como podían, tomaban cerveza y cocteles, había bastantes parejas besándose apasionadamente contra las paredes. De fondo, lo que algunos conocerían como perreo intenso.

Un chico musculoso, guapo y en calzones que cargaba una cubeta vacía se nos acercó, muy sonriente y animado. Era uno de los tantos meseros semidesnudos que andaban por el lugar. Nos preguntó si queríamos ordenar algo para tomar, pero lo rechazamos bajo la excusa de que lo buscaríamos más tarde.

Mientras se iba a atender a otras personas, tomó a Áureo por el hombro y se lo apretó con suavidad. Él volteó un poco sobresaltado, aunque no dijo nada. Yo le apreté un poco la mano después de que noté que había fijado un poco la vista hacia el camino por el que ese chico desapareció. Tensé un poco los labios, pero traté de olvidarme de eso.

No iba a pasármela bien si seguía deteniéndome en detalles como aquel.

—¿Tú podrías trabajar así? —me preguntó. Nos adentramos poco a poco entre la gente.

—No me atrevería —contesté, sin mirarlo mucho por enfocarme de lleno en el camino—. No tengo ese cuerpo.

Él me secundó. Juntos concluimos que los meseros del lugar eran valientes por aguantar todo el desmadre de un fin de semana mientras aceptaban trabajar sin ropa. Al menos de recompensa podrían echar unas cuantas miradas a los clientes, como la que ese mesero le echó a Áureo.

¿Acabas de llegar y ya te estás poniendo celoso?

Los celos hacia alguien que me gustaba eran un sentimiento que experimentaba por primera vez en mi vida y que no sabía muy bien cómo controlar. Intenté guardármelo lo mejor que pude porque esa fue la única alternativa que encontré para no arruinarme la noche.

—Hay que subir —sugirió, sacándome de mis pensamientos—. Para ver qué más hay.

El establecimiento tenía tres pisos. Y en todos parecía haber cosas distintas. Varias personas subían y bajaban por unas escaleras escondidas al fondo, así que seguimos a los que iban hacia esa misma dirección para abrirnos paso.

No nos soltamos de las manos en ningún momento.

El segundo piso se hallaba un poco más vacío que el de abajo. Se iluminaba intensamente con luces rosas y, en vez de reggaetón, un DJ ponía música pop a todo volumen. La gente que se quedaba en ese piso también lucía muy diferente. Cantaban más y bailaban menos. Era el piso favorito de los gays fresas y las drags.

Áureo no se sabía ni una sola canción, pero yo logré identificar la mayoría. Las tarareé sin que nadie pudiera escucharme. Nos quedamos ahí un poco más de tiempo. Nuestros planes para volver al piso de abajo se esfumaron.

Permanecimos en una orilla, cerca de la barra y pegados a la pared, observándolo todo como el par de inadaptados que éramos. Fijamos nuestra concentración en los pequeños grupos de drags que bailaban juntas, alborotando sus extravagantes pelucas y haciendo los movimientos más exagerados que yo hubiera visto en un baile.

Él y yo solo ladeamos la cabeza y los pies, evadiendo un poco el contacto visual. No había mucho que decirnos en palabras. Poco a poco me acerqué hasta que nuestros hombros chocaron y ya no pude recorrerme más. Despacio y con naturalidad me paré frente a él. Nos miramos a los ojos.

—¿Te gusta? —sentí curiosidad por lo que opinaba de este sitio.

—Es raro y diferente —expresó—. Pero sí.

Yo pensé que él sería igual de despectivo que los metaleros cuando de ambiente y música se trataba. Pero no. Áureo siempre parecía muy abierto a conocer y probar; me gustaba mucho eso de él.

Lo rodeé por el cuello con ambos brazos, sin dejar de mirarlo a los ojos. Conectamos miradas por un minuto que se sintió eterno, aumentando con ello parte de la creciente tensión entre nosotros.

—¿A qué hora me vas a besar? —pregunté con atrevimiento.

Él se rio con timidez y luego me besó con una lentitud y pasión que me enloquecieron.

Capítulo 18

Nos quedamos en aquel piso de música pop durante un rato, sin separar nuestras manos y bocas. Las luces, la oscuridad del establecimiento y nuestra cercanía volvieron nuestro momento algo muy especial. Estaba siendo una excelente primera cita.

Nadie a nuestro alrededor nos conocía. Si nos juzgaban era únicamente por lo que vestíamos y cómo nos veíamos. Ahí, en ese antro, nadie se detuvo en nosotros únicamente por ser gays, estar juntos y no tener miedo de demostrarlo. Fue un espacio de confianza; liberador, agradable, sorprendente.

No quería que la noche terminara. Solo pensaba en quedarme a su lado todo el tiempo que se me permitiera, sin pensar siquiera en una separación.

Bailamos juntos un par de canciones, yo rodeándolo por el cuello, él sujetándome de la cintura. Nos miramos a los ojos mientras nos balanceábamos de un lado a otro, lento, como si estuviésemos escuchando música romántica. Sonreímos con honestidad. Fue de los momentos más perfectos que yo hubiese podido vivir. Nunca iba a olvidarlo. Pronto el piso de música pop terminó por sofocarnos después de la aparición de más personas a nuestro alrededor. Sabíamos que en la planta baja nos esperaría una ola peor de gente, así que preferimos ir al último piso, que en realidad era una terraza donde podíamos fumar, charlar y escuchar música tecno con menos volumen.

El segundo piso fue mi favorito. El de Áureo fue, sin duda, la terraza. Era bastante más tranquila que las demás. La gente no bailaba ahí, sino que se detenía a pasar el rato con sus pequeños grupos de amigos, fumando o bebiendo. La terraza también fue espacio para que las personas más borrachas pudieran tumbarse un rato en el piso mientras les daba el aire de la ciudad más contaminada del país.

—¿Fumas? —le pregunté, dirigiéndonos a la barra.

—Nunca lo he intentado —admitió con poco interés.

Llegamos pronto a una larga mesa neón que mostraba decenas de botellas brillantes. Algunos meseros pasaban a ella con sus cubetas para llenarlas de hielos y licor antes de bajar de nuevo con los clientes.

Un chico más serio nos atendió de inmediato. Compré una cajetilla para quitarme parte del estrés de mi verdadera situación. Le ofrecí uno a Áureo, aunque en un principio lo rechazó, inseguro.

—Que hoy sea un día de primeras veces —traté de convencerlo—. Me escapé, llevé a un hombre a mi casa, me agarraste el trasero, vine a un antro gay. Todo por primera vez.

Él se rio, afirmando todo lo que hicimos en el transcurso del día. Fue fácil convencerlo para que fumara conmigo después de eso. Le expliqué cómo encenderlo, cómo calarle y cómo filtrarlo para que no se ahogara a la primera. Fue un éxito.

—No tiene mucho chiste —dijo, sin eliminar su sonrisa.

Solo nos fumamos uno porque no teníamos ningún vicio. Fue nada más para acabar con un poco de la ansiedad que yo sentía por dentro y la curiosidad de Áureo. Le dije que bebiéramos algo mientras se nos bajaba un poco el calor, pero él me recordó que no debíamos hacerlo porque iba a manejar.

Permanecimos en ese rincón para seguir haciendo lo mismo que en el piso de abajo. No teníamos mucha conversación para ese momento. Me pegué a la pared con la espalda, fue su turno para acorralarme.

Nos besamos con un poco más de calma. Lo suficientemente lento para saborear el tabaco en la lengua del otro. Yo enredé mis dedos en sus rizos, él pasó una de las manos por mi torso en una caricia que se sintió mucho más cercana por la delgadez de la tela de mi camisa. Temblé, mis nervios regresaron y sentí una incómoda reacción entre las piernas, sobre todo cuando me acarició el pecho con el pulgar.

—Creo que me tomaré solo una cerveza —nos separé con un poco de brusquedad, aún agitado.

Me acompañó por ella, pidiendo que solo tomara esa y ya. El pecho me seguía latiendo y el calor no se me bajaba, por eso recurrí a esa excusa tan mala para evitar que siguiéramos aumentando el nivel de las cosas.

Tenía miedo, mucho. Nunca tuve tanta cercanía con alguien y Áureo se comportaba como si yo también hubiese tenido antes una relación. No sabía cómo expresarle mis inquietudes sin que él se las tomara a mal. Temía que me creyera un aburrido por no ser igual de experimentado que él y su exnovio.

Ya no seguimos con lo anterior porque la botella que sostenía interfería. Nos recargamos en la pared y observamos hacia el resto de la gente, que disfrutaba de su tiempo igual que nosotros. Nuestros dedos jamás dejaron de estar entrelazados.

Podíamos ver a otras parejas juntas, a grupos de amigos riendo y bromeando, a varias drags paseándose y a otras más al fondo hablando y comportándose con más seriedad que las que se encontraban bailando eufóricas en el piso de abajo.

—¿Ya te quieres ir? —me preguntó en voz baja, buscando mis ojos y apretando un poco mi mano.

Negué con la cabeza. El ambiente me gustaba y todavía me quedaban fuerzas para seguir por un buen rato. Le pregunté si tenía ganas de irse, quizás porque este no era de sus sitios preferidos.

—Te pregunto porque te veo inquieto —confesó—. ¿Todo en orden?

No contesté tan rápido como hubiese querido. Era buen momento para aprovechar su atención y contarle sobre mis propios complejos, así que lo hice, dando rodeos y encogiéndome de hombros.

—¿Soy aburrido? —evité su mirada.

—Claro que no, ¿por? —respondió al instante.

Vi en todas direcciones, queriendo encontrar algo interesante para fijar mi atención. Las drags del fondo miraban hacia donde estábamos sin dejar de hablar, el DJ de tecno se tomaba un descanso, nuevas personas aparecían por las escaleras mientras otras bajaban.

—Porque no sé nada sobre estar con alguien —cada vez me hacía más pequeño—. Soy inexperto hasta para ser gay.

Arqueó una ceja, parpadeó unas cuantas veces sin saber muy bien cómo responderme. Noté que incluso se debatió entre la risa y la seriedad antes de abandonar su cómoda posición para volver a ponerse en frente de mí.

—¿Y eso qué? —soltó, curvando los labios para contagiarme su confianza—. Me gustas así, Franco.

Era la primera vez que le escuchaba decir aquellas palabras. Nos miramos a los ojos, yo con mucho asombro y vergüenza. Él entrecerraba los párpados y asentía ligeramente para seguir confirmando sus palabras. Me reí para eliminar parte de mi intenso nerviosismo, flaqueé en mi lugar y hasta el cuerpo me tembló como si estuviera haciendo el frío tan característico del pueblo.

Contuve la respiración para evitar agitarme. Yo también ladeé la cabeza, imitándolo. En cualquier momento comenzaría a decir disparates, por eso agradecí que alguien más nos interrumpiera segundos después. A Áureo le hablaron tocándolo por el hombro.

—Disculpa, hola —una voz forzada y femenina se dirigió a él cuando volteó.

Era una drag alta, de lacio cabello blanco. Con inmensos tacones, un vestido corto, blanco, brillante. De la espalda le salían unas alas emplumadas y de su cabeza colgaba una diadema con un halo. El maquillaje, tan extravagante como debía ser.

—Oye, ¿puedes venir un momentito? —le dijo, sujetándolo suavemente por el brazo.

Áureo no habló, pero tampoco forcejeó con la persona. Me miró de regreso, preguntándome con los ojos qué debíamos hacer. No lucía asustado, sino inquieto.

—¿Para qué? —me asomé por encima del hombro de Áureo, frunciendo un poco el ceño.

—Es que una amiga quiere decirle algo. Nada serio, darling —habló y movió los brazos con exageración—. Solo te lo robo unos minutitos, ¿sí?

Señaló a su espalda, exactamente al grupo de drags que llevaban un rato mirando en nuestra dirección. Yo esperaba que estuvieran fijándose en otra cosa, no en Áureo. Ambos clavamos la mirada en ellas, pero él con más detenimiento.

—¿Quieres ir? —le pregunté.

—Tengo curiosidad —en ningún momento borró su sonrisa—. No me tardo nada, te lo prometo.

Aunque el estómago me ardiera y mis puños se apretaran con fuerza después de que me soltó la mano, dejé que se fuera con el ángel tras notar su seguridad. Al menos podía estar tranquilo observándolo a la distancia sin ningún impedimento, no muy lejos de donde estarían.

Los seguí por unos metros y me quedé como un espectador, fumando y arrugando un poco la cara con cada cosa que veía. Respiraba con un poco de fuerza, cruzaba los brazos, apenas y parpadeaba.

Las drags lo saludaron con entusiasmo cuando llegó, a excepción de una de ellas. Esta persona en específico se quedó quieta, un poco encogida de hombros y nerviosa. Era aquella la que buscaba algo de Áureo. Podía decirle un sinfín de cosas. Como que estaba lindo, que le había llamado la atención, que si no quería bailar. Imaginé decenas de diálogos, producto de mi ansiedad y mis celos.

No escuché nada de la conversación. Solo vi a detalle la imagen de esta drag que vestía un inmenso vestido de quinceañera gris con flores rosas y una lacia peluca castaña. Maquillaje un poco más sutil que el del resto de sus amigas. Noté sonrisas, noté emoción en las otras, que murmuraban entre sí sin dejar de ver la escena.

Áureo me daba la espalda por completo, así que no pude ver ni una sola de sus expresiones. Tampoco movió ni un músculo, parecía una estatua, quizás por no saber cómo reaccionar ante lo que sea que estuviese escuchando. Agité el pie con inquietud. Moría de curiosidad por saber qué le decía.

La tensión en el ambiente llegó hasta mi lugar. Vi a la drag acercándose despacio, con gestos tímidos y una media sonrisa mientras jugueteaba con sus propios dedos, dudosa hasta el final, cuando se plantó cara a cara frente a Áureo.

Y entonces, sin más, lo abrazó con fuerza.

Algo desconocido se fragmentó en mi interior en ese momento. Mi cuerpo se movió por su propia voluntad, desobedeciendo mis deseos por tranquilizarme. Dejé caer el cigarro y corrí hasta ellos sin pensármelo ni por un segundo, muy encabronado. La cabeza me dolió, mi raciocinio poco a poco se redujo. Podía oír mi respiración y mis latidos en los oídos. Solo pensé en separarlos.

—¡Suéltalo! —exclamé, usando ambas manos para alejarlos—. ¿Quién chingados te crees?

Las drags retrocedieron un paso, asombradas. Tomé a Áureo de la muñeca y lo alejé de ese círculo con cierta violencia.

—Franco, espera… —forcejeó, con la voz quebrada.

—Vámonos —ordené, sin escucharlo ni mirarlo.

Pero volvió a resistirse. Fue entonces que me giré en su dirección, sin quitarle la mano. Lo acerqué a mí.

—¿Qué te pasa, Áureo?

Vi que la misma drag quinceañera se acercó antes de que me pudiera dar una explicación.

—¡Déjalo, psicópata! —me gritó ella, interponiéndose entre los dos y empujándome ligeramente.

Solté a Áureo solo para confirmarle a la drag que yo podía ser justo lo que me acababa de decir si me lo proponía. No me importó que todo el mundo estuviese observando el conflicto.

—¡Para, Franco! —esta vez fue Áureo el que se interpuso. No me empujó, sino que trató de sujetarme con ambos brazos.

Yo quise que me soltara, pero su cercanía y preocupación sirvieron para que me diera cuenta de cómo me estaba comportando y la horrible escena que acababa de montar por un arranque de celos que no me explicaba por ser demasiado nuevos.

—Alguien medique a esa loca antes de que me la verguee —soltó la drag, creyendo que la barrera humana la protegería.

Áureo se giró en su dirección justo cuando yo ya estaba más que dispuesto a arrancarle la peluca.

—Cállate, Hugo —exclamó con irritación—. No estás ayudando.

Me detuve de golpe, impactado por lo que acababa de escuchar.

—¿Hugo? —la confusión que sentí en ese momento fue gigantesca.

Miré a Áureo, después a la drag, que también me examinaba con molestia.

—Ahorita me llamo Starless, por si tenían el pendiente —respondió al aire, cruzándose de brazos.

Era el exnovio de Áureo.

Atónito, me separé con lentitud. Los tres seguíamos inhalando con pesadez y cansancio, pero yo dejé que el pánico repentino me invadiera más que a ellos.

¿Qué está pasando?

Me fue más difícil recuperar el aire a cada segundo. Lo miré a él, después al otro sujeto. Retrocedí un paso, me llevé ambas manos al pecho, cerrando con fuerza los puños.

¿Qué acabo de hacer?

—Lo siento… —apenas me salió la voz.

Bajé la cabeza, vi cómo las cosas se nublaban de un instante a otro a causa de las lágrimas. Bastó con que retrocediera un paso para motivarme a salir corriendo de ahí. Los ignoré a todos, di media vuelta y me fui a toda velocidad, tropezando con la gente que se interpuso en mi camino, fingiendo que no escuchaba a Áureo gritar mi nombre.

Busqué un lugar seguro para esconderme, pero como no conocía el establecimiento di vueltas por el primer y segundo piso. Miré en todas direcciones esperando que nadie estuviera persiguiéndome. Aquella fue tarea fácil porque la gran cantidad de gente ayudó a que me desapareciera durante media hora.

Mi último refugio fue justamente el cubículo de uno de los baños que a saber cómo encontré. Me encerré tan pronto como pude, ni siquiera fijándome en la suciedad del inodoro o de todos los rayones en las paredes. Ahí, con la música ahogando todo mi sufrimiento, me atreví a llorar con un poco más de fuerza.

Me cubrí los ojos, recargué la espalda en la pared. No permití que mis piernas me llevaran hasta el suelo porque el piso en verdad estaba sucio, mucho más que el resto del baño.

Tuve que desahogarme ahí, maldiciendo, odiándome, golpeando mi frente y el metal de la puerta, que no sonó tanto como esperaría. No había mucha luz ni mucha gente dentro, aunque escuchaba cómo entraban y salían personas cada tanto. Yo fui el que permaneció más tiempo encerrado porque no me podía tranquilizar.

Me odiaba por lo sucedido, por mi actitud, por mi inseguridad. Áureo no merecía pasar por ese espectáculo, aunque Hugo sí y peor. A él todavía quería golpearlo por lo mucho que me hizo enojar no solo con aquel abrazo, sino por la rudeza con la que se dirigió a mí.

Lo detestaba.

Mis energías disminuyeron, producto del agotamiento mental. Dejé de llorar, aunque en cuanto me acordaba de mi estupidez se me volvían a humedecer los ojos. No quería salir del baño porque tenía miedo de lo que pudiera encontrarme afuera. No estaba listo para afrontar mis propias acciones ni para pedir disculpas. Yo solo quería entender qué era lo que sucedía y por qué aquella coincidencia tan indeseada se había dado.

Era probable que Áureo estuviera con su ex en estos momentos, quizás buscándome, quizás pasando el rato como solían acostumbrar antes de mi aparición. Al final yo seguía siendo el reemplazo de una relación que terminó por la distancia, no por una infidelidad, no porque alguno muriera, no porque el amor entre ellos se apagara.

Pude ver por debajo de la puerta cómo el vestido de flores rosas se arrastraba por el piso. El sonido de sus tacones acompañó cada uno de sus lentos pasos.

—¿Franco? —la voz de Áureo se oyó justo por detrás de Hugo. Vi desde mi lugar los tenis que le presté.

—Agáchate tú, que se me va a ensuciar la peluca —pidió Hugo, abriéndose espacio para que el otro pasara.

Fue así como dieron conmigo de la manera más sencilla posible.

Áureo casi exigió que saliera en cuanto me vio, pero yo no acepté. Retrocedí lo más que pude para dejar de verles los pies. Apreté los dientes y los párpados, queriendo llorar de nuevo. No dije nada porque el nudo en mi garganta fue más intenso.

—Entonces déjame pasar —abrió la boca de nuevo después de que se cansó de tocar la puerta—. Quiero que hablemos.

—No quiero que él esté aquí —logré decir. Oculté parte de mi inquietud.

Hugo no protestó, ni siquiera con algún comentario ofensivo o sarcástico. Simplemente dio media vuelta y se fue de ahí, diciendo que nos esperaría afuera y que no tardáramos mucho.

Una vez que me aseguré de que la quinceañera estuviera lejos del baño, abrí y lo dejé pasar conmigo. Entró al instante, serio, pero también preocupado por mí. Lo primero que hizo fue preguntarme si estaba bien, cosa que fue bastante innecesaria por lo obvia que era la respuesta.

Después se acercó a mí, observándome de arriba abajo y sujetándome por los hombros. El espacio no era tan grande, así que no pude huir de él cuando lo intenté.

—No sabía que esa drag era Hugo —murmuré, viendo hacia la nada.

—Yo tampoco —respondió con rapidez. Todavía podía apreciarse su sorpresa—. Ahora hace cosas muy diferentes, pero sigue siendo el mismo.

Lo último estuvo de más, pero no se lo reclamé en el instante porque todavía me sentía avergonzado por mis acciones.

—De verdad lo siento —me cubrí el rostro otra vez—. No sé por qué lo hice.

—Yo sí sé —admitió en un susurro—. Pero quiero que te tranquilices para hablar sobre eso.

No estaba preparado para escuchar de su boca que tenía un problema con la envidia y los celos. Era parte de creer que lo tenía todo y descubrir que no era así. El afecto de otros y el amor propio eran justo dos de las cosas que el golpe de realidad me mostró que no tenía y que de verdad codiciaba.

—Perdóname —de nuevo vino el llanto. No quise que él me viera, así que me oculté lo mejor que pude.

Áureo se acercó para abrazarme y consolarme no como lo haría un amigo o una pareja, sino como alguien que comprendía cada una de mis excusas y que se veía en cierto porcentaje reflejado. Era la persona que quizás no me conocía más, pero sí la que mejor entendía parte de mis propias inseguridades.

Yo cedí a sus brazos, hundí la cabeza en su hombro, dejé escapar todo el dolor de una serie de amargas emociones. No me soltó durante el minuto siguiente. Fue justo el abrazo que necesitaba para hallar calma. Me susurró al oído que todo estaba bien, que no me odiaba ni estaba molesto conmigo. Poco a poco me sentí mejor.

Sin embargo, tuvimos que separarnos después de que mi celular sonara y nos interrumpiera.

No podía ser mi mamá ni mis tíos porque yo bloqueé sus teléfonos sabiendo que intentarían buscarme. Pero el teléfono que no bloqueé fue justo el de mi papá. Y efectivamente, quien llamaba era él.

Capítulo 19

Sabía que tenía que contestar, aunque no quisiera. La casa era el único lugar donde podíamos quedarnos, pero mi padre estaba ahí. Originalmente Áureo y yo nos íbamos a mantener encerrados en mi habitación para que nadie más que Rafaela supiera de nuestra presencia. Pero ya no podíamos volver a mi casa después de que mi papá llegara del trabajo.

Dejé que la llamada entrara, pero no dije absolutamente nada. Me pegué el celular al oído y esperé, con las manos temblando por los nervios y los pequeños espasmos que llegaron tras mi llanto desmesurado.

—Franco, te quiero en la casa ahora mismo —habló con bastante firmeza y seriedad, justo como lo hacía cuando atendía llamadas de trabajo.

Tragué saliva. Áureo se pegó al otro lado del celular para escuchar la llamada también. Giré un poco la cabeza para que pudiera leer en mis gestos la preocupación. Mi papá no podía saber que venía con alguien más y que planeaba dormir con él.

—¿Dónde estás? Voy a mandar a Juan —dijo tras mi silencio.

Yo seguí sin contestar, aunque alzara la voz diciendo mi nombre. Era muy probable que pudiera escuchar la música de fondo e intuyera con ella en dónde podría encontrarme.

—¡Franco, deja de hacerte pendejo! —exclamó con irritación.

—Lo siento —susurré.

Y sin pensármelo dos veces, tiré el celular al inodoro.

Áureo trató de impedirlo con un sobresalto, pero se detuvo tras ver que acerté justo donde quería. Ni de chiste iba a meter la mano para rescatarlo antes de que el agua asquerosa lo descompusiera. Lo miró durante varios segundos, después regresó sus ojos a mí, perplejo por mi actitud.

—Iba a saber dónde estábamos por el GPS —me justifiqué, encogido de hombros—. Compraré otro mañana, aunque sea de los baratos.

Di por concluido el tema. Antes de que pudiera decir algo, le di la espalda, abrí la puerta del baño y salí, esperando que él me siguiera. Volvimos pronto a la fiesta, a su estruendosa música y a su gente tan animada. Mantuve la seriedad en mis gestos; Áureo solo podía tomarme de la mano y mirarme disimuladamente con inquietud.

No muy lejos de ese baño tan apartado nos esperaba Hugo, o Starless. Saludó con un ladeo de cabeza, ignorando un poco a la otra drag con la que mantenía conversación. Se despidió antes de acercarse a nosotros.

—¿Ya se relajó la princesa? —me observó, sonriendo a medias.

Tomé aire, solté un pesado suspiro de desagrado. Áureo solo pudo mirar a uno y a otro con incomodidad antes de pedirle a Hugo que me dejara tranquilo. La drag alzó los hombros y las cejas, pero no se quejó ni burló. Aceptó con mucha facilidad la petición de su exnovio.

Tras un incómodo silencio, Áureo me preguntó qué haríamos si no podíamos quedarnos en mi casa. Yo no tenía ninguna alternativa. El efectivo no nos pagaría una habitación de hotel y no podía usar la única tarjeta de débito que tenía porque mi papá podría rastrearme. Sugerí que nos quedáramos a dormir en su auto y que lo estacionáramos en algún sitio, pero eso lo hizo sentir demasiado inseguro.

Hugo escuchó toda nuestra charla sin interrumpirnos. Esperó justo a que los dos nos quedáramos pensando para abrir la boca.

—Pueden quedarse conmigo en mi departamento —sugirió al aire—. Cabemos y está a unas cuadras, en la Roma.

Era verdad que estaba cerca. Rentaba un pequeño departamento compartido con otra de sus amigas drag. Más específicamente, con la que estaba vestida de ángel. No era en un sitio antiguo y lujoso como creía, sino más bien un reducido espacio en una gran vecindad. No tenía mucho de haberse mudado ahí.

—Se pueden bañar, pueden comer, dejar el carro… —enumeró los beneficios con los dedos.

Áureo parecía muy tentado, pero yo no me hallaba completamente seguro. No es que pensara que el sitio era peligroso, sino que no confiaba en que ellos dos pudieran estar como si nada en el mismo espacio. Después de todo, era la casa de su ex. Hugo vio mi inseguridad en todo momento, pero no supe si le divertía o le daba igual.

—Podemos hacer una pijamada —sonrió, específicamente a mí.

Apreté los puños, tensé un poco los labios. Yo solo asentí, viendo en otra dirección.

—¿Estás seguro? —Áureo quiso confirmarlo. Hugo asintió en el instante—. Entonces sí. No tenemos otro lugar.

Tuve que tragarme las ganas de oponerme porque él tenía razón. Pues una casa, por más descuidada que estuviera, era mejor que un auto en la calle para dormir.

—Me despido de mis amix y nos vamos —contestó, contento.

Ambos lo esperamos en el mismo sitio, un poco callados. Evadimos el contacto con el otro después de todo lo que sucedió: mi arranque de celos, el llanto, cómo me deshice de mi propio celular. Aquella salida solo sirvió para demostrar parte de mi verdadera personalidad —o al menos ese lado negativo— que ni yo mismo conocía y del que me avergonzaba muchísimo.

—¿Te sientes mejor? —preguntó, acercándose un poco.

Yo asentí, no muy convencido. Ya no me hallaba tan abrumado por el incidente de hacía un rato, pero aún me inquietaba el hecho de compartir el mismo techo que Hugo. No era un sujeto que me causara una muy buena impresión.

A final de cuentas continuaba siendo un viejo amigo de Áureo, pero también llegó a serlo de Joel. Conocía esa historia, sabía que Hugo era el balance de su grupo por ser un sujeto atrevido, pero racional cuando se necesitaba. Tenía sentido que no acabara de tragarlo como persona.

Fui sincero con Áureo, aunque no tanto como me gustaría. Le dije que su amigo no me agradaba y que lo mejor era que yo me mantuviera lejos de él. Después de pasar por aquella vergonzosa situación, me di cuenta de que yo no tenía ningún derecho a interferir en los sentimientos de la persona que más quería, aunque estuviera en total desacuerdo o me doliera después.

—Él es buena persona —trató de convencerme—. Quizás no se entienden mucho todavía porque no se conocen.

—No nos entendemos porque es tu ex —dije yo, un poco irritado.

Como buen día de primeras veces, Áureo enfrentaba una incómoda situación que lo ponía en medio de Hugo y yo. No sabía qué responder porque era muy probable que tuviera dudas de sus propios sentimientos hacia el otro sujeto y también sobre lo que éramos, nuestra relación que tampoco era un noviazgo.

Áureo pidió que tratara de ser comprensivo y paciente. Él quería a Hugo como su amigo y le agradecía por ayudarle dentro de una ciudad que casi no conocía. Además, el chico también me aceptaba a mí. No me estaba mandando a dormir al carro incluso teniendo más de un motivo válido para hacerlo.

La quinceañera principal regresó junto a su amiga el ángel —que tampoco me miró con los mejores ojos del mundo— para que nos fuéramos. Ellas bailaron con alegría mientras nos movíamos entre la gente. Nos guiaban en fila, abriéndose paso y pidiendo casi a gritos amables que se hicieran a un lado porque íbamos a salir. Saludaron a algunas personas en el trayecto, se pararon cada tantos metros para bailar sobre su lugar cuando sonaba el coro de alguna buena canción.

Nosotros aprovechábamos esos momentos para mirarnos y sonreírnos, ya que nuestras ganas de bailar como nuestras acompañantes no eran ni por asomo parecidas. Al menos podía tomarlo de la mano de nuevo sin sentir que estaba siendo el psicópata que Hugo afirmó que era. Sus palabras siguieron molestándome por un buen rato.

Salimos sin impedimentos del lugar. Ellas se sacudieron un poco las pelucas y se acomodaron los vestuarios, mirando a los alrededores en silencio. Starless sacó un cigarrillo de una cartera diminuta que colgaba de su muñeca y se lo fumó en la calle como forma de relajarse tras el ambiente tan prendido que había consumido parte de sus energías.

Después, su compañera nos preguntó dónde estaba el auto. Fue su turno de seguirnos entre quejas por el dolor en los pies y el cansancio, aunque llegamos pronto y bien. El auto seguía ahí estacionado sin ningún cambio, cosa que le regresó a Áureo la tranquilidad.

Nos quedamos esperando en la puerta en lo que él abría e inclinaba el asiento hacia adelante para los que fueran a sentarse atrás. Cuando el momento llegó, entró el ángel primero, pero no Hugo, quien me hizo una seña con la mano para que pasara. Nos miramos fijamente.

—Mi vestido no cabe atrás, bonito —se excusó, sonriendo a medias.

Áureo ya estaba dentro del carro, con el motor encendido y esperando a que nos acomodáramos. No iba a ponerme odioso por el asiento de un auto que nos llevaría cerca de donde estábamos, así que terminé por hacerle compañía a la otra drag en el asiento trasero.

Cuando Hugo se trató de meter tuvo ciertas dificultades con su inmensa falda que lo hicieron reír. Áureo le ayudó con las dos manos a acomodar todo, sonriendo también. La otra drag le hizo burlas por complicarse tanto la vida al elegir ese vestuario. Yo lo observé todo en silencio, aún con un pequeño malestar en el estómago. Quería que se apuraran.

Ambas drags tomaron fotos y videos con mucha diversión cuando íbamos hacia su departamento. La situación del vestido y el espacio les causaba mucha gracia. Después de publicar en redes lo que quisieron, le dieron al conductor pocas indicaciones del camino. Realmente estaba muy cerca.

Pudimos estacionarnos justo en frente de un gran edificio descuidado con azulejos grandes y grises, lleno de grafitis hasta en el portón oxidado. A un lado había una taquería abierta y, aparte de eso, la calle parecía un poco desierta. Al menos tenían un Oxxo en la esquina.

Bajamos después de que Áureo apagara el motor y ayudara a salir a la Cenicienta de su calabaza. Su amiga sacó las llaves y finalmente los cuatro ingresamos a la vecindad. Era la primera vez que iba a una.

Departamentos, ventanas y escaleras a los laterales, un gran espacio en medio, con una malla delgada y un poco caída para que el sol no pegara directo durante el día. Paredes descuidadas, agua goteando, plantas y ropa colgada de los pequeños balcones, algunas lámparas encendidas junto a las puertas. No había mucho ruido a las dos de la mañana ni gente afuera de sus casas, así que pudimos subir tranquilos hasta el último piso, que era el tres. Fue Hugo el que abrió la puerta y se hizo a un lado para dejarnos pasar en lo que encendía las luces.

Su departamento era pequeño, pero bastante acogedor. Tenía un montón de muebles rústicos y pinturas antiguas colgadas en las paredes. Libreros, una inmensa pantalla plana, un comedor mediano pegado a la pared, un candelabro pequeño colgando del techo. Ninguna de esas cosas les pertenecía, pues el departamento era en realidad de una anciana que en su época fue adinerada y que ya vivía en otra parte. A ellos les rentaba los cuartos y el espacio por un precio bastante accesible para la zona.

—Pueden dormir en mi cuarto —dijo Hugo, sacándose los tacones y dejándolos junto a la entrada—. Yo me quedo con Jaciel.

Nos guio a la puerta correcta para decirnos cuál era el otro cuarto, cuál el baño y también que en su pequeñísima cocina había cervezas y agua. Solo nos pidió unos minutos para sacar ropa porque quería bañarse. Nosotros entramos junto con él y vimos cómo se arrancaba la peluca y se bajaba el vestido hasta las rodillas, de espaldas a nosotros.

Hugo era el más delgado de todos, de piel morena y con cabello muy corto, casi rapado. Aún no le conocía la cara porque seguía teniendo ese exagerado maquillaje como máscara. Se quitó las largas pestañas falsas, se rascó el cuero cabelludo y también se bajó las medias de red sin ninguna pena de que estuviéramos mirándolo.

Nos sentamos sobre su cama y aguardamos con un poco de incomodidad a que saliera. Eso sí, la plática entre Áureo y él continuó como si yo no estuviera ahí. No hablaron todo el tiempo de su pasado por mero respeto a mí, sino de lo que Hugo hacía para ganarse la vida, ya que no vivía con su tía como afirmaban los rumores del pueblo.

—En la mañana estudio, en la tarde trabajo en una cafetería por aquí cerca —abrió su armario y buscó otros calzones ajustados como los que traía—. Y el fin de semana salgo a putear.

A mí no me parecía muy decente eso último, pero a Áureo no le importaba en lo más mínimo. Le hizo más preguntas sobre cómo se vestía, por qué le gustaba y si era difícil. Tenía un auténtico interés que no disimulaba para nada. Yo seguí escuchando sin reaccionar ni hacer ruido, pero, para ser honestos, su plática era muy interesante. Le presté atención hasta que se despidió y se fue a bañar.

Finalmente nos quedamos solos en el cuarto, tan pintoresco, lleno de pelucas, vestidos extravagantes, papeles y ropa regada. Parecía el camerino de una estrella de teatro y por un momento quise explorarlo para encontrar cualquier cosa llamativa o extraña.

Sin embargo, noté en los ojos de Áureo cierta consternación. Pareció querer decir algo, pero no encontró las palabras y mejor se lo guardó. Su cuerpo y mirada apuntaban hacia la puerta por la que su exnovio desapareció y eso solo me hizo pensar que tal vez tenía la mente ocupada con un debate interior en el que no quise detenerme por mi bien.

Por eso, y para no sobrepensar como siempre lo hacía, intenté distraerme en silencio. Giré la cabeza, miré en varias direcciones y finalmente, sin esperármelo para nada, caí en cuenta de lo que estaba a punto de ocurrir: iba a pasar mi primera noche con un chico.

Eso me emocionaba y asustaba en partes iguales porque no tenía ni la más remota idea de lo que podría pasar. Habría cercanía, pero también conversación. Sinceramente eso último me ponía nervioso en exceso porque yo sabía que todavía teníamos pendientes por tratar y que yo era culpable de ellos.

No teníamos pijamas para dormir más cómodos, algo que de verdad lamenté. Tampoco quería acostarme con el pantalón de mezclilla porque sería el doble de molesto. Nos quitamos los zapatos, pero ninguno supo muy bien cómo proseguir.

Yo sonreí a medias mientras miraba hacia el suelo y apretaba los puños sobre mis muslos. Podía sentir muy bien mis potentes latidos en el pecho y cómo mi respiración quería hacerse más rápida al pasar de los segundos.

—¿Te molesta si me quedo en bóxer? —buscó mi mirada, ya que también parecía inseguro de sus propias decisiones.

Apenas y moví la cabeza para decirle que no tenía ningún problema, aunque por dentro quería gritar de nervios. ¿Estaba bien si yo hacía lo mismo? Total, hacía un poco de calor y nuestra ropa estaba algo sudorosa.

—Creo que haré lo mismo —me tembló la voz.

Áureo asintió sin darle el mismo valor a las cosas que yo. Igual que su exnovio, se levantó de la cama y comenzó a desvestirse sin ninguna preocupación. Se sacó primero la camisa estampada, después los pantalones. Caminó en mi dirección solo para meterse bajo las cobijas, soltó un pesado suspiro que retrató su cansancio.

Miró al techo, se llevó una mano tras la nuca, cerró los ojos. Aproveché ese momento para quitarme la ropa. No dije nada en los segundos posteriores por temor a que volteara justo cuando mis cicatrices de la espalda estuvieran expuestas.

Regresó la inseguridad a mí, giré el cuerpo hacia él.

—Oye… —bajé el tono, me acerqué un poco a la cama, cubriéndome con mis propios brazos—, ¿crees que Hugo se enoje si me pongo una de sus playeras?

—No creo —murmuró, todavía sin abrir los ojos.

Justo sobre el pequeño escritorio había unas cuantas playeras dobladas y apiladas. Tomé la primera que vi y me la puse a toda velocidad con un poco de culpa por usarla sin permiso.

Respiré hondo para agarrar valor. Relajé los puños, tomé la cobija, me metí con Áureo. El chico se recorrió para darme espacio, pero al ser esta una cama individual no sirvió de mucho. Estuvimos hombro a hombro. Me cubrí hasta la cara, miré hacia la puerta para distraerme con algo, pero no funcionó. En la mente solo tenía a Áureo casi desnudo a escasos centímetros de mi cuerpo.

—¿Apago la luz? —preguntó.

En cuanto asentí, él puso la mano sobre el apagador que estaba a su lado y nos sumió en la oscuridad. El silencio reinó en ese preciso instante. Lo único perceptible fueron nuestras respiraciones y nuestros cuerpos rozando.

No podía dejar de pensar en todo lo que pasó a lo largo del día. Dejé el pueblo, a mi familia, vi a mi perro y a Rafa. Visité por primera vez un antro gay, tuve un nocivo ataque de celos que después me hizo llorar, perdí mi iPhone para siempre, dormía con un chico en casa de su ex. Jamás había hecho ni sentido tantas cosas de las que me lamentaría luego.

Aunque, de por sí, ya estaba muy abrumado por mi comportamiento; era el momento adecuado para iniciar con la conversación, aceptar que me equivoqué feo y prometer que no volvería a hacer algo así.

—Perdón por lo de hace rato —no quité la vista del techo por temor a verlo cara a cara—. En serio, fui un pendejo.

—Ya pasó —respondió con somnolencia—. Dejémoslo atrás.

Pero para mí esa respuesta no fue suficiente. Le aseguré que no se repetiría, incluso si decidía dejarme por Hugo. En cuanto dije aquello se sobresaltó y se sentó de golpe para mirarme por fin.

—No voy a hacer eso, Fran —quizás no me lo decía a mí, sino a los dos—. Me gustas tú ahora.

Me cubrí la cara con las dos manos, avergonzado por todo. Me disculpé de nuevo, con el llanto a punto de desbordarse. Podía estar hablando en serio, pero eran mi propia inseguridad e inexperiencia las que me hacían desconfiar más de mí mismo de lo que debía.

—Lo digo en serio, solo mírame —trató de quitarme las manos del rostro. Lentamente cedí.

Los postes de luz de la calle sirvieron bien para iluminar gran parte de la habitación. Podía verlo casi sobre mí, con el torso desnudo, un brazo extendido junto a mi hombro y una sonrisa tierna en el rostro, llena de confianza.

Mantuve mis manos sobre la boca, mirándolo a los ojos. Me sentí intimidado, pero también feliz de notar que sus palabras fueron dichas en serio. Quise que la almohada se tragara mi cabeza para ya no tenerlo tan cerca, aunque en el fondo quisiera que estuviera lo más pegado posible a mi cuerpo.

—Te creo —susurré, despejando por completo mi rostro.

Llevé ambas manos a sus mejillas, le sonreí con nerviosismo. Áureo se dejó caer despacio en la cama para que pudiéramos estar tan cerca como queríamos, frente a frente. La tensión entre ambos se intensificó de forma considerable, así que decidimos eliminarla obedeciendo a nuestros desesperados cuerpos.

Nos besamos con lentitud, aunque los dedos estuvieran resbalando por su pecho y bajo mi camiseta. Me olvidé hasta de las marcas de mi espalda que él sintió a detalle con sus caricias. Jugueteé con sus rizos, él puso una pierna en medio de las mías.

Pronto el asunto se intensificó. No podía separar su rostro del mío ni detener el calor de todo mi cuerpo. Solo abríamos la boca para saborearnos y jadear en medio del silencio nocturno. Casi cinco minutos imparables de pura satisfacción.

Áureo me abrazó de repente antes de abandonar el beso tan largo que teníamos. Sentí su erección contra la mía, pero no pude concentrarme muy bien en eso porque en aquel mismo momento pegó los labios a mi cuello. No supe por qué esta vez no huía de nuestra cercanía tan íntima. Quería estar ahí para continuar sintiéndolo hasta que nos cansáramos.

Apreté los puños y los párpados, tensé los labios. Quería soltar parte de mi placer, pero al otro lado de la pared estaban su ex y su amigo a punto de dormir. Creí que la cabeza me reventaría por callarme, pero tenía que aguantar. A cambio solo pude respirar muy fuerte, temblar y acariciar su cabeza para que no se despegara de mí.

Va a pasar. Lo vamos a hacer.

Mi mente estaba hecha un lío, en especial cuando comenzó a acariciarme sobre la ropa interior. Yo estaba quieto como una estatua, dejándome. Quería hacer lo mismo con el cuerpo de Áureo, pero esa idea me aterraba más que lo que él ya hacía conmigo.

Esa mano que se encontraba bajo las cobijas, tocándome, comenzó a bajarme lentamente el bóxer. Fue como si aquella acción me hubiese sacado de un gran trance. Reaccioné de inmediato, sobresaltado. Áureo paró con todo y se alejó unos centímetros de mí, buscando en mis ojos la respuesta a si estaba haciendo algo mal.

—Podré ser gay, pero también soy un hombre muy tradicional —dije yo como excusa.

Primero juntó las cejas, después arqueó una. No dejó de examinar cada detalle de mi rostro.

—¿Qué? —seguía igual de agitado y aturdido que yo.

Como la cabeza solo me daba vueltas, pocas cosas inteligentes tenía por decirle. Lo primero que comenté después de interrumpirnos fue una tontería, pero no lo segundo. Al menos servía para mi tranquilidad.

—Áureo, ¿quieres ser mi novio?

Capítulo 20

Él me observó con cierta confusión durante los siguientes segundos, buscando en mis ojos que estuviera hablando en serio. Su respuesta no fue inmediata como yo hubiese esperado, pero en parte lo entendí por lo repentina que fue mi pregunta.

—Sí —dijo a la brevedad, sonriendo a medias y conteniendo parte de su agitado aliento para no lucir muy desesperado.

Yo no supe muy bien qué decir después de escucharlo. Estaba feliz, sumamente feliz, y no cabía en mi propia emoción. Curveé los labios de oreja a oreja y él hizo lo mismo después de notar que su contestación me alegró de forma indescriptible. Me lancé a abrazarlo como agradecimiento por corresponder a mis sentimientos.

Áureo me recibió con los brazos abiertos, riendo por encima de su intranquilidad. Pegamos los cuerpos todavía más de lo que ya los teníamos, torso con torso. Me sujetó con firmeza por la espalda y giró solo un poco para que yo terminara encima de él. Rápidamente me besó en los labios, aunque con cierta ternura.

Quizás mi peso encima de su cuerpo terminó por sofocarlo con más rapidez que nuestra posición anterior, pues él lentamente se movió por debajo para sentarse aún sin detener nuestros besos. Recargó la espalda desnuda contra la pared contigua; yo me senté sobre sus piernas, rodeándolo con ambos brazos por el cuello.

Dejé que deslizara los dedos por la piel de mi espalda en caricias tenues y sutiles, provocando cosquilleos que me calentaban de más. Áureo podía sentir mis pequeños movimientos encima suyo cada vez que me tocaba, de cómo me arqueaba un poco y me obligaba a mí mismo a pegarme más a su cuerpo.

Yo le pasé una de las manos por el torso hasta la parte baja del abdomen. Me daba miedo ir más abajo. Él también se mantuvo en el límite, justo por donde empezaban nuestros bóxeres. No me agarró de nuevo la nalga como cuando estábamos en mi casa, aunque pudiera hacerlo.

Me despegué de su boca con cierto cuidado. Mantuvimos nuestros rostros muy cerca, nos miramos a los ojos con detenimiento. Mi corazón no paraba de latir con prisa, la cabeza comenzaba a dolerme. Temía ir más allá de lo que ya habíamos hecho, pero también tenía muchas ganas de seguir hasta el final.

—¿Solo nos vamos a besar? —incliné un poco la cabeza, me obligué a sonreír por encima del temor.

De repente evadió la mirada. Recargó la cabeza en la pared, recuperó el aire. Podía ver que tensaba los labios y pensaba con rapidez.

—¿Qué más quieres hacer? —contestó en voz baja con otra pregunta.

—Lo que quieras —bajé un poco más la mano, sin quitarle los ojos de encima.

Tiré hacia abajo del grueso resorte de su bóxer, lo suficiente para que lo percibiera.

No podía ni quería parar con lo que hacíamos. Estaba nervioso, ansioso, con ganas de descargar toda esta energía prohibida. Era muy probable que él quisiera lo mismo.

—Creo que es muy pronto para "eso" —enfatizó la última palabra. Lució un poco inseguro.

—¿Coger? —la desesperación me hacía soltar las palabras sin medirme primero.

Los dos abrimos los ojos más de la cuenta cuando me escuché. Apenado, me aparté un poco. Terminé sentado sobre sus piernas, enfriándome. Él asintió a mi pregunta, quizás aturdido por todo. Se le notaban la vergüenza y la excitación entremezcladas.

—Podemos… ya sabes… —cerró el puño izquierdo y lo movió de arriba abajo, como si agitara una botella de jugo antes de abrirla.

Agitar el jugo, claro.

Pero yo sabía que se refería a masturbarnos. Acepté su sugerencia con un murmullo y un ligero ladeo de cabeza. Sería un buen primer intento de intimidad con mi novio, con quien apenas llevaba diez minutos de relación. Mi novio… Áureo era mi novio.

Solté un último suspiro antes de continuar con lo que interrumpí. Me armé de valor, me pegué nuevamente a su boca, cerré los ojos y me dejé llevar. No quería pensar en nada más que en la satisfacción, dejar de lado los nervios, las inseguridades. Tarde o temprano tenía que tocar y ser tocado; el momento era ese.

En ningún momento las cosas se apagaron. Fue como si ambos hubiésemos esperado demasiado por este momento. La tensión poco a poco se redujo. Los dos seguimos el flujo natural de las cosas quizás con cierta vergüenza, pero con las ganas que se necesitaban.

Su mano ágil finalmente me bajó la ropa interior hasta los muslos, dejándome al descubierto. Nunca miró abajo, dejó que el tacto sintiera y viera por él. Yo hice lo mismo. Metí la mano dentro de su bóxer y traté de imitar cada uno de los movimientos que él me hacía. Se sintió bastante bien.

Despegamos nuestros labios para jadear lo más bajo posible cerca del oído del otro. Iban a estallarme la cabeza y las mejillas, pero tenía que ser igual de silencioso que él para que nadie se diera cuenta de lo que estábamos haciendo en la cama de su ex.

Aumentamos un poco la intensidad. Él apretó los párpados y los labios para aguantar antes de que las cosas volvieran a relajarse.

—Nada mal —consiguió decirme por encima de su placer.

—Es que veía mucho porno —apenas y me salieron las palabras, que eran jadeantes.

Él no pudo evitar reírse.

Desperté de forma inexplicable cuando eran casi las cuatro de la mañana.

Estaba sediento, cansado. A Áureo y a mí nos consumió el agotamiento y morimos en la cama casi en cuanto terminamos, totalmente satisfechos y felices. Horas más tarde me abrazó por detrás. Yo le sujeté la mano para que no me la quitara de encima. Necesitaba su compañía, su calor.

Áureo olía muy bien. En su piel morena y sus rizos bien definidos abundaba el aroma a lavanda. Tan embriagante, fresco. El aroma de su pueblo y el de mi madre, de quien ya no sabía absolutamente nada.

No quise ver su imagen en mi mente ni su preocupación en el rostro, así que abrí los ojos de golpe, sacudiendo un poco la cabeza. Sin embargo, las sensaciones de amargura se quedaron en mi pecho. Era inevitable que me sintiera mal por mis acciones, por el lugar en donde estaba y por mi total desconecte con todo. Mis papás no merecían que yo me ausentara así después de todo lo que hicieron para protegerme.

Pero yo también quería descansar. Quería estar lejos, desconectarme, pasar tiempo con quien quería, tener paz. Llevaba una eternidad sin paz y en casa de Hugo tenía demasiada. No quería irme nunca, pero tenía que hacerlo por el bienestar de mi familia.

Seguía con mi eterna pelea con mamá, pero ya no podía ser tan hijo de la chingada.

El silencio de la noche, la oscuridad y mi culpa no ayudaron a que me sintiera tranquilo. Mis padres posiblemente no estaban durmiendo por andar buscándome.

Solté la mano de Áureo y traté de quitarla con gentileza. Quería levantarme para calmar mi sed y mi intranquilidad. Miré hacia mi espalda una vez que conseguí sentarme en la orilla del colchón. Áureo siguió profundamente dormido. Sonreí a medias, con ternura. Verlo me calmó un poco, ya que se veía muy relajado.

¿Qué soñará?

Enredé mis dedos con su cabello rizado, después los pasé por su mejilla en una lenta caricia. Solté un suspiro, cerré los ojos y finalmente me paré. Abrí la puerta muy despacio, queriendo no despertarlo. Una vez que la cerré caminé hacia la cocina, que era el único sitio que tenía encendida la luz. Tomaría agua rápido y volvería a la cama.

—Qué onda, niño bonito —Hugo me saludó desde una de las sillas del minúsculo desayunador, ubicado en medio de la cocina—. ¿No puedes dormir?

Oh, me lleva.

—Solo venía por agua —murmuré, viendo hacia el garrafón junto al refri.

Hizo una seña para que viera la jarra sobre la mesa en lo que iba por un vaso para mí. Me lo tendió con una media sonrisa y volvió a su asiento.

—Siéntate —sugirió—. Yo tampoco puedo dormir.

Aunque quisiera inventarle que me iría porque tenía sueño, mis ojos bien abiertos probaron justo lo contrario. Además, volver a la cama no me iba a hacer bien, pues todavía tenía muchas cosas que pensar y no todas eran buenas. Me quedé de pie un instante, sin haber probado el agua siquiera. Lo pensé por un momento, pero acabé por ceder.

Jalé la silla junto a él y me senté en silencio, viendo hacia el vaso con un poco de pena. Hugo me miró durante un momento antes de preguntarme de dónde conocía a Áureo. Realmente no nos conocíamos de nada y al pueblo llegué después de meses de que él se fuera. Entendí su curiosidad, así que le expliqué a medias mi situación.

Él me prestó atención mientras bebía, bastante interesado en lo que le contaba. No dijo mucho, solo manifestó asombro de rato en rato. Aprovechó uno de mis silencios para hablar.

—Qué raro, ¿no? —sonrió a medias—. Yo me fui de allá porque era peligroso para mí y tú llegaste porque era más seguro para ti.

Asentí, sonriendo un poco también.

Hugo se veía muy diferente sin maquillaje. Delgado, casi rapado, de ojos grandes y brillantes, piel más tersa. Era evidente que se rasuraba más seguido que Áureo y yo por el tono verdoso de su barbilla. Tenía un aspecto varonil que sabía transformar bien cuando hacía drag. Era guapo también, puede que incluso más que Áureo.

Lucía rudo con esa camiseta interior sin mangas y aquella cadena delgada alrededor del cuello. Si no lo conociera, habría pensado que era un potencial asaltante, no una drag queen que sabía partir madres.

Porque, claro, venía de un pueblo y su amigo más antiguo era Joel.

—Creo que ya no es tan seguro —dije yo, encogido de hombros—. En cuanto los demás lo sepan…

Hugo asintió, entendiendo bien a lo que me refería.

—Yo no sé cómo es que Áureo lo aguanta —me rasqué la nuca, miré hacia la habitación donde nos estábamos quedando.

—Él es demasiado bueno —comentó, juntando un poco las cosas—. No se quiso venir conmigo por su mamá.

Tuve un pequeño retortijón en el estómago que intenté calmar con más agua fría. Había olvidado por un instante que ellos dos ya tenían historia. Y que esta fue mucho más íntima que la mía con él. Fueron mis sentimientos de impotencia los que bloquearon mi mente una vez más.

—Pudiste haberte quedado con él —dije a secas, sosteniendo el vaso con más firmeza.

Oí que suspiró. Mi comentario realmente le produjo una repentina incomodidad.

—No creas que no me siento culpable por eso, güero —bajó la voz—. Pero el miedo me ganó.

Fue Áureo quien le pidió que se fuera sin él antes de que aquel incidente pudiera repetirse y se los cargara a los dos, pero pudo quedarse en el pueblo sin importarle la petición del otro, aunque eso le repercutiera también. Era peor abandonarlo. Quise entenderlo, pero me costó trabajo.

—Si pudiera, claro que seguiría con él —añadió con un poco más de seriedad—. Pero antes no estaba listo y ahora que lo estoy…

Me clavó los ojos para decirme con ellos que yo era el culpable de que no pudieran regresar. Su gesto me confirmó que seguía sintiendo algo por Áureo, pero también que respetaba nuestra cortísima relación de pocas horas, aunque no estuviera enterado.

Permanecí firme en el asiento, expresándome lo mínimo posible. Yo seguí asintiendo en silencio. Cada vez me quedaba menos agua en el vaso y más posibilidades de silencios incómodos.

—Yo no quería fingir que Áureo era un acosador ni molestarlo nada más para que no me descubrieran —explicó, volviendo a ver hacia la mesa—. No iba a aguantar.

Se me enrojecieron las mejillas de vergüenza. No es que él supiera de mi relación con Joel y sus amigos, pero me sentí aludido por su comentario. Yo fingía que no tenía nada que ver con Áureo y toleraba que lo molestaran para evitar que me ocurriera lo mismo.

Tuve un nudo en la garganta porque también sabía que si me obligaban a regresar a esa escuela —que era lo más probable—, seguiría fingiendo y dejando a Joel hacer de las suyas. No quería meterme en problemas con nadie a pesar de que supiera que el hostigamiento estaba mal y que podía evitarse.

—Pero estoy feliz de que él no se haya quedado solo por mucho tiempo —volvió a mirarme, esta vez con una sonrisa—. Sirve que no le hacen daño.

La culpa incrementó, pues Hugo se equivocó al creer que Áureo se encontraba bien gracias a mí. Yo no servía para nada. La idea de ser honesto tanto con él, como con mis conocidos, me produjo mucha incertidumbre y temor. Yo no estaba listo como Hugo para decir la verdad de quién era, qué sentía y a quién quería.

—Ahora entiendo por qué tuviste miedo —susurré más para mí.

Recargó el codo en la mesa y la barbilla en su mano. Suspiró con pesadez, entrecerrando los ojos.

—Es que es inevitable —alzó un poco los hombros—. Omar y Edwin son pendejos, pero Joel, además de ser pendejo, es peligroso.

Yo confirmé su información contándole muy brevemente el incidente de la pistola en el cerro. No lució sorprendido por nada de lo que le conté, pues justamente él llegó a ser compañero de tiro de Joel. Se iban bien lejos para agujerar árboles con balas sin que los escuchara nadie.

—Llegué a pensar que podía matar a Áureo a tiros —de repente se le quebró la voz. Volteé a verlo de inmediato.

Se pasó la mano por la cara, se obligó a no mostrar tanta vulnerabilidad. Yo permanecí callado en la silla, tomándome en serio cada una de sus palabras. Joel no le tenía miedo a nada, por eso era tan terrorífico como ser humano.

No pude quitarme la imagen de Áureo durante los próximos segundos, pues me invadió la preocupación. Yo no quería que el miedo de Hugo se volviera realidad, era tan horrible como probable.

—Niño, sé que es tu novio ahora —su cara se mantuvo seria—, por eso te pido que lo sigas cuidando.

Pero yo no lo cuido…

Y me sentía realmente impotente por eso. Apreté los puños por debajo de la mesa, tragué saliva a causa de la inseguridad. Ni siquiera fui capaz de asentir.

Hugo tomó su celular e hizo la silla hacia atrás. Se levantó en silencio, llevó nuestros vasos al fregadero. Antes de salir de la cocina puso una mano sobre mi hombro.

Los dos nos miramos a los ojos muy fijamente. El desgaste de la madrugada y de todo lo que llevábamos arrastrando fue muy notorio en nuestras caras. Había fatiga, cierta angustia, tristeza.

—Me lo tienes que cuidar, eh —dijo, en un tono más relajado. Me palmeaba el hombro—. Porque si no, soy capaz de ir al pueblo para traérmelo.

Sonreí, aunque no supe por qué. Creí que esa sería su despedida y que no nos veríamos hasta que el sol saliera, pero impedí que se marchara tras recordar que tenía con él una pequeña inquietud sin resolver.

—Oye… —dudé un poco, pero finalmente me atreví—, quería pedirte perdón por lo de hace rato.

Jugueteé un poco con los dedos, bajé la vista para que Hugo no viera que el rostro se me enrojecía de pena. Enarcó una ceja, amplió su sonrisa un poco más.

—Ya no importa —caminó fuera de la cocina—. Total, el que hizo el perro oso no fui yo.

Tuve que tragarme mi orgullo para no contestarle. Acabábamos de tener una plática amena y no debía arruinarla con mi actitud solo porque la suya no encajaba bien conmigo. Traté de no tomármelo personal deseándole buenas noches.

Una vez que se encerró en el cuarto con su otro compañero, yo me levanté y volví con Áureo. Quité las cobijas, me metí en la cama con cuidado de no despertarlo, cosa que no funcionó. Él entreabrió los ojos y se movió un poco para darme espacio.

Me aseguré de que ambos estuviéramos bien cobijados antes de que me rodeara con el brazo por la espalda. Sentí su torso desnudo sobre la piel, cada una de sus respiraciones y los latidos de su corazón.

Creí que la cercanía de Áureo me vendría bien para encontrar calma, pero las inquietudes de Hugo fueron todavía más fuertes en mis pensamientos.

Capítulo 21

Nuestra corta aventura terminó al día siguiente. Desayunamos con Hugo y su amigo antes de partir no al pueblo, sino a la casa de mi papá. Los dos chicos que nos hospedaron en su pequeño departamento continuaron siendo amables conmigo e incluso Hugo actuó como si jamás hubiéramos conversado durante la madrugada. Era lo mejor.

Hugo continuó acercándose a Áureo con una familiaridad que me incomodó, pero me fue más fácil tragarme los celos porque su cercanía era algo que no podía evitar. Tenía que respetarlos tanto como ellos me respetaban a mí.

Con esa idea en mente, nuestras últimas horas juntos fueron más llevaderas. Incluso dejé que se despidieran en la cocina y en privado antes de irnos. Era probable que tuvieran varias cosas que decirse luego de tantos cambios en sus vidas.

Se abrazaron durante segundos interminables mientras yo ya esperaba en el Chevy. Prometieron verse pronto e incluso me dejaron ser parte de sus planes. Fui capaz de notar que entre ambos no solo quedaban los restos de un noviazgo que no pudo continuar, sino también de una amistad que jamás comprendería.

Hugo se acercó a la ventana para despedirse de mí. Me extendió el puño para que los chocáramos. Con una contagiosa sonrisa, volvió a pedirme lo mismo que en la madrugada: que cuidara a Áureo. Se lo prometí en voz baja para evitar que nos oyera.

—Confío en ti, niño —dijo antes de separarse de la ventana.

Durante el trayecto me sentí inquieto por todo lo acontecido el día anterior. Tendría mucho que recordar, mucho de lo que arrepentirme y mucho que explicar en cuanto volviera con mi familia. Mis tan característicos nervios hicieron acto de presencia, pero traté de hacerlos desaparecer por medio de la conversación.

—¿Te divertiste? —pregunté, viéndolo fijamente mientras manejaba.

Él sonrió con amplitud y asintió con la cabeza.

—Más de lo que parece —podía notarlo animado—. Gracias por la idea de venir, Franco.

Formalizamos lo nuestro, tuvimos una noche de fiesta e intimidad, y él pudo reencontrarse con Hugo, aunque en muy inesperadas circunstancias. Quizás lo último fue más un beneficio para él que para mí, pero de verdad Áureo agradecía a Dios o al destino por aquella coincidencia. Lo notaba en su rostro despierto, en su tono de voz, en cada una de sus palabras.

Al final no puedo impedir que lo extrañe.

Una vez que sentí cerca el final de nuestro viaje, tuve que pedirle a Áureo que no volviéramos juntos al pueblo para evitarle problemas. Yo era el que tenía que afrontarlos solo. Así que manejó hasta el fraccionamiento donde vivía con mis padres y me dejó en plena calle, justo por fuera del portón donde los guardias permitían el acceso. Antes de bajar del carro él me preguntó si realmente estaba seguro de lo que haría. Insistió un par de veces con que podía llevarme de regreso sin que nadie supiera que estuvimos juntos, pero me negué. Mis papás ya no podían esperar más por mí.

Me despedí de él con un beso en los labios. Le esperaba un largo y solitario camino que más tarde yo repetiría, por eso le pedí que manejara con cuidado hasta allá. Al final, ya sin nada más que nos detuviera, se fue.

Mi papá estaba bastante enojado, los motivos sobraban. No dejó de gritarme ni de decirme que por culpa mía los tres estábamos en una situación delicada que solo empeoraba. Yo solo pude encogerme de hombros y agachar la cabeza mientras Rafaela hablaba con mi mamá por teléfono para confirmarle que estaba bien.

Preguntó dónde estuve y con quiénes. Mentí con que fui a una fiesta en casa de un amigo que él no conocía y que me quedé a dormir ahí. Sonaba creíble porque era lo que un adolescente como yo haría. No dudó mucho de aquella información.

Después quiso saber cómo fue que terminé en la ciudad. No supe muy bien qué inventar en ese caso porque yo solo sabía llegar en auto. Dije que había huido a la carretera y que pedí un aventón con unas personas que justo salían de uno de los restaurantes de la orilla. Di la menor cantidad de detalles posibles para no contradecirme.

Él aseguró que apenas pegó el ojo en la noche por estarme buscando. Mi mamá igual. Tuvieron que pedir ayuda extra con sus trabajadores para buscarme por toda la ciudad. Y aun así logré escabullirme bien.

Pedí disculpas pese a no sonar muy sincero. No me arrepentí de haber salido con Áureo, pero sí de causar preocupación. Mis acciones perjudicaron a varias personas que habrían podido tener una noche tranquila si tan solo no se me hubiera ocurrido fugarme.

Rafaela interrumpió los regaños al pasarme el teléfono. Mi mamá también quería hablar conmigo. Fueron alrededor de tres minutos del mismo discurso, solo que con llanto adicional. Confesó que lo pasó mal por mi culpa y que en serio no sabía por qué yo me estaba comportando así.

Nunca fui tan desastroso como en el último par de meses, en los que solo me metí en problemas. Ella insistió en saber qué me pasaba porque tenía la teoría de que algo paralelo a mis acciones estaba ocurriendo. Y tenía razón, solo que yo no fui lo suficientemente valiente para decírselo.

Me encontraba en una etapa nueva en donde cada vez era más difícil ocultar quién era yo. Sin embargo, vivir en el sitio incorrecto era el contraste que me volvía una constante bomba emocional. Tenía unas inmensas ganas de salir y ya no contenerme, pero ese maldito pueblo que de por sí ya me odiaba era bastante cruel al respecto.

Al final, después de los regaños y de otra plática privada entre mis padres, él volvió para decirme que yo regresaría con mi mamá esa misma tarde y que me llevaría un conocido suyo al que el pueblo le quedaba de paso. No renegué por la paz, aunque hubiera querido quedarme en la ciudad para siempre.

Ya en casa de mi abuelo, quise aislarme en el baño para evitar cualquier tipo de conversación y regaño, pero mi mamá lo impidió poniéndose justo contra la puerta. Dijo casi las mismas palabras que mi papá, pero ella estuvo al borde del llanto todo el tiempo.

Me culpó de todos sus males sin tener ni una pizca de tacto.

Durante unos diez minutos de reproches mi mamá dejó en claro que mi existencia no le gustaba. Sabía que soltaba todas esas palabras porque estaba enojada, triste y frustrada, pero eran ciertas. ¿De qué le servía herirme con mentiras?

Yo no fui capaz de decirle nada, dejé que se desquitara conmigo. Las peleas con ella tenían que parar, y fuerzas para defenderme ya no me quedaban. Me sentía demasiado mal por todo lo que hice y por no ser lo suficientemente honesto con mis propias emociones. Quería pedirle que me comprendiera, pero nunca nos tuvimos confianza. Éramos desconocidos.

Esperó a que le dijera algo después de que paró con sus reprimendas y frustraciones. Ni siquiera me atreví a mirarla cuando nos quedamos en silencio. Tenía un dolor muy desagradable en el pecho y un nudo espantoso en la garganta, producto de todo su odio. Su regaño fue el peor reclamo que recibí, pero no lo pude procesar adecuadamente.

—¿Por qué no dices nada? —me empujó por el hombro.

Era casi una cabeza más alto que ella y aun así no me moví porque mi mente se hallaba hecha un desmadre. En ese momento solo pensaba en desaparecer de nuevo porque justo cuando ella no estaba —como en casi toda mi vida— yo me sentía mejor. No estábamos hechos el uno para el otro y aún no estábamos listos para hacer las pases y seguir como una familia común.

—Quería ir al baño desde hace rato —murmuré.

Y ahí fue cuando ella se dio cuenta de que era inútil que siguiéramos discutiendo. Trató de relajarse, asintió con la cabeza y se quitó de la puerta casi en ese momento. Lo peor había pasado y ya nada más quedaba esperar a sus reflexiones, disculpas y peticiones para una mejor convivencia.

Ese día descubrí que lo mejor era no contestarle con la misma intensidad para que pudiera callarse más rápido. Quizás también se daba cuenta de lo mal que sonaba y de que se excedía. Eso sí, no pude aprender a diferenciar entre su regaño y sus hirientes impulsos. Para mí todos eran ciertos.

Justo como lo predije, mi mamá me obligó a volver a la prepa tras ver que ya era capaz de fugarme y hacer mi desmadrito. Si tenía ganas para eso, seguramente para la escuela también. Traté de impedirlo casi entre lágrimas, pero por primera vez en mi vida no me dio otra opción. Estaba harta de mí y de que me quedara en la cama todo el día.

No pude escribirle a ninguno de mis contactos para avisar que volvería a clases, ni siquiera a Áureo. El mejor castigo que pudieron darme mis papás fue el de no comprarme ningún teléfono después de que boté el mío. Lo merecía, pero me inquietaba no estar conectado aunque fuera una vez.

Los días previos a mi regreso la pasé muy mal. Quería hablar con alguien, pero no encontraba a nadie de confianza con quien pudiera desahogarme. Tenía muchas inquietudes; podían molestarme por haber robado, habría muchos ojos sobre mí y lo peor de todo es que vería de nuevo a Joel.

Talía trató de devolverme la confianza diciéndome que en la escuela ya todos lo habían olvidado, aunque sí admitió que los primeros días yo fui el tema más discutido. Como si de algo sirviera, también mencionó que seguía gustándoles a sus amigas. Prometió ayudarme si me sentía mal, gesto que agradecí.

Al no poder sacar mis inquietudes, acudí a la escuela con mucha ansiedad, miedo y enojo. Mi susceptibilidad podía hacerme estallar en cualquier momento con metidas de pata propias o ajenas, así que traté de evitar contacto con cualquiera que se me cruzara. Si me mantenía con perfil bajo, podría sobrevivir.

Todos los que estaban en mi salón esperando a que el timbre de entrada sonara se callaron de golpe cuando me vieron aparecer. Clavaron sus miradas ya no para admirarme, sino para juzgar en sus mentes y con murmullos. Intenté ignorarlos, aunque fue difícil porque ninguno de mis compañeros fue discreto. Al menos los había sorprendido.

Escuché mi nombre varias veces, también que hablaban del linchamiento de tres semanas antes. Mantuve la seriedad en mi cara, pero las manos no dejaron de temblarme por debajo de la butaca, en especial cuando noté que Joel estaba muy sonriente a mi lado.

Edwin y Omar fueron un poco más distantes. Apenas y me saludaron por encima de su asombro, respetando mi espacio. Posiblemente notaron que yo estaba indispuesto a conversar y que ya no era el mismo chico de antes.

Vi hacia el lugar de Áureo con cierto cuidado. Estaba ahí con la cara hundida en los brazos, tal vez dormitando o pensando. No me vio llegar, de eso no hubo dudas. Tampoco tuvo mucha curiosidad por mirar a sus alrededores y descubrir mi presencia.

—Pensé que ya no ibas a volver, cabrón —sentí la mano de Joel palmeándome la espalda.

Respiré con lentitud, traté de no mostrarme muy molesto aunque por dentro solo quisiera lanzarme a golpearlo. Ganas no me faltaban. Seguí mirando hacia la madera desgastada de mi pupitre, apretando los dientes.

—¿Se les perdió algo por acá? —Joel se dirigió al resto de nuestros compañeros, que probablemente estaban esperando a que dijera mis primeras palabras.

Dejaron de voltear y murmurar, cosa que me alivió. Solté un suspiro, entrecerré los párpados. Los tres chicos a mi alrededor fueron los únicos que siguieron mirándome sin pena ni curiosidad. Después de todo, creían que éramos cercanos.

—¿Dónde andabas, güey? —preguntó Edwin—. Te desapareciste mucho rato.

—En mi casa —finalmente abrí la boca, aunque con una muy limitada cantidad de palabras.

—¿Ya te curaste? —esta vez fue Omar el de la curiosidad.

Asentí. Las cicatrices se quedaron en mi espalda y dentro de mi ser, pero al menos ya no había dolor físico. Solo algunos recuerdos abrumadores y traumáticos que jamás iba a contar en voz alta. Los tres parecieron contentos por eso, aunque a Joel más bien le diera lo mismo. En ningún momento recibí una disculpa, pero tampoco la esperaba. Joel no iba a aceptar que todo era su culpa porque el mayor tonto fui yo al hacerle caso.

—Entonces ya estuvo que hoy nos vamos a dar una vuelta por ahí —dijo él, animado.

—Ya no me dejan salir… —y eso no era mentira.

Antes de que él pudiera decir alguna de sus usuales tonterías, el timbre sonó mientras la profesora iba entrando. Mis compañeros se fueron a sus lugares e incluso Áureo se sentó bien en su lugar. Notó mi presencia en ese instante, pero apenas y volteó. Fue bueno ocultando su asombro.

Vernos a la cara después de una semana de total aislamiento me reconfortó bastante. Quería abalanzarme sobre él, besarlo, decirle que lo extrañaba, contarle del regaño de mis padres y explicarle por qué regresé a la escuela tras haberme ausentado casi por un mes completo.

Desgraciadamente no podía hacer nada de eso. Estábamos en el pueblo, no en la ciudad que nos liberó por un rato. Allá podíamos andar en público sin tantas inquietudes, pero no aquí. Solo podía verlo por las mañanas y ni siquiera nos hablábamos en ese rato. Dolía que otra vez tuviera que esconderlo en vez de cumplir con las peticiones de Hugo de protegerlo y hacerle compañía.

Preferí concentrarme en las clases durante las horas posteriores. No tenía celular y mis pensamientos estaban demasiado dispersos como para hacerles caso. Los otros tres trataron de distraerme en más de una ocasión, pero no les resultó. Tomé y tomé notas como si los profesores estuvieran dictando.

Me dolió la mano, pero no quise parar. Tenía los ojos bien puestos sobre las hojas de mi cuaderno y en el pizarrón lleno de palabras clave, aunque también percibiera rostros mirándome por la curiosidad de saber qué hacía.

Percibí una inexplicable frustración en mis adentros que se hallaba muy cerca de estallar y que no sabía cómo reducir. Quería irme de allí, sentirme más seguro en el cuarto de mi abuela, no tener que hablar ni verle la cara a nadie.

El nudo en mi garganta fue intenso y apenas controlable. Iba a darme una vergüenza horrible ponerme a llorar de la nada, a mitad de la clase. Seguí escribiendo y rayando garabatos entre las pausas de mis profesores para no detenerme en mis emociones.

Logré sobrevivir hasta el receso. Sentí una calma muy grande cuando vi que todos comenzaron a salir después de escuchar el timbre, ignorándome. Solo nos quedamos Joel, sus amigos, Áureo y yo.

—Vamos a las canchas, gringo —dijo Joel, levantándose de su asiento.

Me negué casi al instante, con la voz y la cabeza bajas.

—Todavía tengo una lesión en el tobillo —fue la mejor excusa que se me ocurrió.

Él se burló de mí diciendo que no podía ser tan princesa. Esa última palabra me trajo a Hugo a la mente. Creía entender de quién había sacado aquel apodo.

—¿Al menos mi vestido es lindo? —contesté a su intento de insulto.

Volvió a reírse, palmeándome de nuevo la espalda. Después de su "pinche güero" me dejó tranquilo. No insistieron más en que los acompañara, pero sí me recordaron que podía alcanzarlos después porque no se moverían de las canchas.

No tomaron el mismo camino que los demás para salir. Rodearon el salón por la parte trasera y se detuvieron justo al lado de Áureo, que no hacía nada más que recargarse contra la pared en silencio. Volteé casi al instante.

—¿Qué tanto mirabas, putito? —Joel parecía muy irritado.

Edwin y Omar lo esperaban un poco más cerca de la entrada, mirando con inquietud hacia ellos dos. Yo apreté los puños y tensé los labios. Mi respiración se agitó tanto como los latidos de mi corazón.

En el ambiente la tensión incrementó. Lentamente me hice hacia atrás para salir de mi lugar. No dejé de observar cada uno de sus movimientos. Áureo se mantuvo serio, ya no tan atemorizado como en meses anteriores.

—Di algo —Joel se atrevió a tomarlo del cabello, tiró de su cabeza hacia atrás. Escuché cómo se quejó por la brusquedad de su jaloneo.

Esa fue la gota que derramó el vaso, la excusa perfecta para que yo explotara. Corrí hasta Joel y me le lancé encima lo más rápido que pude, con toda la adrenalina recorriéndome el cuerpo. No escuché a nadie, aunque gritaran que me detuviera.

Solté el primer golpe en su cara lo más fuerte que me permití. El sonido de los huesos chocando fue hasta placentero de escuchar.

—¡Me tienes hasta la madre! —grité.

Sentí los brazos de Áureo bajo los míos, tratando de quitarme. Yo me sacudí para librarme y hasta lo empujé para que no impidiera que me desahogara. Joel se sentó en el piso aún conmigo forcejeando muy cerca. Se limpió la sangre del labio y se empezó a reír. Eso me calentó todavía más.

—Vaya, vaya. Tenemos a otro puto —fue como si hubiera hecho el mejor descubrimiento del mundo.

Esa palabra, esa maldita palabra...

Me zafé de Áureo con violencia. Volví a derribarlo para borrarle esa estúpida sonrisa de la cara.

—Seré puto, pero sí te ando metiendo unos vergazos —lo golpeé otras dos veces sin que él pudiera esquivarme.

Tremenda salida del clóset...

Edwin y Omar buscaron separarnos sin mucho éxito. Toda la ira que desquité en ese momento me impidió sentir el dolor de los golpes y patadas de Joel. Pero al menos él sangraba más que yo.

Capítulo 22

En esa escuela a ninguna autoridad le importaba que hubiera peleas. Y para los alumnos era más un entretenimiento. Casi nadie nos vio gracias al receso, pero una vez que terminó y todos regresaron al salón, ni Joel ni yo pudimos ocultar las heridas, los golpes y la sangre. Nos observaron con asombro, pero ninguno se atrevió a hacer preguntas.

Yo me rehusé a sentarme junto a él, pero no había otra butaca libre. El hartazgo de toda la situación y el enojo me hicieron tomar una decisión precipitada, por eso antes de que llegara la profesora me salí del salón mientras todos seguían con su curiosidad muy puesta sobre mí.

Dejé la mochila sin que me importara, miré a Áureo una última vez desde la puerta y me dirigí hacia la salida. Nadie me llamó cuando caminaba a prisa, cosa que agradecí porque la única persona que merecía mi violencia era Joel.

Con el dorso de la mano me sequé la sangre de la nariz. Volví a apretar los puños y los dientes. Con los ojos entrecerrados me aproximé hasta el gran portón, donde esperaba un guardia sentado y tecleando en el celular.

—¿A dónde vas? —me dijo en el momento en que me vio con ambas manos sobre los gruesos y oxidados barrotes.

—A mi casa, me siento mal —respondí, dejando en evidencia mi malestar físico.

El hombre no se lo cuestionó por obvias razones. Ni siquiera me preguntó si tenía alguna especie de permiso. En la ciudad hubieran llamado a mi mamá o yo mismo habría acudido a la enfermería, pero en el pueblo los alumnos como yo eran un caso perdido por el que ni siquiera se debían preocupar.

Abrió la puerta que tenía al lado de su silla y se apartó para que saliera. Después de varias caminatas con mi prima hacia la casa, por primera vez sabía a dónde ir.

Quizás en otro momento hubiera optado por desaparecer en algún sitio extraño, pero no tenía ni siquiera cabeza suficiente para pensar. Solo quería encerrarme en el cuarto, ignorarlos a todos y dormir hasta que incluso eso me cansara.

Me fui por las calles más vacías que encontré. Apenas y crucé miradas con un par de personas que me vieron de la misma manera que mis compañeros. Agradecía que el camino no fuera tan transitado y que me hallara en horario escolar y laboral porque todo andaba medio muerto, callado, solo.

No permití que mi mente se concentrara en lo que acababa de ocurrir ni en lo que ocurriría en el futuro. Solo observé las plantas, los ladrillos de las casas, presté atención al sonido de mis pies, a los ladridos de los perros y a la sensación del clima templado sobre mi piel. Me hice un montón de preguntas absurdas que nada tuvieron que ver conmigo como parte de otra buena distracción. Fue, sin ninguna duda, una forma acertada de calmarme temporalmente.

Llegué a la puerta de mi casa veinte minutos después. El tiempo ni siquiera se sintió.

Mi tía mantenía la casa abierta durante todo el día, como era costumbre de mucha gente también. Solo la cerraba con llave por las noches y hasta eso no siempre era necesario. Los hogares solían tener abiertos sus patios y los vecinos se conocían de toda la vida, así que al menos en su calle existía cierta confianza.

Abrí el portón con cuidado, aunque el perro de mi prima me delató con sus ladridos. Con el rostro bajo y unos nervios dolorosos, abrí la puerta y entré a sabiendas de que dentro mi tía y mi mamá me verían. No estaba listo para responderles, pero tampoco tenía posibilidades de escapar. Era saltar en paracaídas sin asegurarme primero de que se abriría.

Ambas estaban en el comedor, platicando mientras almorzaban. En cuanto me vieron aparecer, se sorprendieron mucho. Avancé hacia las escaleras, sin mirarlas más. Subí los escalones de dos en dos mientras mamá me gritaba que fuera con ella y me seguía.

Nuevamente me salió sangre de la nariz, tal vez por la agitación. Dejé que escurriera por el piso antes de cerrar la puerta del cuarto. Quizás mi mente tan aturdida no hizo lo que acostumbraba desde hacía semanas, pues mi mamá pudo abrir y entrar justo cuando yo estaba a punto de lanzarme a la cama para dormir.

—¿Qué te pasó, hijo? —lucía preocupada, por primera vez estaba siendo una madre común.

Permanecimos en silencio por unos cuantos segundos. Ella intentó acercarse, pero yo retrocedí casi al mismo tiempo. Respiré profundamente, quise mostrarme seguro aunque mis piernas temblaran.

—Me peleé en la escuela.

Ser honesto con ella era lo menos que podía hacer, aun a sabiendas de que se enojaría. Yo fui el causante de muchas de sus preocupaciones y no merecía que le inventara algo más para salvar mi trasero. Las heridas que estaba teniendo tras mi llegada al pueblo eran excesivas. Una tras otra sin parar. Ni siquiera estaba completamente curado de algo cuando ya me lastimaba de nuevo. Quizás tantos golpes en la cabeza me estaban atontando y volviéndome más inconsciente de mi salud y seguridad.

Oí que suspiró. Negó con la cabeza y sonrió a medias de forma irónica.

—¿Es en serio, Franco? —su enojo e irritación surgieron en un instante.

Sentía mucha presión en mis adentros. Decidí quedarme callado y no responder a las obviedades.

—¿Que no entiendes? —elevó la voz.

No podía culparla de mis propias equivocaciones, claramente. Pero por primera vez no estaba arrepentido. Al menos no todavía. Poco me enorgullecía haber actuado con violencia pese a estar contento de que pude detener las agresiones de Joel hacia Áureo, aunque eso me delatara en el camino.

—Hemos tratado de cuidarte y te vale —repitió frases muy similares a cuando escapé a la ciudad—. ¿Por qué has empezado a ser tan insoportable?

Chasqueé los dientes, apreté los párpados por un segundo. Esa última pregunta me dolió un poco más de lo que esperé. Quise ser paciente ante su enojo, pero no resultó. Ella llevaba días desquitándose como el ser rencoroso que era, pero yo jamás tuve esa oportunidad y quizás, aunque no estuviera pasando por mi mejor momento, ya era hora de decirle lo que pensaba.

—No lo sé —contesté, mirándola fijamente—. Tal vez siempre lo fui, pero tú no te diste cuenta porque nunca me quisiste cuidar.

—¿Entonces qué estoy haciendo ahora? —señaló con la mano a toda la habitación, mostrándome que aparentemente me cuidaba.

—Fingiendo que te importo —solté, con voz temblorosa.

No es que yo pidiera tener a la madre más afectuosa del mundo, pero de niño lo deseé muchas veces. Era más fácil y mejor irme a casa de mis amigos para sentir que era parte de una familia normal. Casi todos ellos tenían mamás atentas, por más que se cagaran en dinero. Y ellas me trataban como si al menos existiera.

Me llamaban Frank o Fran de cariño. La mía solo me decía Franco cuando se acordaba y las demás veces solo era "hijo" y hasta "oye". En el pueblo dijo mi nombre más veces de las que lo hizo en toda mi vida.

—Hijo, yo te amo. Aunque no lo sientas —su enojo se redujo considerablemente después de que me escuchó. Incluso sus ojos se humedecieron.

Yo aprendí a vivir sin su afecto. Por eso cuando trató de acercarse en estos meses lo sentí forzado, casi como una obligación para que ambos pudiéramos convivir en el mismo cuarto. Ya no necesitaba que me dijera que me quería porque crecí sin esas palabras. Estaba bien y no gracias a ella.

—Solo quiero comprender por qué te estás portando así ahora —trató de remediar toda la basura que me dijo al principio.

Sin embargo, la herida emocional ya estaba hecha. Y dolía tanto como las físicas. Si tan insoportable era, ¿entonces por qué tenía tantas ganas de acercarse? No había nada que ella pudiera comprender, pero no por ese motivo yo me iba a callar como venía haciéndolo desde hacía mucho tiempo.

Me acababa de delatar en la escuela, ¿qué más daba hacerlo también con la familia?

—Porque ya me cansé de ser tan mentiroso como tú —no pude dejar de señalar, aunque supiera en mi interior lo innecesario que era.

—No me alces la voz —replicó, cada vez más cerca de mi lugar—. ¿Qué te pasa?

—¿Por qué no? —lo dije con voz fuerte, aunque no tan fuerte como lo siguiente que diría—. ¡Quiero que todos se enteren de que soy un maldito joto!

Sacarlo no fue satisfactorio. Para nada.

No pareció haberme entendido por completo si hablaba en serio o no. Su confusión fue obvia. Todo el mundo se calló cuando exclamé esas últimas cuatro palabras, como diciéndome que aquel era el momento perfecto. Tal vez sí sentía un peso menos, pero ninguna tranquilidad. La ansiedad y el dolor me doblegaron. Rompí a llorar frente a ella, consternado por mi propia valentía.

—Soy gay, ¿sí? —balbuceé—. Eso me pasa.

Me observó con los ojos bien abiertos. Parecía creer que bromeaba.

—Y este estúpido pueblo me ha hecho tener miedo de eso —respiré con agitación, queriendo explicarme a mí mismo por qué estaba siendo tan problemático—. Hasta hoy.

El miedo me hizo actuar mal. Busqué desahogos en cosas que no fueron positivas. Hice estupideces para ser aceptado y ocultarme mejor, le mentí a mi familia y me escapé porque no sentía que estuviera viviendo. Fingí que tenía intereses diferentes y acepté que molestaran a la persona que más quería para que no me molestaran a mí. Era egoísta, muy egoísta. Pero eso también ocurrió porque era miedoso.

Y ya no podía seguir siendo así.

No dejé que hablara. Tampoco es como si quisiera escuchar cualquier cosa que tuviera que decir. Me esperaba su desaprobación, obviamente, pero ni siquiera tuve la paciencia suficiente como para comprobarlo. Simplemente fui a encerrarme al baño, justo como era mi costumbre desde hacía casi un mes.

Mi mamá no me persiguió. Tampoco se quedó cerca de la puerta para decirme algo que pudiera solucionar el gran problema de nuestra relación. Llegué a tener una mínima esperanza de que me dijera que ya lo sabía, que lo entendía, que no me iba a juzgar o que al menos le explicara con más calma. Pero cuando escuché cómo se iba de la habitación y cerraba tras de sí, supe que no quería tocar el tema en ese momento. Quizás porque no le parecía, quizás porque deseaba darme espacio. Nunca lo sabría.

Aprovechando mi soledad en el baño decidí examinar todos mis golpes y heridas. Me enjuagué la cara para que la sangre seca dejara de engañarme.

Abundaban los moretones, pero Joel no me rompió nada ni me dejó marcas permanentes. Tenía un poco inflamados la nariz y el pómulo derecho, y me dolía el abdomen por sus patadas, pero, de ahí en fuera, la sangre reciente era temporal, no provenía de ningún corte.

El agua fría sobre mi piel también sirvió para que mis ojos se desinflamaran y no delataran que apenas había dejado de llorar. Cada vez que me acordaba de lo decepcionado que estaba de mí mismo, de mi salida del clóset y de mis recuerdos de infancia que me hicieron odiar a mi mamá, salían lágrimas sin importar cuánto tiempo pasara. Tranquilizarme costó, pero lo conseguí tras reflexionar que el llanto no solucionaría mis problemas. Sirvió como desahogo, sí, solo que no debía dejar que me dominara por completo.

Ya lo sabe, yo mismo se lo dije. ¿Ahora qué?

¿Mi mamá también necesitaba tiempo para procesarlo? Después de tanta tensión, era probable que sí. No tocaríamos el tema pronto… solo deseaba que ella no fingiera que nunca me escuchó. Si su indiferencia pasada me hería, en este fallido intento de redención me dolería el doble.

Abrí la regadera y me metí a bañar con agua caliente para que los músculos se me relajaran. De esta forma no iba a sufrir tanto por los golpes al día siguiente. No me tardé. Solo enjuagué parte del polvo, la sangre y reposé sobre el agua caliente todas mis magulladuras.

Durante esa ducha pensé en qué podría hacer. Deseaba con creces mantenerme aislado en el cuarto, pero una inquietud interior me dijo que tenía que ver a Áureo cuanto antes. Lo que menos quería era que Joel le hiciera algo para vengarse. Era capaz, muy capaz.

El mayor miedo de Hugo pasó a ser mi mayor miedo en ese preciso instante.

Salí a toda prisa del baño y me vestí, inquieto. Necesitaba volver a la escuela incluso antes de que fuera la salida. No sabía qué hora era porque no tenía teléfono y no había ningún reloj de pared que sirviera.

Bajé las escaleras a prisa, mirando en todas direcciones para evitar que mi madre o mi tía me detuvieran. No vi a ninguna de las dos, pero sí la puerta de la cocina cerrada. Estaban hablando de mí, seguramente.

Aproveché esa oportunidad para salir de la casa y correr. Pude ver la silueta del sol detrás de las nubes a una altura cerca del oeste, lo que significaba que el medio día llevaba tiempo de haber pasado. O todos en la prepa estaban por salir, o ya habían salido. Me apresuré.

Corrí con cuidado por la calle inclinada y por el resto de las cortas avenidas. Ver que había cada vez más personas caminando cerca —entre ellas niños y jóvenes— fue una mala señal. Iba tarde.

Justo cuando doblé en la calle para llegar casi directo al portón de mi escuela, vi que este estaba abierto y que de él salían un montón de compañeros. Vi incluso a algunos de mi salón, pero ni una señal de Áureo o Joel.

Me acerqué, olvidando la vergüenza que me provocaba exponerme tras todas mis equivocaciones. Como era de esperarse, llamé la atención, aunque todos se limitaran solo a observarme. Examiné cada rostro, cada sonido, esperando dar con alguno de los dos. Mi desesperación fue notoria porque tenía realmente algo que temer.

Fue entonces cuando, sorpresivamente, Omar y Edwin se acercaron a mí.

—¿Qué haces aquí, Franco? —dijo Omar con cierto nerviosismo.

—Tienes que irte —añadió Edwin.

Entendía que temieran por mí, pero en ese momento ya no me preocupaba cualquier cosa que Joel quisiera hacerme. Ignorando sus palabras, les pregunté si habían visto a alguno de los dos chicos que tanto buscaba.

—Solo sabemos que Joel lo buscó a la salida junto a dos güeyes de tercero —admitió Omar—. Ni idea de si lo encontraron o no.

Sentí una molesta presión en el pecho, producto del mal presentimiento. Este sitio era minúsculo, seguir a Áureo por su trayecto habitual no iba a ser complicado para alguien como Joel, un tipo sediento de violencia. Traté de calmarme y pensar. ¿A dónde irían para que nadie los descubriera?

Su guarida en el cerro.

Era obvio, demasiado obvio. Pero Joel tampoco era un genio, por eso no iba a partirse la cabeza buscando otro escondite donde pudiera hacer de las suyas.

—Necesito que me digan cómo llegar a ese lugar secreto del cerro —pedí, casi en súplica.

Ambos se miraron con cierta duda. Después me dijeron con honestidad que era peligroso que yo fuera solo. Optaron por acompañarme, pero no hasta el lugar exacto. Temían delatar que me apoyaban, cosa que entendía. Todos le temían a Joel. Cuando estuviéramos cerca ellos me indicarían hacia qué dirección ir.

Sé que en el pasado me hicieron una mala jugada respecto a las direcciones, pero ambos eran los únicos en quienes podía confiar en ese momento. Y también notaba en ellos cierta inquietud por la situación.

No perdimos más el tiempo. Partimos de ahí a toda prisa, casi trotando. Les pedí en un par de ocasiones que se apresuraran porque eran lentos de verdad.

—Tienen que estar ahí —dijo Edwin con cierta confianza—. Solíamos molestarlo en ese lugar porque nadie nos veía.

Omar confirmó aquello con un poco de pena.

No fuimos exactamente por el camino hacia mi casa, sino por el que tomamos la última vez. Diez minutos más tarde subimos por el camino de tierra con pasos veloces, yo tomándoles la delantera. No hablamos en ningún momento por temor a delatarnos e indicarle a Joel y a sus desconocidos amigos que les estábamos siguiendo la pista.

El corazón me retumbaba hasta en los oídos. Mi estómago se revolvía cada vez más. Mirando hacia todos lados intenté dar con el supuesto escondite sin ningún éxito. Había demasiados árboles y un silencio escalofriante.

Luego de avanzar varios metros cerro adentro, Omar y Edwin me hicieron señas para que los siguiera fuera del camino de tierra. Pisamos con lentitud y cuidado, evadimos ramas y hojas secas lo mejor posible. Aunque el escondite pudiera encontrarse lejos, nadie nos aseguraba que ellos estuvieran exactamente ahí.

Se detuvieron casi al mismo tiempo, abriéndose paso para que me adelantara un poco. Ya no iban a seguir.

—Sigue estos árboles en diagonal, hacia arriba —indicó Edwin en voz baja, alzando el brazo.

—Acuérdate del tronco y la basura —completó Omar, mientras ambos retrocedían.

Asentí, temblando de brazos y piernas. Odié que no quisieran acompañarme más, pero habían hecho tanto por mí que seguro molestaría a Joel. Tragué saliva, les agradecí en un murmullo. Ellos me dijeron que tuviera cuidado y que no hiciera ninguna pendejada porque podría salirme muy caro.

Era hora de hacer caso a todas las advertencias que ignoré en el pasado. Ya me lo habían advertido mi prima, Áureo y hasta ellos dos.

No había nadie a quién delatar más que a mí mismo, así que troté más en lo profundo del bosque, ignorando todo el ruido de mis pisadas. Mantuve los ojos bien abiertos para examinar el panorama. Reconocí algunos de los matorrales de lavanda y más en específico ese donde me tiraron y que estaba medio seco y aplastado.

Ni Edwin ni Omar mintieron, realmente me trajeron por el camino correcto. Estaba ansioso por saber si lo encontraría ahí, tanto, que ni siquiera me importó demostrar que estaba mucho más cerca de lo que creía.

—¡Áureo! —grité su nombre con la fuerza suficiente como para que se hiciera un eco en toda la montaña.

El día cada vez se veía más oscuro por las altas copas de los pinos, pero eso no me impidió distinguir a Joel a lo lejos, junto a otras dos personas.

Capítulo 23

Me detuve en seco, no muy cerca de ellos. Llamar a Áureo en un potente alarido causó que Joel y sus acompañantes voltearan en mi dirección y notaran mi presencia. Nos miramos por tres segundos larguísimos, fijamente y con enojo en las facciones. Mis puños temblaban tanto como mis piernas, pero quise disimularlo con palabras.

—¿Dónde está Áureo? —traté de sonar firme y seguro, aunque el miedo estuviera carcomiéndome.

Los chicos de tercero no eran muy altos, pero sí que tenían una apariencia muy intimidante. Otro par que me daría mucha desconfianza si me los encontrara en la calle. Ambos sonreían a medias.

Joel dio unos cuantos pasos al frente para que pudiera apreciarlo mejor. Se había cambiado la camiseta, pero no se limpió tan bien la sangre de su cara. No lo dejé muy bien parado, por eso entendí que estuviera furioso conmigo; lo noté en su mirada. Tenía un cachete hinchado y la nariz un poco morada, como sus brazos. No me enorgullecía por haberlo lastimado, pero sí que sentí cierta satisfacción en mis adentros.

—Donde merece —fue su respuesta.

Examiné casi todo el entorno a su espalda, buscándolo. No vi a Áureo cerca de ellos, algo que me inquietó.

—¿Qué le hiciste, cabrón? —la distancia entre nosotros se redujo. Los otros chicos permanecieron en su lugar, muy interesados en la escena.

La sonrisa de Joel se amplió. Se divertía mucho con mi preocupación.

Al principio olvidé que él no estaba solo en el cerro como yo, por eso lo empujé tras notar que bajó un poco la guardia. Vi que se sorprendió, seguramente porque pensó que sus acompañantes me infundirían miedo y que por eso yo no haría nada. Traté de agarrarlo de la camisa para sacarle las palabras a golpes, ya que nuevamente estaba cegado por la rabia.

Sin embargo, sus nuevos secuaces me detuvieron con violencia. Uno consiguió sujetarme por debajo de los brazos y alzarme mientras pataleaba en el aire. El otro detuvo mis forcejeos con un golpe directo a la cara.

Mis párpados se cerraron, la cabeza me dio vueltas, me quejé con dificultad. No sentí la mitad del rostro a causa del impacto; mi cuerpo se relajó por culpa de la semiinconsciencia. El tipo que me cargaba decidió soltarme justo cuando mis piernas flaquearon. Aterricé en la tierra húmeda con el lateral de mi cuerpo, sin posibilidad de poner las manos y amortiguar el golpe.

Tuve un fuerte dolor, pero ni siquiera pude quejarme porque ambos sujetos comenzaron a patearme en el piso. Joel solo observaba con su estúpida sonrisa, asintiendo con la cabeza cuando escuchaba parte de mi dolor. La voz no me salía, solo conseguí jadear.

Me brotaban lágrimas sin que las contuviera, producto del sufrimiento y el pánico. Mi cuerpo se hizo un ovillo para protegerme de las peores patadas, que me llegaban muy cerca de la cara. De fondo solo escuchaba risas que aumentaban mi enojo, pero no encontraba ninguna forma de callarlos y defenderme. Eran sujetos fuertes.

—¿No que muy gallito? —dijo Joel por encima, poniendo su pie justo sobre mi cabeza.

La violencia paró, el silencio reinó en el bosque. Hice un esfuerzo por recuperar el aire, agitado. No sentía la mitad del cuerpo y mis articulaciones tampoco cedían. Lo único que percibí fueron un montón de árboles borrosos, un aroma tenue a lavanda y la suela de su zapato contra mi cráneo.

Las siluetas de mis agresores se alejaron, permitiéndome salir parcialmente de la oscuridad en la que me tenían sumido. Joel apartó lentamente el pie y se agachó hasta mí para tomarme de los brazos. Me arrastró lentamente por la tierra, diciéndole a sus amigos que lo esperaran porque era su turno de desquitarse.

—Nunca me caíste bien —murmuró, alejándonos cada vez más.

Apreté los labios, permanecí callado. La boca me sabía a sangre.

No me sorprendió mucho su confesión. No éramos los mejores amigos del mundo, de todos modos.

—Merecías que te quemaran por enfermo —noté el profundo rencor de su voz—. Porque el Áureo te contagió, ¿verdad?

Finalmente paró. Yo seguía viendo árboles y sintiendo la tierra, pero ya ni siquiera escuchaba a sus amigos cerca de nosotros. Me soltó los brazos, dejándome recostado. Miró fijamente en mi dirección con sus odiosos aires de grandeza. Siguió mostrándome los dientes por encima de la curvatura de sus labios.

Lentamente fui recuperando la movilidad, pero seguía débil y medio ciego. Intenté levantarme del piso, pero no conseguí alzar ni la mitad de mi cuerpo. Joel se reía de mí, echándome tierra con los pies.

—No estoy enfermo —conseguí decir por encima de todos mis malestares.

Joel suspiró con pesadez, dio un par de pasos hasta donde yo estaba y, sin pensárselo dos veces, se me echó encima. Pasó una pierna a cada lado y se sentó sobre mi abdomen. El cuerpo me reaccionó al instante, provocando que alzara las manos y tratara de apartarlo. Hice un intento por gritarle, arañarlo e incluso patalear, pero en ese momento él fue mucho más fuerte que yo.

Con una mano apartó las mías y con la otra me metió una fuerte cachetada. La cara se me calentó en toda esa zona. Sentí hasta el palpitar de la mejilla. Aprovechó que me atonté por el golpe para sostenerme fácilmente de las muñecas y llevarlas por encima de mi cabeza. Acercó su rostro al mío.

—Yo sí lo estoy —susurró—. Y un chingo.

Giré la cabeza hacia otro sitio para no tener que verlo, pero mis ojos casi instintivamente regresaron a los suyos. Respiré con agitación, se me humedecieron los párpados.

—¿Estás asustado? —mantuvo el mismo tono de voz.

No abrí la boca por más obvia que fuera mi respuesta. Moría de miedo porque en ese momento yo me encontraba débil y sin posibilidades de defenderme. Lo único que podía hacer era esperar a que se apartara, que me dejara tranquilo o que me golpeara otra vez para saciar su odio.

Gracias a su peso me fue cada vez más difícil respirar. El pánico de no saber qué pasaría se apoderó de mí. Era bastante atrofiante no poder llenarme adecuadamente los pulmones. Sacudí un poco las piernas esperando que se moviera, pero no resultó demasiado. Lo único que conseguí fue que se riera.

—¡Déjame! —exclamé entre jadeos. Mis articulaciones se tensaron con el paso de los minutos, pero no me quería rendir.

En ese instante Joel me soltó para taparme la boca con una fuerza hiriente. Pidió que me callara seguido de un par de insultos. Hice ruido como pude, pero él volvió a marcarme la mano con otra cachetada.

—Áureo no se resiste tanto como tú —manifestó su desagrado frunciendo las cejas como nunca—. Eres insoportable.

Paré con mis quejas y mis débiles forcejeos. Las lágrimas emergieron otra vez porque no mucho rato atrás mi mamá dijo esa última palabra para describirme; "insoportable". Joel no eliminó la curvatura de sus labios cuando notó que me detuve. Se sintió con el dominio sobre mí tras herirme más allá de lo físico.

—Hoy me hiciste enojar mucho, güerito —me tomó de las mejillas con una mano, apretándolas para que pudiéramos vernos cara a cara—. Pero ahorita estoy de buenas, así que ya no te haré nada.

Me sacudió un poco la cabeza, justo al ritmo de sus oraciones. Aunque tuviera las manos libres no me atreví a quitar las suyas. Ya no estaba dispuesto a colmarle la paciencia después de que él mismo admitiera que me dejaría en paz hasta que se le ocurriera molestarme otra vez.

—Vete de aquí, pendejo —se levantó con prisa—. Y también llévate a ese cabrón.

Señaló con el índice hacia su derecha.

Al principio no pude distinguir muy bien a quién se refería, pero en mis adentros ya tenía un nombre y una imagen en mente. Y, claro, no me equivoqué.

Forcé un poco la vista, que de por sí era borrosa. Detrás de unos matorrales de lavanda, a unos cinco metros de nosotros, logré distinguir un par de piernas sobresalientes e inertes en el piso. No hice preguntas, fui directo a obedecer por culpa del miedo que le tenía a Joel y a la situación de Áureo, que no parecía buena.

Con dificultad me hinqué en el piso. Aún jadeaba por todo el aire que me faltó. Clavé mis uñas en la tierra, tomé aire y con un impulso de mis brazos débiles traté de ponerme de pie. Sin embargo, y justo cuando estaba cerca de conseguirlo, Joel me derribó. Verme caer le sacó una risa.

—¿Qué esperas? —dijo, dispuesto a tirarme de nuevo.

—Ya voy —no reconocí mi voz de lo temblorosa que sonaba.

Gateando y tropezando por mis torpes intentos de caminar, llegué hasta Áureo. Joel me observó todo ese rato, hasta que nos desaparecimos tal y como pidió.

No me atreví a llorar ni a enojarme cuando vi a Áureo en el suelo. Tenía la camisa llena de sangre y un montón de golpes por toda la cara. La nariz no paraba de sangrarle. Estaba despierto, pero muy asustado. Cuando escuchó que me acerqué se hizo un ovillo, apretó los párpados y soltó un pequeño ruido de temor. Una vez más los incesantes temblores aparecieron en mi cuerpo.

—Soy yo —murmuré, con voz quebrada—. Vámonos.

Miré hacia Joel con rapidez. Movía el pie con impaciencia y alzaba un poco el rostro para vernos mejor. Temí que se acercara a donde estábamos, así que traté de apresurar a Áureo con sutileza.

—Fran, me duele todo el cuerpo —balbuceó antes de que de sus ojos brotaran lágrimas.

—No te preocupes —busqué tranquilizarlo—. Yo te muevo de aquí.

Él se negó, pidiendo que lo dejara. Yo contesté que no iba a hacerlo, así que lo tomé por debajo de los brazos y comencé a arrastrarlo. Escuché sus quejas todo el tiempo; traté de contener las mías por encima del ardor que me recorría cada músculo. Estuve a punto de caerme múltiples veces cuando tiraba de él porque de por sí mis piernas apenas y podían con mi cuerpo.

Me obligué a no parar hasta que Joel se perdiera de vista o decidiera irse. Bajé la mirada hacia Áureo y luego la alcé para ver al otro tantas veces como pude, asegurándome de que realmente estuviéramos alejándonos. Antes de que la espesura del bosque se lo tragara, Joel se despidió de nosotros con la mano y una cínica alegría.

Esto no había terminado aún y ambos lo sabíamos bien.

Me dejé caer en el suelo tras verificar que nos hallábamos solos, muerto de agotamiento. Recuperé el aliento con ruidosas bocanadas, esperando a que el clima secara todo el sudor. Áureo también paró con sus quejas, aunque escarbara la tierra con los dedos y retorciera un poco las piernas.

—Lo siento —jadeé.

Estábamos hombro con hombro, mirando hacia las altas copas de los árboles.

Negó con la cabeza, finalmente cerrando los ojos.

—No es tu culpa —murmuró con lentitud.

—Pero no te pude defender —contesté yo, nuevamente con los ojos lagrimosos y rojos.

El silencio nos invadió. En lo alto las nubes espesas y grises ocultaron cualquier rastro de sol. Vimos y escuchamos truenos, sentimos el viento frío corriendo más aprisa para decirnos que la lluvia estaba muy cerca. Pero no nos importó. Preferimos respirar el aroma a tierra húmeda y a lavanda mientras nos tomábamos de la mano.

Áureo presionó con fuerza mis dedos cuando el dolor volvía a invadirlo. Se quejaba lo menos posible para no molestar. Sin embargo, no quiso abrir los ojos. Lucía más tranquilo que minutos atrás cuando lo arrastré. No ver nada era su forma de mantener la calma y alejar parte de sus preocupaciones, todo lo contrario a mí.

Fui incapaz de cerrar los ojos. Apenas y parpadeé. El miedo a que algo más nos pasara en ese bosque no me permitió bajar la guardia. Me hallaba sumamente abrumado por todo. Temía por más golpes, más hostigamiento. No tuve fuerzas suficientes y el pánico me ganó al final.

Giré la cabeza en su dirección para examinarle mejor las heridas. Sin duda estaba pasándola mal. Se notaba en cada golpe, en cada respiración contraída, en las manchas de sangre y en los retortijones que me transmitía a través de la fuerza de su mano. A mí también me dolía, pero no tanto como la idea de que no fui capaz de proteger a nadie.

—Fallé…

Le fallé a él como novio y falté a la promesa de Hugo a causa de mi cobardía en el cerro.

—Ya déjalo —me respondió, apretando un poco los dientes—. Estamos vivos, eso es lo que importa.

Fruncí las cejas con un poco de molestia. Fue mi turno de negar.

—¿Esto es vida para ti?

Se quedó callado.

La brisa sobre nuestros cuerpos nos humedeció más que el sudor. Mis brazos y piernas tiritaron un poco por la temperatura que disminuía. Seguí mirando al cielo con cierta angustia. Me dolía el estómago por culpa de todas las preocupaciones y los malos presentimientos que seguían sin marcharse de mi interior.

—Esto no hubiera pasado si fuéramos normales —mencioné con pesadez. Distinguí que se me dificultó soltar estas palabras.

Mi lamento me trajo varios recuerdos. Recuerdos acerca de todas esas veces que me dije lo mismo cada vez que me sentía mal anímicamente por estar oculto en el clóset. *Si fuera "normal" no estaría sufriendo ahora. No estaría solo, no tendría miedo. Me sentiría más amado y me amaría yo también. Todo sería más fácil.*

Pero nunca encontré otra solución que no fuera decir la verdad algún día. Mi escape a la ciudad con Áureo sirvió para que me sintiera menos abrumado por mi identidad en general. Ni él ni yo éramos los únicos que sufrían o que sufrieron en algún momento. En la ciudad se podía ser más feliz. Y si existían tantas personas como él y yo viviendo con tranquilidad allá, ¿por qué nosotros no podíamos estar en paz donde nos encontrábamos?

Fue entonces cuando me percaté de que ni Áureo ni yo éramos el verdadero problema como tanto nos lo hicieron creer.

—Somos normales —me apretó la mano.

Quise romper a llorar en ese preciso momento pero la lluvia se me adelantó, pues diez segundos después de que nos quedáramos en silencio millones de gotas pesadas y frías aterrizaron sobre nosotros. Pronto lo que parecería una pequeña llovizna se transformó en el inicio de una tormenta que lentamente se agravó. No tuve tiempo suficiente para lamentarme.

Nos sentamos con dificultad, quejándonos y ayudándonos justo cuando ya goteábamos del cabello. Sin vergüenza alguna aproveché el agua para enjuagarme la sangre de la cara, los brazos y la ropa. Después de que me viera hacerlo, Áureo me imitó sin decir nada. Incluso logró reducir la mancha roja de su camisa.

El lodo se nos pegó a los pantalones y a los zapatos, por eso tomamos fuerzas y nos pusimos de pie.

—Vamos a mi casa —volvió a tomarme de la mano—. Está muy cerca de aquí.

Yo acepté sin problemas. No quería volver con mi familia y lidiar con mi mamá después de la confesión que le hice. Necesitaba paz y el hogar de Áureo era el único sitio que me la podía brindar en ese momento.

Lo seguí muy de cerca, despacio. Él pidió que fuéramos lento porque el suelo estaba resbaloso y un accidente después de tantos golpes no nos vendría nada bien. Nos sostuvimos de los troncos e incluso de las plantas más altas. Todo el tiempo miramos hacia el piso, aunque yo no fuera muy capaz de distinguirlo porque tenía un ojo morado e hinchado.

Me impresionó su habilidad para ubicarse en medio de la nada y de una tormenta. No dudó en ningún momento del camino que tomamos.

Pensé que recorreríamos ese gran campo de lavandas otra vez, pero Áureo me dijo que la lluvia despertaba a las víboras y que en ese terreno había muchas. Tomamos otro camino que incluso era más corto, así que en cuestión de minutos llegamos a su casa.

Tuve un déjà vu cuando entramos por la parte de atrás. Agua, silencio, el mismo auto y basura oxidados, los animales resguardados en sus corrales. Hasta los temblores de mi cuerpo estuvieron ahí.

—No hay nadie hoy —dijo mientras entrábamos y nos sacudíamos un poco sobre el trapeador que estaba pegado a la puerta—. Todos andan trabajando, no te preocupes.

Lo seguí hasta las escaleras y me detuve, pues creí que iría por una toalla como la última vez y que nos quedaríamos en la sala de su casa hasta que el mal tiempo pasara. Sin embargo, Áureo me hizo señas para que subiera con él.

Una pena repentina me invadió, pues nunca estuvo en mis planes invadir su espacio más personal. Las visitas casi nunca subían al segundo piso, era ley. Dudé al principio, pero él me apresuró porque estábamos mojando todo el suelo, así que lo obedecí.

Ya en el pasillo pude distinguir tres puertas. Una al fondo y dos del lado izquierdo. Áureo rápidamente abrió la que se encontraba más cerca de él, que era justo la del baño. Sacó una toalla de la parte de abajo del lavabo y me la lanzó.

—Está limpia, eh —mencionó antes de correr las cortinas con estampado de corales y peces.

Se metió a la regadera de inmediato, sacándose la camisa para exprimirla. Dejé de sentir frío en ese instante. Yo fingí que no lo miraba secándome con la toalla que me prestó. Me la pasé por el cabello y la cara, aunque de la ropa siguiera escurriendo.

—Nos tenemos que bañar con agua caliente para no enfermarnos —habló de nuevo, sacándose los zapatos y lanzándolos cerca del inodoro—. Vente.

Se me subió todo el calor a la cara; Áureo lo notó de inmediato, sobresaltado.

—Con ropa —aclaró al instante—. Total, ya está mojada.

Yo no quise quitarme la camisa, y no porque las heridas de mi cara fueran peores que las de la espalda. Solo me saqué los zapatos y las calcetas para meterme. Cerré la cortina y esperé muy cerca de él a que abriera la llave caliente.

—Franco… —murmuró—, ¿podrías abrirle tú? Es que me duelen las muñecas.

Capítulo 24

Áureo y yo nos metimos en su cama, bajo la misma cobija. El agotamiento físico y mental no nos permitió hacer nada más que tomarnos de las manos y acurrucarnos uno junto al otro. Flexioné las piernas hacia mi pecho, él mantuvo los brazos encogidos.

La lluvia nos arrulló en mitad del silencio. Ambos mantuvimos los ojos abiertos durante un rato considerable, pero no nos atrevimos a vernos. La tristeza hizo juego con el mal clima dentro de aquella fría y oscura habitación. No dijimos nada.

Me concentré en el sonido de nuestras respiraciones mezcladas con la lluvia, en el aroma a tierra húmeda y a la fragancia de Áureo recorriéndome por todo el cuerpo. Traía puesta la ropa que me prestó, me recostaba en su almohada, me calentaba con las cobijas que olían a él. Como las lavandas, él me relajaba. Aunque no lo suficiente para esclarecer mi mente.

Nuestras heridas siguieron ahí, doliendo. Las externas e internas. Mi labio estaba medio reventado y la nariz de Áureo se hinchó y oscureció. Ni siquiera podía recargar bien la mitad del rostro en la almohada por culpa de eso. Los dos teníamos los ojos inflamados, inyectados en sangre y un párpado que no podíamos abrir bien.

Áureo mantuvo la mirada apuntando al techo; la mía lo observaba a él. Noté que tragó saliva para deshacerse del nudo en la garganta y que parpadeó varias veces para contenerse, sin éxito. Pronto cayó la primera lágrima.

—Áureo… —abrí la boca.

—¿Solo te golpeó? —me interrumpió.

Analicé su pregunta con poco detenimiento, ya que consideraba obvia la respuesta. Asentí ligeramente, añadiendo que me maldijo cuantas veces pudo. Áureo cerró los ojos por fin, sonriendo a medias y hasta con alivio. Apretó mi mano sin hacer más preguntas.

—Pero no me dejó como a ti —mi voz se quebró por un instante. Lo solté para examinarle las heridas. Tomé su barbilla con sutileza para girar su rostro en mi dirección. Él entreabrió los párpados, evadiéndome. Con los dedos le aparté varios rizos. Toqué suavemente sus magulladuras. Todavía eran evidentes sus ganas de llorar y su sufrimiento interno. Más pronto que tarde imité su dolor.

Descansé la palma de mi mano sobre su mejilla, esperando que por fin conectáramos miradas. Intenté acariciarlo con el pulgar para llamar su atención, pero él me detuvo poniendo su mano sobre la mía. Siguió sonriendo, aunque no pude detenerme mucho en aquella curvatura porque la tierra y la sangre seca de sus uñas llamó mi atención.

—¿No quieres dormir? —preguntó con un ánimo fingido en la voz—. Tenemos todavía varias horas antes de que alguien llegue.

—Solo quiero preguntarte una cosa —admití, girándome también para ver hacia arriba—; ¿por qué permites que Joel te haga todo esto?

—Es preferible a que me mate —respondió, pasándose un brazo tras la nuca.

Me alcé ligeramente indignado. Iba a responder, pero tal vez Áureo intuyó lo que estaba por decir y continuó hablando.

—Puede que Joel te haya apuntado con la pistola en broma —miró hacia el techo con detenimiento—, pero a mí me apuntó en serio.

En ese momento se me revolvió el estómago. Ya no quise verlo más porque su comentario me entristeció y preocupó.

—Sé que si me matan a nadie le va a importar —frunció las cejas, soltó un corto suspiro—. Pero yo quiero vivir.

Me senté en la cama, alcé un poco las rodillas y apoyé mis brazos en ellas. Hundí el rostro, abrumado por lo que dijo. A mí Áureo me importaba mucho, más de lo que era capaz de expresar en ese momento. No me ocultaba entre mis piernas para mostrarme indiferente, sino porque el miedo era algo latente en mis adentros y no quería que él viera mi reacción ni mi preocupación. Ya teníamos demasiados problemas como para llenarnos más la mente.

Aproveché estos breves momentos de oscuridad para relajarme. Escuché la lluvia, sentí el frío en mis pies desnudos, aunque la cobija me cubriera. Controlé mi respiración y, después de sentirme nuevamente relajado, alcé la vista. Lo miré. Él cambió de posición para verme también.

—De verdad, perdón —dije, bajando la cabeza.

—No te disculpes —curvó los labios a medias, miró en otra dirección—. Yo estaré bien... algún día.

No pude aguantar más. Rompí a llorar mientras me dejaba caer nuevamente sobre la almohada, cubriéndome los ojos.

—Tú mereces estar bien siempre —balbuceé, secándome las lágrimas con violencia.

—Franco, deja de llorar —me dijo apenas en un susurro. Su comentario causó el efecto contrario—. Por favor...

Nuevas lágrimas manaron sin control. Me sentía muy miserable. No iba a parar mientras mi tristeza y enojo siguieran firmes. Noté en su mirada apagada que buscaba una forma de calmarme, pero no consiguió mi silencio ni mi tranquilidad. Por eso, más pronto que tarde, Áureo me imitó.

Lloró a mi lado, tratando de asimilar lo que sucedió. Yo vi sus lágrimas y él las mías.

—No lo pude detener —añadió, cubriéndose la cara con las cobijas, deseando esconder su vergüenza—. Estaba muy asustado.

Golpeé el colchón con el puño. Apreté los párpados y los dientes. Mi cabeza estuvo por estallar; el estrés y la tensión fueron demasiado para mí. Ni siquiera era capaz de respirar adecuadamente por el sofoco de todo lo que nos estaba haciendo llorar.

—Es mi culpa... —alcé la voz por encima de mis manos, tartamudeando—. No llegué a tiempo.

Áureo aprovechó nuestra cercanía para extender un brazo y sostenerme con fuerza del hombro. Por instinto me acerqué. Los dos nos abrazamos con fuerza, sin dejar de sollozar. Él hundió el rostro en mi pecho y lo empapó con sus lágrimas. Recargué mi barbilla sobre su cabeza, pero no pude ofrecerle ningún tipo de consuelo que no fuera el de mi propio dolor.

Poco a poco nuestras emociones acabaron con nosotros. No dijimos nada después. Nos quedamos durmiendo juntos y abrazados, agotados por el cansancio de tanto llorar. Ni siquiera supe quién se rindió primero.

El cielo se había oscurecido y la lluvia ya no era tan intensa. Despertamos una hora después, cuando el sonido del celular de Áureo interrumpió nuestro sueño. Él se movió con dificultad bajo mis brazos antes de tomar la llamada. Apenas y podía mantenerse despierto por la pesadez del llanto y el cansancio físico.

Gracias al silencio de la habitación logré escuchar la voz de su papá al otro lado de la línea, preguntando si yo estaba con él.

—Sí, está aquí —contestó Áureo unos segundos después, disimulando su agotamiento.

Luego de un par de murmullos, su papá le avisó que llegaría pronto a su casa. Áureo y yo nos miramos con los ojos bien abiertos antes de levantarnos a toda prisa de la cama. Por un momento hasta olvidamos los motivos que nos hicieron quedarnos dormidos. Tendimos la cama a medias, tomé la bolsa de ropa húmeda del piso y me encaminé a las escaleras, él me siguió de cerca. Le dije que le devolvería su ropa en cuanto volviéramos a vernos y también le agradecí por permitirme estar en su casa justo cuando yo no quería estar en la mía.

Antes de bajar lo tomé por los hombros y lo giré hacia mí. Sin pensarlo mucho me acerqué y lo besé como no pude hacerlo durante todo el día. Retrocedió un paso, se recargó contra la pared. Cerramos los ojos y nos dejamos llevar. Solté la bolsa para tomarlo de ambas mejillas, nos besamos lento, con cuidado, pero de forma apasionada.

Se me agitó el corazón, el cuerpo dejó de dolerme. Por el siguiente par de minutos me concentré solo en los sentimientos positivos que esta cercanía me otorgaba.

—Áureo, si alguien vuelve a lastimarte tendrá que ser sobre mi cadáver —me separé de sus labios, jadeando un poco.

Él sonrió, negándose con ladeos de cabeza. Quizás no estaba muy convencido, pero quería confiar en mí.

—Lo prometo.

Capítulo 25

Cuando llegué a casa mamá no me regañó. Yo, sin dirigirle la mirada, me fui directo al cuarto, me quité los zapatos mojados y los lancé bajo la cama. Elevé mis rodillas y las abracé, recapitulando mi día. Fue caótico, en verdad. Dos peleas, mis salidas del clóset, muchas lágrimas y miedo.

—Franco, abre la puerta —mi mamá tocó con cierta agresividad—. Tengo que hablar contigo.

—Tú solo vas a gritarme —respondí sin elevar mucho el tono.

Nos quedamos callados durante varios segundos, sin movernos de nuestro lugar.

—Ya no, hijo. Estoy harta.

Y se le notaba por la voz. Esa misma que empleaba cuando la cabeza le dolía y no quería hablar con nadie. Estaba cansada de mí, lo entendía perfectamente. Era mejor ya no pelear.

Me levanté del suelo con dificultad, quejándome lo más bajo que pude. Permanecí plantado ante la puerta, pensando si abrir o no. Tenía la mano sobre el picaporte, pero no me atrevía a quitarle el seguro. Cerré los ojos por un momento, solté un pesado suspiro. Me armé de valor y finalmente la dejé entrar.

Nos quedamos parados uno frente al otro, examinándonos. Ella me vio los golpes, yo vi el cansancio en su cara. Me preguntó dónde estuve. Fui cortante, pero acepté que fui con Áureo. Analizó mis palabras; era probable que después de mi confesión de la mañana intuyera lo que realmente hice allí.

—Ganaste, Franco —sonrió a medias, elevó un poco los brazos—. ¿Ya estás contento?

—¿De qué hablas? —pregunté, frunciendo el ceño.

Fue su turno para suspirar. Se quitó parte del cabello de la cara y me contestó con gestos serios.

—El sábado va a venir tu papá por ti —soltó.

Sentí una molesta punzada en el pecho que logré manifestar con mis gestos. Abrí la boca a medias, pero no logré escupir ni una sola palabra. Decenas de confusos pensamientos se apoderaron de mi mente.

—Ya hablé con él —siguió—. Te irás con tus tíos de Francia.

Mi respiración se aceleró, parpadeé más veces de la cuenta por culpa de la confusión. Instintivamente negué con la cabeza, rechazando la propuesta. Si me lo hubiera ofrecido un mes antes yo hubiera brincado de alegría. Odiaba el pueblo y a su gente, pero después de tanto caos finalmente me sentía parte de él. No podía irme todavía. Áureo me necesitaba.

—No me quiero ir —protesté, seguro de mis palabras.

Mamá me observó con desagrado y extrañeza. ¿De verdad me estaba escuchando decirle aquello? Cruzó los brazos, se preparó para su cuestionario y sus comentarios.

—Hombre, ¿quién te entiende? —elevó los hombros, negó ligeramente con la cabeza—. Dijiste que odias aquí, que te quieres ir, ¿y ahora ya no?

Me avergonzó aquella verdad. Agaché la cabeza, me encogí en mi sitio. Le dije en un murmullo que tenía cosas importantes que hacer en el pueblo y que por eso no podía irme a Francia todavía. Sin embargo, no me atreví a explicarle con detalle que en realidad deseaba quedarme por Áureo.

Después de lo que nos hicieron no era justo que lo dejara solo como Hugo lo hizo. No me lo perdonaría nunca. Tenía que estar a su lado para hacerle frente a Joel porque la situación estaba de la chingada, para que nos apoyáramos mutuamente y para que siguiéramos con nuestra relación.

—Yo ya no te quiero aquí, hijo —continuó—. No haces caso, te desapareces, eres grosero y a tus tíos los estás incomodando con tu actitud.

Odié que no mintiera con eso.

—Ya no voy a hacerlo —no sabía qué otra cosa decir para hacerle cambiar de opinión.

Asintió ligeramente, tensó un poco los labios. Era obvio que no confiaba en mí y tenía sus razones, pues yo ignoré todos sus regaños e incluso me metí en graves problemas a causa de mi desobediencia.

—Qué bueno —alzó las cejas, volvió a fingir su sonrisa—, porque no creo que tus tíos de allá aguanten tu desmadre.

Detestaba cuando se burlaba de mí y jamás comprendí qué era lo que tanto le divertía de hacerme enojar. Traté de contenerme, pero no pude. Empuñé las manos, apreté los dientes, la miré con mucho resentimiento. Yo no la intimidaba en lo absoluto.

Tomé el bote de lavandas junto a la cama y lo lancé sin cuidado al otro lado de la habitación. El agua sucia y las ramas de lavanda se esparcieron por todo el suelo y mancharon la pared, haciendo menos ruido del que creí. Aquello sirvió para liberar parte de la tensión que se acumuló, pero no sirvió para nada más.

—Tira todo lo que quieras ahora, no me importa —se dirigió a la puerta con los mismos gestos despreocupados—. Me lo agradecerás después.

Al día siguiente, mamá me obligó a ir a la escuela, aunque yo no me sintiera bien. Dijo que tenía que cumplir hasta el final, aunque me fuera del pueblo al terminar la semana. No le respondí, pues mi orgullo ya estaba demasiado pisoteado como para que ella todavía tuviera el gusto de verme sufrir.

Acepté mi destino después de quejarme en voz baja. Tomé todas las cobijas y me encerré en el baño, que para ese momento era el único lugar en el que podía tener privacidad. Al poco tiempo escuché los gritos de mi madre pidiéndome que saliera.

—Me voy a dormir aquí —contesté.

Al principio se negó, creyendo que me había vuelto loco. Pidió que abriera para hablar conmigo, pero me mantuve firme en mi decisión y seguí negándome con silencio. ¿De qué íbamos a hablar si solo sabía burlarse de mí? Y tampoco quería iniciar con otra discusión en la que se me culpabilizara por todo. Ya tenía suficiente con odiarme a mí mismo.

—Entonces, buenas noches —musitó y apagó la luz desde afuera.

Tuve que esperar un par de minutos a que mi vista se acostumbrara a la total oscuridad. Durante ese rato aproveché para ponerme de pie y abrir la ventana lateral, que no era muy grande pero tenía una bonita vista al cielo. Esa noche no había tantas nubes y podía apreciar estrellas que la ciudad jamás me mostró. Además, la luz natural ayudó a que no me sintiera tan aislado en la negrura.

Acomodé la almohada con el pie, tomé las cuatro cobijas y comencé a armar mi propio tendido. Dos fueron la base y con las otras me cubrí lo mejor que pude. Finalmente me fui a dormir, aunque al inicio en serio fue molesto. Jamás había dormido en el piso de un baño y no era para nada cómodo. Estaba frío, duro, maloliente y poco espacioso.

¿Por qué pensé que esto sería buena idea?

En realidad, solo quería molestar a mi mamá, hacerle ver que odiaba las decisiones que tomaba por mí.

Giré y giré en el piso, me acomodé de diez formas diferentes. Siempre acababa doliéndome algo, así que nunca pude encontrar un espacio cómodo. Quería dormir después de haber tenido un día tan largo, pero no encontraba forma de descansar adecuadamente. La desesperación me ganó pronto, causando un par de lágrimas inevitables.

Sentí que mi rostro se calentó y que me dolía la cabeza, pues contenerme siempre me provocaba estos efectos. Estaba triste y enojado con todo y con todos, hasta conmigo. No poder dormir en el piso solo fue un motivo para que me pusiera a sacar mis frustraciones en mitad de la noche.

Quería que todo terminara. Que las cosas estuvieran bien conmigo y que pudiera regresar a esa burbuja donde nada malo me sucedía. Jamás estuve tan desprotegido, tan vulnerable y solo como en los últimos días. Nadie me quería cerca, pues solo sabía crear problemas para mí y para las personas que me importaban. Y no era justo para ellos.

Tomé las cobijas y me cubrí la mitad del rostro, pegué mis rodillas al pecho, cerré los ojos para que el sueño me venciera. Continué llorando en silencio, ahogando mis penas en la suavidad de la almohada.

Tocaron a la puerta del baño y me desperté de golpe. Me moví con mucha dificultad porque el cuerpo entero me dolía no solo por las heridas, sino por la dureza del piso. Además, mi garganta estaba insoportablemente irritada por el frío. Aun así, pese a mis molestias y cansancio, logré sentarme y mirar hacia la puerta.

—¿Franco? —escuché a mi mamá, murmurando—. Hijo, ven a dormir acá.

Me tallé los ojos, apenas podía abrirlos por la hinchazón. Por mis quejas y movimientos era muy probable que ella me hubiera escuchado, así que tocó de nuevo repitiéndome casi las mismas palabras.

Mi acto rebelde flaqueó muy rápido. De verdad necesitaba dormir y el piso no me gustó para nada. Medité en silencio si volver con ella o no. Sonaba relajada, quizás triste. Como en la tarde, no se veía muy ganosa de pelear, lo cual era bueno.

Decidí que no compartiríamos cama. Dormiría en el sillón de al lado y me quedaría con las cobijas. Así que, sin más, me apoyé en la puerta y me levanté.

Recogí rápidamente mi tendido y lo arrastré con las dos manos hasta la puerta. Mi mano tembló un poco cuando tomé el picaporte, pero un suspiro me armó de valor para abrir. Y ahí estaba ella, esperándome sentada en la cama.

—¿Qué hora es? —pregunté, mirando hacia el piso.

—Casi las dos y media —contestó con rapidez.

Caminé despacio, pero no hacia la cama. Le dije en voz baja que me quedaría en el sillón. Ella no protestó por eso, aunque en su cara manifestara que quería dormir conmigo igual que todas las noches. Era el único momento del día en el que ambos podíamos estar demasiado cerca sin matarnos, así que entendía que en algún lugar dentro de sí mi rechazo la inquietara.

No nos deseamos buenas noches ni dijimos nada más. Cada uno se acomodó en su lugar y se puso a dormir. Ya no podía llorar porque me escucharía.

El sillón tampoco fue cómodo, pero sí mucho mejor que el piso del baño. Cuando desperté, mi mamá ya no estaba y el cuarto en general se veía más iluminado.

No me levantó…

Me senté durante unos minutos para espabilarme. Después me dirigí al baño como marcaba la rutina y finalmente me miré en el espejo para saber cómo estaban mis heridas. Mi ojo continuaba hinchado y más morado que el día anterior, también tenía una costra oscura en la orilla del labio que me ardía. Noté que en la mitad de mi cara aún seguía marcada la mano de Joel.

Mis ánimos todavía continuaban por los suelos, pero me obligué a salir del cuarto para buscar comida. Escuché a mi tía y a mi mamá hablando en el piso de abajo, pero mi abuelo también se encontraba ahí charlando con ellas. No me lo crucé mucho desde el incidente del linchamiento, pero aquel miedo que le tenía se sintió lejano en comparación con mis nuevos temores, así que bajé.

Estaba nervioso, pero ya no asustado. Me sostuve del barandal y avancé lento por las escaleras. Los tres se callaron por un momento cuando me vieron aparecer. Después, unos buenos días que no sonaban tan confiados. Observaron mis golpes con un asombro no muy disimulado.

—Llamé a la escuela para decir que llegarás más tarde —comentó mamá, acercándome un plato para el desayuno—. Arréglate, ahorita te voy a llevar.

Eran las nueve de la mañana, o al menos eso le entendí al reloj de pared. Me dejó dormir solo un poco más para que agarrara energías y siguiera con mis responsabilidades, según ella.

Como estaban mi tía y mi abuelo no pude protestar con mi tan característica actitud, así que comí en silencio mientras me tragaba el enojo. Al menos en la cara se me notaba la indignación.

Nadie me hizo preguntas sobre mi aspecto, se limitaron a observarlo con preocupación y curiosidad. Después, sin nada más que pudiera obligarme a permanecer en la mesa, me levanté de la silla y volví al cuarto. Busqué el uniforme, que ya estaba limpio, seco y colgado en el ropero. Por un momento pensé en que quizás sería buena idea encerrarme nuevamente en el baño y rehusarme a salir, pero mi idea se esfumó pronto, pues me acordé de Áureo. No lo había visto desde que me fui de su casa el día anterior y tampoco sabía nada de él. Ideé un plan inofensivo para vernos. Si no lo veía en la escuela, me escaparía a su casa, estuvieran o no sus padres.

Con eso en mente, salí de la casa más rápido de lo esperado. Mi mamá me dijo que camináramos hasta la escuela porque no nos quedaba tan lejos y aún sobraba tiempo. Al principio no quise, ya que eso significaría charlar. Pero si me llevaba en el auto la situación sería parecida. Tuve que aceptar entre dientes.

Bajamos por nuestra calle sin intercambiar palabra. Después fue ella la que se agarró conversando sin esperar respuestas mías. Señaló un par de sitios nada interesantes para contarme qué solía haber ahí o qué cosas hizo de niña y adolescente.

Mi mamá vivió en el pueblo hasta que fue a la universidad. Antes de eso tuvo una infancia y juventud bastante tranquilas. Con mi abuelo de presidente municipal ella contó con ciertas facilidades, conoció la ciudad a una edad temprana y se fijó ciertas metas para salir de aquel lugar. Admiré en silencio que pudiera conseguirlo.

Algún día, quizás muy lejano, yo caminaría en las mismas calles y le contaría a otra persona qué hice en esos meses que viví en el pueblo. Más de una anécdota interesante saldría, de eso estaba muy seguro. Sonreí a medias, miré hacia una de las calles contiguas.

—¿Ya no estás enojado conmigo? —interrumpió sus anécdotas para ir directo a la charla que tendría que ocurrir tarde o temprano.

Solté un suspiro, me rehusé a contestar. Obviamente seguía enojado, y mucho. No quería irme a Francia con tantas cosas sin solucionar en el pueblo. Además, solo faltaban cinco días para que me fuera y eso no me daba tiempo para nada. Tenía que contarle a Áureo, teníamos que plantear una solución para que nuestra relación no se perdiera ni que la distancia nos separara.

Esto último iba a ser en verdad difícil, ya que la relación de Áureo y Hugo terminó en circunstancias similares y no hubo ninguna forma de seguir juntos, aunque fuera por mensajes o llamadas. Tenía mucho miedo de dejarlo. Ni siquiera teníamos cuatro días de haber iniciado una relación y ya todo estaba yéndose por la borda.

—Apenas estaba haciendo amigos —contesté, notando que ya estábamos llegando a la escuela.

Ella volvió a justificar su decisión diciendo que Francia era la mejor opción para mí. Que allá los narcos no me seguirían y que finalmente estaría seguro hasta de mí mismo.

Ella no sabía nada sobre mi relación con Áureo ni los conflictos que acababa de crearme con Joel, pero yo tampoco me digné a decirle. Si lo hubiera hecho quizás me esperarían días llenos de limitaciones, pero también más tranquilos. Incluso podía encontrar alguna solución que alejara a Joel de mí y de Áureo para siempre. Ella era capaz de todo cuando la ponían a prueba.

Mi silencio me costó muchas cosas. Dolor, golpes, sufrimiento, tristeza, ansiedad, preocupación. Fragmentó aún más mi relación con mi familia y provocó que nadie confiara en mí. Me costó hasta la integridad de la persona que más me importaba. Esa era la peor parte de todo.

—Allá también puedes tener amigos —tomó mi hombro, sonrió a medias—. Incluso un novio.

Me detuve en seco, atónito. Ella solo avanzó un par de pasos, pero retrocedió para regresar a donde yo me quedé. Se me hizo un nudo profundo en la garganta, me tembló la barbilla y las piernas. El corazón se me aceleró, causando que aumentaran el calor en mi cara y las ganas de llorar. ¿Había escuchado bien?

No habíamos tocado el tema desde ayer, cuando se lo grité y después me escapé. No había leído nada en sus gestos que me demostraran aprobación. Solo me abandonó en la habitación sin decirme nada.

—¿No te molestó? —murmuré, mirando hacia el piso.

Me sequé las primeras lágrimas con el dorso de la mano. Fue imposible contenerme. Estaba confundido, sorprendido e, independientemente de su respuesta, feliz de una manera indescriptible.

No había nadie que pudiera escucharnos, ya que, por la hora, la calle de la escuela estaba vacía. Sobre nuestras cabezas resplandecía un bonito cielo azul que posiblemente se escondería bajo nubes grises dentro de unas horas, volviendo del momento algo mucho más gratificante y no tan triste como venían siendo mis últimos días.

—No, hijo, solo me sorprendió —me tomó por ambos hombros—. Todavía no acabo de entenderlo, pero dame tiempo.

Yo asentí, librándome un poco de las lágrimas, pero aún escondiéndome bajo el flequillo largo y la cabeza gacha. Como me pasó en algún punto en mi adolescencia temprana, ella tenía que enfrentar un proceso de aceptación. Parecía dispuesta a intentarlo y eso ya era suficiente para mí.

—Y aunque no lo entendiera, ¿qué? —alzó las cejas, me sacudió un poco. Noté que sonreía—. Siempre acabas haciendo lo que te da la pinche gana.

Yo también sonreí. En parte tenía razón, pero saber que no le molestaba me brindó la calma que en cuatro años nunca tuve y siempre anhelé. Porque a pesar de que no lo dijera directamente, sus palabras fueron también una prueba de que me quería mucho más de lo que creí en toda mi vida.

—Perdón por ser tan insoportable —solté, mirándola directo a los ojos para que notara que lo decía en serio.

—Los dos fuimos insoportables —se sinceró. Bajó los brazos y dio media vuelta para que siguiéramos caminando. Pronto la seguí—. Yo no quería comprender que te pasaba algo.

En eso no se equivocaba, pero al menos lo admitía. Admitió que no fue hasta esta madrugada que reflexionó acerca del trato que me dio, todo lo que nos estaba distanciando y lo mucho que evadió el tema sobre mi orientación sexual por el miedo de no saber qué hacer o decir.

No se lo dijo a nuestros parientes porque intuía que las opiniones no serían positivas y que más que ayudarle, continuarían perjudicando nuestra relación. Además, le parecía un tema privado. Así que mi mamá también tuvo su noche de meditación y sufrimiento en solitario. Una pequeña muestra de lo que yo experimenté durante mucho tiempo.

A pesar de que dije en muchas ocasiones que tenía que comportarme como un buen hijo, no fue sino hasta este momento que me lo quise tomar en serio. Mi mamá estaba haciendo un esfuerzo, tenía que poner de mi parte también.

—¿Todavía tengo que irme a Francia? —pregunté, un poco más confiado.

Nos detuvimos frente al portón de la escuela. Me ajustó el cuello de la camisa antes de responder.

—Hijo, es lo mejor para todos. Necesitas estar seguro, pero también ocupas tiempo para pensar.

El guardia del portón abrió antes de que pudiera contestarle y pedirle una vez más que me permitiera quedarme en el pueblo. Me empujó ligeramente con ambas manos para que entrara de una buena vez, sin decir nada más que una simple despedida. No iba a cambiar de opinión, eso me quedó muy claro.

Tenía que buscar una forma para quedarme, solo faltaban cinco días. Cinco días para planear algo que no me separara de Áureo. Podía llevarlo conmigo a algún sitio que no fuera otro país, pero incluso rechazó la oferta de Hugo de irse, estar a salvo y ser felices juntos.

Pero yo no soy Hugo.

Tenía que contarle lo que iba a suceder para averiguar si estaba dispuesto a acompañarme o a seguir con lo nuestro a distancia. Yo iba a estar bien con cualquiera de las dos alternativas, pero por mucho prefería la primera. No iba a ser sencillo acostumbrarme a que no estuviera físicamente conmigo, compartiendo momentos como los que tuvimos desde que nos conocimos.

Caminé por el patio hasta mi salón. El sol seguía resplandeciendo muy en lo alto, el clima era agradable y mis energías ya no se sintieron tan bajas como cuando desperté. Aunque no hablé mucho con mi madre, lo poco que nos dijimos sirvió para empatizar con el otro y estar finalmente en una tregua.

Un peso sobre mis hombros se aligeró. Era consciente de que aún no estaba del todo solucionado el rechazo hacia mi mamá, pero las tensiones por el momento habían desaparecido de la forma más pacífica posible.

Con todo eso en mente, me planté frente a la puerta y toqué para pedir permiso para entrar. Suspiré; había olvidado que Joel se sentaba al lado de mí y que estaríamos cerca de nuevo.

Capítulo 26

Edwin y Omar me observaron con atención, igual que el resto de mis compañeros y hasta la misma maestra. Todo el tiempo miré hacia la pared de enfrente, creyendo que de esta forma las miradas no me lastimarían. Ya tenía suficiente con mis marcas por todo el cuerpo y las de Áureo.

Una vez que pasé junto a ese par de sujetos y quedé a un lado de mi mesa, miré rápidamente hacia el lugar junto a mí. Joel no estaba, tampoco sus cosas. La tranquilidad me regresó parcialmente al cuerpo, pude hasta respirar con más fuerza.

Dejé mi mochila colgada del respaldo de la silla y me senté mientras la maestra volvía al tema que explicaba. Recargué ambos codos sobre la madera oscura y me llevé ambas manos a la boca para fingir que me concentraba, aunque por dentro solo quisiera llorar e irme. Odiaba las miradas y los murmullos de ese momento porque sabía que se trataban de mí.

Al final ni Áureo ni yo podíamos disimular que fuimos atacados por las mismas personas el día anterior. Seguramente ya estaban relacionándonos en sus mentes y no de forma positiva.

Faltaba solo media hora para que fuera receso y yo tenía que aguantar hasta entonces para no verle la cara a nadie, salvo a Áureo. Al menos por esa media hora no tendríamos a Joel molestando y oportunidades como aquella escaseaban. Quería hablar con él sobre Francia con la seriedad que merecía.

Durante la espera me puse a rayar a ciegas las páginas de mi libreta. Fijé gran parte de mi concentración en cada trazo para no tener la mente ocupada de nervios y negatividad, cosa que sirvió. Cuando el timbre de la escuela nos indicó que ya era hora de descansar, mi concentración se interrumpió al recordarme que tenía un asunto por arreglar. Un asunto que no sabía cómo se tomaría Áureo.

Casi todos salieron del aula en ese instante, aún murmurando y viéndonos. Edwin y Omar se levantaron de sus asientos, pero se quedaron unos segundos.

—Güero, perdón por no haberte ayudado —parecían avergonzados.

Me mantuve serio, o más bien inexpresivo por sus inútiles disculpas. El daño ya estaba hecho y no tenía remedio, pero tampoco era su culpa. De esta situación ninguno de nosotros tenía el dominio. Solo asentí con la cabeza; no añadí ni una sola palabra.

Ellos se fueron de inmediato, mirándome y después a Áureo, que en todo el rato se mantuvo recargado contra la pared, sin pararse de su lugar. Ambos salieron del salón no sin antes vernos por un segundo más y despedirse con la mano.

Reinaron la soledad y el silencio una vez que nos quedamos solos. Tenía acelerado el corazón y bajo la mesa mis piernas temblaban. ¿Cómo se lo iba a decir? ¿Qué le iba a proponer? Realmente no tenía un plan; él era el de las buenas ideas.

—¿Cómo estás? —me encogí de hombros, miré disimuladamente a su lugar.

Áureo se acomodó mejor en la silla, girándose en mi dirección. Aunque tuviera un ojo entreabierto por la hinchazón, se veía más despierto que yo. Fingió que pensaba un poco en su respuesta, pues era algo obvio que no muy bien.

—Bueno, me puedo mover —contestó con naturalidad—. Por eso vine.

Seguía teniendo marcas en todas partes, pero mantenía la actitud que yo no podía tener por más bien que me sintiera.

—Oye, quería hablarte sobre algo importante —comenté, nervioso.

Juntó un poco las cejas, se recargó con cierta flojera en el respaldo de la silla. Reflexionaba, pero no podía leer ninguno de sus pensamientos. Movió un poco la cabeza para asentir, pero parecía más que trataba de entenderme.

—Quieres terminar —afirmó.

Me sobresalté. Giré todo el cuerpo hacia él, me sostuve del respaldo de la silla con una mano.

—No es eso —manifesté en el instante, para que las dudas no se volvieran suposiciones.

Esta vez no pareció encontrar ninguna explicación por adelantado. Tensé los labios, sentí un miedo repentino de contarle lo que pasaría conmigo. Tenía que decirle una sola frase, pero de mí no salió nada. Áureo notó a través de mis gestos y de la tensión del ambiente que había algo que de verdad necesitaba saber.

El tema de Francia no podía hablarse en los escasos veinte minutos que quedaban. Teníamos que tratarlo con profundidad para que sus buenas ideas hicieran su trabajo antes de que el tiempo se acabara. Necesitábamos espacio, silencio, privacidad.

—Te lo cuento al rato —sugerí—. Vamos a mi casa por la ropa que me prestaste y allá te digo. Es complicado.

Sabía que mis palabras podrían producirle incertidumbre, pero era la única forma de conseguir que realmente viniera conmigo. Pidió que al menos le adelantara algo, pero no encontré palabras que pudieran disimular un "me voy a ir". Usé el encuentro con mi mamá como una excusa; le dije que había pasado algo con ella y que él tenía que ser el primero en saberlo.

—¿Es bueno o malo? —preguntó de nuevo.

—Bueno… —respondí, aunque no muy confiado.

Estuve inquieto el resto de la jornada escolar, principalmente arrepentido por mentirle a Áureo. ¿Qué tenía de bueno decirle que me iba a mudar y que sería imposible vernos en mucho tiempo si no nos dignábamos a pensar en algo? Iba a odiarme en cuanto se lo confesara.

Cuando el timbre sonó esperamos a que la mayoría saliera del salón. Edwin y Omar se despidieron de mí con un ligero choque de puños, esperando verme al día siguiente también. El problema es que Joel no podía faltar a la escuela toda la vida para hacer de mis días una tortura menos intensa. Iba a verlo tan solo veinticuatro horas después junto a mí, dispuesto a molestarme con lo que se le ocurriera.

Una vez que se alejaron, tomé mis cosas y me acerqué a Áureo para decirle que nos fuéramos. La multitud en la entrada ya no se veía tan densa como cuando salía con los otros al acabar las clases. Me siguió casi al mismo paso, viendo hacia enfrente con cierta confianza.

Dos chicos madreados sin dudas llamaban la atención, por eso cuando caminé entre todos los alumnos y hasta algunos padres, seguí sintiéndome como un fenómeno. A Áureo no parecía importarle tanto, quizás por la costumbre.

Vi a mi prima esperándome en la banqueta, hablando con otras chicas. En cuanto me vio hizo un saludo con la mano, pero la presencia de mi novio provocó que la bajara pronto. Nos miró a los dos con curiosidad e inquietud, pero no comentó nada al respecto. Prefirió volver a sonreír.

—Primo, me voy con mis amigas a comer. Te veo en la casa.

Yo asentí, tratando de no preocuparme mucho. Salía bastante seguido con las mismas amigas, avisando a mi tía siempre por anticipado. Alcé los hombros con indiferencia y me despedí.

Al menos ya no tenía que preocuparme por estar los tres caminando hacia mi calle, callados, incómodos. Áureo y yo ya podíamos charlar, los dos solos y sin tener que esconder nada más que la apariencia.

Él ya sabía bastante bien por dónde estaba mi casa; yo también lo recordaba, pero siempre tenía dudas. No dijimos mucho durante el trayecto. Solo recordábamos que nos dolía el cuerpo y que seguíamos sintiéndonos cansados. Pero a él se le notaba mucho más que a mí. Parecía un muerto viviente. Ojeroso, pálido, encorvado. La nariz continuaba hinchada como su ojo, tenía manchas moradas y rojas en los pómulos, el cuello y la clavícula.

Joel había sido más brutal con él que conmigo.

—¿Quieres hacer algo mañana? —pregunté para romper con la pequeña tensión entre nosotros.

Miró hacia el cielo, hizo un rápido recordatorio de sus pendientes.

—Mejor el fin de semana, tenemos más tiempo —sugirió.

Pero el fin de semana me voy…

Los planes necesitaban cambiar porque ya no había tiempo, pero no se lo pude decir. Quise esperar a mi casa para que tuviéramos privacidad. Pensé y pensé en mis palabras, en cómo le diría que me iban a enviar a otro país, en que tendríamos que separarnos, en que se quedaría solo de nuevo.

Llegamos pronto a mi casa; primero me asomé para ver si había alguien cerca. No vi ni escuché a nadie en toda la casa, pero no me sorprendí. Seguramente habían ido a recoger a mis primos.

—Solo paso por la ropa y me voy —mencionó al darse cuenta de que estábamos completamente a solas.

Asentí. Subimos por las escaleras y nos encerramos en el cuarto de mi abuela.

Le entregué su ropa a Áureo, que estaba sentado en mi cama. Yo me senté a su lado, cabizbajo, tímido.

—¿Qué me querías contar? —dijo rápidamente, entendiendo que ya nos dirigíamos hacia esa conversación.

La ansiedad poco a poco se hizo presente, sofocándome.

—Dijiste que era algo bueno —me palmeó la espalda, confiado y semisonriente.

Tomé aire, jugueteé un poco con mis dedos y forcé una sonrisa antes de alzar de nuevo la cabeza y mirarlo.

—Ya le dije a mi mamá que soy gay —solté, sin ningún tipo de rodeo.

No pudo contener su asombro. Giró medio cuerpo en mi dirección y me tomó rápidamente de la mano. Me preguntó cómo fue y qué me dijo. Le conté las cosas sin mucho detalle, pues me avergonzó la manera en la que me atreví a confesarle la verdad.

Le expliqué que todo ocurrió después de mi pelea con Joel y que se lo grité no una, sino dos veces por la presión del momento. No le dije las palabras exactas de nuestra discusión porque tampoco me enorgullecían mucho, pero de verdad que exclamar quién era fue sanador. Jamás me había sentido tan libre, independientemente de lo que ella creyera.

—En realidad no me dijo lo que pensaba sobre eso, hasta hoy —resumí, con un poco más de energía—. Pero creo que acabó bien.

Mis ojos brillaron como los suyos de auténtica felicidad. Nos reímos solo un segundo antes de que le hablara de todo lo que sucedió con mi mamá mientras caminábamos a la escuela. Podía notar en cada uno de sus gestos que de verdad estaba contento por mí. Después de tanto caos y tragedia, algo bueno tenía que sucederme.

Áureo se lanzó a mí para abrazarme. Yo le respondí de inmediato con la misma alegría. Me acarició un poco la cabeza, dijo cerca de mi oído que en verdad estaba contento y agradecido de que todo saliera bien.

—Felicidades, Fran —me estrechó aún más a su cuerpo por encima de las molestias físicas—. Estoy orgulloso de ti.

—Gracias... —fue lo único que salió de mis labios.

Su aroma, cercanía y voz fueron justo lo que necesité para salir lentamente de la negatividad en la que llevaba meses sumido. Por eso también le agradecí. Nadie había sido capaz de entenderme y de ayudarme tanto como él lo hizo.

Finalmente nos separamos, ambos sonriendo de oreja a oreja. Me tomó de ambos cachetes y me acercó a su cara para besarme. Juntamos nuestros labios solo por dos segundos en un beso tierno e inofensivo. Un pequeño obsequio que atesoraría para toda la vida.

—Realmente han sido buenas noticias —se levantó de la cama.

Tomó la ropa y la metió en la mochila antes de colgársela a la espalda. Se acercó lentamente hacia la salida, pero sin quitarme los ojos de encima.

—¿Me acompañas al cerro? —dijo, recargando la mano en el picaporte de la puerta—. De ahí agarro camino para mi casa.

Sus palabras me devolvieron al presente, a la realidad que continuaba escondida.

Áureo abrió la puerta y salió antes de que pudiera detenerlo, esperando a que lo siguiera. Me tragué mis palabras antes de levantarme e ir tras él. Posiblemente en nuestra caminata podría surgir el tema. De cualquier modo, en el vasto espacio del cerro, había posibilidades de detenernos y sentarnos para hablar.

El camino de tierra que seguí decenas de veces pronto se movió bajo nuestros pies a cada paso que dábamos. Sobre nuestras cabezas aún había sol, aunque ya se aproximaban las primeras nubes.

Avanzamos lentamente, admirando el paisaje. Las lavandas estaban más olorosas que nunca y los árboles y arbustos, más verdes. La iluminación directa les devolvía la vida que el aire, las nubes y la lluvia se llevaban casi todo el tiempo; era momento de que lo disfrutáramos juntos.

Con los dedos estuve tocando cuantas plantas y troncos estuvieron a mi alcance, aunque con cierto disimulo porque no quería parecer un niño pequeño. A mi lado Áureo también gozaba, tenía los ojos bien abiertos y la curvatura de sus labios en ningún momento se perdió.

Nos detuvimos frente a un gran matorral de lavandas, infestado de flores moradas y brillantes.

Pegué un poco la nariz a los pequeños ramos, tratando de rescatar cuanto aroma me fuera posible. Era tan tranquilizador, que por reflejo cerré los ojos. Me sentí en otra parte, en un sitio calmado, fresco y grande donde nada malo sucedía.

—Así no vas a oler nada —Áureo se rio de mí—. Mira, hazlo así.

Con el índice y el pulgar estrujó de un lado a otro una de las flores, aplastándola suavemente. Lo observé con atención, queriendo ver cuál sería su siguiente movimiento.

Cuando soltó la pequeña flor, llevó ambos dedos a mi nariz de forma sorpresiva. El aroma fue tan embriagante, intenso y fresco, que de inmediato lo imité. Oler las lavandas me produjo tranquilidad, una que no había tenido en mucho tiempo y que quería conservar por siempre.

—No te drogues con esto —quitó mis dedos de una de las flores con un ligero manotazo, en broma.

Ambos nos reímos, pero primero le manifesté que si el aroma a lavanda era una droga, sin dudas era la mejor del mundo.

Dejamos el arbusto en paz. Seguimos caminando solo unos metros más antes de que decidiera que era momento de separarnos.

—Sigue el camino de tierra y no te separes de él —advirtió—. Te veo mañana.

Su despedida me provocó una sensación amarga. Ni siquiera pude decirle lo verdaderamente importante. Me encogí un poco de hombros, disgustado e inquieto por lo que aún no le confesaba.

—¿Puedo ir a tu casa mañana? —me aventuré a preguntar. No podía dejar que esto esperara más.

—Claro, si quieres después de la escuela —lentamente se alejó, todavía mirándome.

Yo reafirmé el plan con un sí y una despedida a la distancia. Ya no tenía que haber más impedimentos.

Al final dio media vuelta y terminó por marcharse, siguiendo un camino cerro abajo. Yo esperé a que desapareciera de mi vista, a que se lo tragara la distancia y la poca niebla que ya comenzaba a esparcirse por los alrededores.

Una vez que me quedé solo, esperé unos minutos más para irme de vuelta a mi casa. Aproveché que junto a mí había otro matorral alto de lavandas para olerlas y disfrutarlas mientras me torturaba mentalmente por ser tan cobarde. No fui capaz de hablar.

Ve tras él, díselo ahora.

Si corría por el mismo camino que Áureo tomó, todavía podía alcanzarlo. Así que corrí y no me detuve hasta que vi su figura de nuevo.

—¡Espera, Áureo! —exclamé, aligerando el paso—. ¡Tengo que hablar contigo!

La silueta fue cobrando forma a medida que me acerqué. Mis fuertes palabras hicieron que volteara hacia mí.

Me detuve en seco una vez que mi vista se aclaró, atónito, jadeando y dispuesto a volver por el mismo sitio que me trajo hasta allí. Pues del mismo camino de tierra que Áureo tomó tan solo minutos atrás para ir a su casa, emergió Joel.

Capítulo 27

Nos miramos fijamente durante un par de segundos. A su izquierda estaban los mismos chicos del día anterior, recargados contra la corteza de un árbol. Me observaron también, enarcando las cejas, cruzando los brazos. Ninguno de ellos se movió al principio.

Me paralicé, consumido por la ansiedad. Joel sonrió a medias, balanceando de un lado a otro el palo de madera que cargaba en las manos. Tragué saliva, mi respiración se agitó. No era capaz de pensar adecuadamente.

Miedo, ansiedad, pero sobre todo inquietud. Y ni siquiera era por mí. Áureo acababa de pasar por este mismo camino para volver a su casa. Tuvo que cruzarse con Joel si no se desvió, lo que era sumamente preocupante.

No me atreví a preguntar por él, pues temía que la respuesta fuera espantosa. Yo no estaba dispuesto a escuchar que lo habían atacado de nuevo cuando apenas y podía moverse bien por las agresiones del día anterior. Quizás estaría mejor si lo descubriera por mi cuenta.

—¿Te quedaste con ganas de más, jotito? —me preguntó, arrugando la nariz y curvando los labios aún más.

Permanecí callado, bajando un poco la mirada y apretando los puños. Joel golpeaba el suelo con suavidad, movía el pie de arriba abajo, impaciente y extasiado. Dio un par de pasos al frente, usando aquel palo como falso bastón. Fui incapaz de moverme a causa del bloqueo de mi mente.

Los otros dos sujetos se enderezaron y caminaron lentamente detrás de él, no tan interesados en lo que acontecía frente a ellos. Eran simplemente el respaldo por si las cosas no salían tan bien. Podían callarme fácilmente con sus jaloneos, golpes y patadas, solo tenían que esperar a que yo me rebelara.

Joel terminó a tan solo un metro de mí, observándome con desafío y superioridad. Mantuve mis ojos fijos en los suyos. Aquella mirada seria y furtiva que le lancé no le gustó en lo absoluto, pues si bien no lo estaba desafiando ni menospreciando, sí que le mostraba parte del odio que le tenía.

Supo deshacerse de aquello fácilmente, pues de un ágil movimiento me tomó del cabello y comenzó a jalonearme.

—No me mires así, pendejo —no se detuvo mientras habló.

Sostuve su muñeca con ambas manos, esperando reducir parte del dolor de mi cabeza. Apreté los párpados y los dientes, pero de mi boca no salió ninguna queja ni palabra. No iba a darle el gusto de escucharme sufriendo.

Nada de ruidos, Franco. Si necesitas respirar fuerte para que duela menos, hazlo. Pero no dejes que sepa que te lastima.

Quizás mi silencio también aumentaría su enojo, principalmente por la falta de costumbre. Pero, aunque mi cuerpo manifestara lo contrario, en mi mente solo había satisfacción. Hacer enojar a Joel era relativamente fácil, por eso mantuve mi postura con firmeza.

Le clavé las uñas en la muñeca con la mayor fuerza posible. Sentí hasta cómo se encarnaron en su piel y esta se humedeció de sudor y sangre. Él no era inmune al dolor y por eso se libró pronto de mí. Me dio con la punta del palo en el estómago, logrando que retrocediera. Caí directo al piso, doblegado y con ambas manos cubriéndome la parte que acababa de golpear.

Jadeé con la boca abierta a causa del sofoco, pero hice un esfuerzo muy grande para no permitir que mi voz emergiera. Tuve que apoyar uno de mis brazos contra la tierra y enterrar los dedos en ella para soportarlo. Estar en silencio era realmente difícil.

—¿Por qué te callas? —habló de nuevo. Sí, se estaba molestando.

Aprovechó mi posición para pegarme otra vez, solo que en la espalda. El brazo que cargaba con mi cuerpo se doblegó al instante, causando que me golpeara la cara contra la tierra desnivelada. Solté solo una pequeñísima queja que ni siquiera todo el esfuerzo del mundo logró contener. Joel y los otros sujetos se rieron divertidos.

Parecía un pez fuera del agua, tan débil. La tierra y las piedras siguieron siendo mi soporte contra el dolor. Mis dedos se aferraron a ella como si fuese capaz de absorberme todos los malestares del cuerpo.

Joel se agachó hasta mi altura. Volvió a tomarme del cabello para alzarme la cara. No se lo pensó dos veces antes de abofetearme y escupirme en cuanto dejó que mi aturdida cabeza cayera en el piso una vez más. Un asco inmenso me recorrió de pies a cabeza, pero no pude demostrar nada más que vergüenza. Comencé a marearme.

Doblé un poco las piernas, traté de usar las rodillas para levantarme. La espalda me ardía mucho y era complicado moverme, pero tenía que seguir. Tenía que hacer algo, aunque el mismo cuerpo me demostrara con los moretones que iba a ser casi imposible.

Mientras me alzaba, me limpié su saliva con el dorso de la mano. Juntaba las cejas con enojo, pero también para esconder parte de mi preocupación. Joel comenzó a picarme con el palo en uno de los costados, ordenando que me levantara rápido.

—Muévete, que ya me aburrí —sujetó uno de mis brazos y me ayudó para que la espera no fuese tan larga.

Mi respiración fue muy ruidosa, pues trataba de recobrar el aliento que mis agotadas energías me quitaron. Él continuó con las mismas expresiones, frunciendo el entrecejo y chasqueando un poco los dientes.

—Ponte a correr —ordenó, pasándome el palo por el hombro—, que quiero jugar.

Alcé el rostro, lo vi durante un par de segundos para tratar de entender a qué se refería exactamente. Los otros dos sujetos se animaron un poco más cuando lo escucharon. Se acercaron a nosotros justo cuando me recuperaba del agotamiento.

—¿Dónde está Áureo? —fue lo único que dije, encogido y sobándome uno de los costados.

Las risas continuaron por parte de los acompañantes, pero Joel se puso repentinamente serio. Entornó los ojos, dejó escapar un suspiro pesado y largo. Negó con la cabeza un par de veces, tal vez enfadado porque sus juegos estaban postergándose mucho.

—Muerto por ahí, no sé —exclamó, alzando los hombros y dando un paso al frente—. ¿Qué te importa, cabrón?

Mucho, Joel. Me importa mucho.

Pero no se lo pude decir, principalmente por el inicio de su respuesta. Me llevé una mano al pecho, presioné con fuerza para que no doliera tanto. Pensé que el corazón y la cabeza me estallarían de tanto estrés y presión. Mis ojos se llenaron de lágrimas, pero no hice ningún ruido que me delatara demasiado. Me encogí en mi sitio creyendo que, si no me movía, me dejarían en paz.

Necesitaba estar solo, necesitaba analizar con calma lo que acababa de escuchar, comprobarlo con mis propios ojos. Joel era un mentiroso, ¿verdad? Quizás estaba tratando de jugar conmigo, de torturarme, de destruirme como tanto quería y le gustaba. Y le funcionaba realmente bien.

No podía detenerme mucho a pensar. La situación era tensa y el ambiente, frío. Mi estado mental ya se hallaba bastante deteriorado y a Joel le quedaba tiempo de sobra para enterrarme donde quisiera. El cerro era grande, sus energías muchas.

—Te dije que corrieras —alzó la voz, haciéndome respingar.

Sin embargo, no me moví. Yo sabía que me estaba dando una buena oportunidad para huir, pero mi raciocinio se encontraba difuso y lejano. Joel perdió la paciencia con facilidad a causa de esto. Le dio el palo a uno de sus amigos, se me acercó con pasos acelerados. Me sujetó del cuello de la camisa, me alzó y sacudió varias veces para que reaccionara.

Al final terminó por soltarme, aunque en el proceso también me empujó. Mis piernas flaquearon y me hicieron caer hacia atrás, aterrizando directo con el trasero. La tierra se levantó en una suave nube de polvo. Joel aprovechó mi vulnerabilidad para obligarme a hacer lo que me pedía, infundiendo miedo como mejor sabía hacer.

Se abrió un lado de la sudadera y sacó de inmediato la pistola que en otro momento —que ya parecía lejano— me presumió. Me apuntó directamente cuando todavía seguía en el piso.

—¡Muévete, Franco! —acercó el arma todavía más.

A su espalda los chicos se sorprendieron. Intercambiaron miradas con nerviosismo, pero su preocupación no era tan intensa como la mía. Incluso dieron un silencioso paso hacia atrás. Observé fijamente su mano, sentí un pesadísimo nudo en la garganta. No dudaba, para nada. En sus pupilas solo podía distinguir el odio que me tenía.

No me lo pensé mucho. Si me quedaba ahí sentado sería el blanco más sencillo del mundo. Retrocedí con prisa, olvidándome de todo. Dejé el suelo mucho más rápido de lo que lo intenté instantes atrás. Joel me repitió que corriera en cuanto me vio parado y tambaleante. Incluso me dijo que contaría hasta quince para "darme ventaja".

No bajó el brazo en ningún momento, pero cumplió con su palabra de esperar. Comenzó a contar en voz alta, sonriendo de oreja a oreja. Sus acompañantes también se prepararon para agarrar carrera, aunque estuvieran bajo el ritmo de Joel.

Di media vuelta y corrí tan pronto como lo escuché decir el número dos.

Al principio seguí el tradicional camino que ya conocía, queriendo llegar a mi casa para estar a salvo. Pero volver con mi familia iba a ser imposible; él no iba a permitir que me fuera del cerro, ¿qué tenía eso de divertido? No tuve más alternativas que hacer un intento desesperado por perderlos entre el bosque y las lavandas. Y si conseguía no ser golpeado hasta el cansancio, buscaría a Áureo.

Tenía que descubrir si Joel mentía.

Dejé mi mente en blanco. Me concentré lo más posible en desaparecer. Ya no escuchaba a Joel contando ni sus pasos por las hojas y la tierra. Solo me percibía a mí mismo, huyendo con agonía. Mis jadeos, mis pisadas, el movimiento de mis brazos para adquirir velocidad. Estaba sorprendido porque mi cuerpo se olvidó temporalmente del dolor para salvarme.

Corrí lo más lejos que pude. En zigzag, hacia arriba y abajo. Traté de memorizarme todos los árboles posibles para evitar dar vueltas en círculos. Fueron casi tres minutos donde me sentí medianamente seguro, hasta que uno de ellos me encontró y gritó a los cuatro vientos por dónde me movía.

Seguí corriendo, aumentando la velocidad. Brinqué piedras, troncos caídos, arbustos y hojas. Pisé un sinfín de plantas y lavandas. Traté de irme por los caminos más complicados porque sabía que para la condición de ellos sería difícil igualarme. Incluso malherido continuaba con las ventajas que la adrenalina del momento me proporcionaba.

Sus voces se oían algunas veces lejos, otras veces cerca. Se reían, pero también me llamaban por mi nombre como si me conocieran. Yo solo seguía mi instinto para saber cuándo aligerar el paso, pero en cuestión de minutos ni siquiera mi propio cuerpo logró soportar mi intenso movimiento. Tenía que detenerme en algún momento para descansar.

Giré la cabeza para ver si estaba dentro de su campo de visión, pero no los noté. Esa fue la oportunidad perfecta. Me paré en seco, clavando bien los talones en la tierra. Miré a prisa en todas direcciones, busqué un lugar donde me pudiera esconder. A un par de metros vi un arbusto espeso y mediano.

Me senté en el piso, resguardándome detrás de él. Pegué el cuerpo lo más posible a sus ramas, clavándome varias espinas. Respiré con desesperación, recobrando el aliento. Tenía que callarme para que ninguno de los tres me escuchara, así que me cubrí la boca y la nariz con las dos manos.

Oí sus pasos y sus llamados más cerca, intercambiaron palabras diciendo que seguramente me andaba escondiendo no muy lejos de ellos. También los escuché agitados, hablando entre jadeos de tanto correr. Al menos yo no era el único cansado, aunque sí el que más sufría.

Las piernas me temblaron un poco, mis pulmones y cerebro continuaron exigiéndome más oxígeno del que podía brindarles. Los mareos regresaron pronto a causa de esto. No podía respirar más fuerte o de lo contrario darían conmigo, así que me obligué a aguantar sin éxito alguno. Mi cabeza dio vueltas y más pronto que tarde, mis extremidades acabaron por aflojarse. De forma inevitable caí hacia un costado, desmayado a medias.

Al menos no hice ruido, o no el suficiente como para llamar su atención. Tenía los ojos entreabiertos y podía escuchar medianamente bien, pero moverme fue casi imposible. Pasaron varios minutos, que fueron suficientes para que recuperara el conocimiento. En ese tiempo no vi ni escuché a Joel, lo que también me provocó un alivio gigantesco.

Me aferré a la pequeña maleza del piso, casi arrancándola. Cerré los ojos y dejé que se desahogaran. ¿Por qué tenía que estar haciendo esto? ¿Por qué tenía que ser perseguido y golpeado? Yo no molestaba a nadie como para merecerlo. ¿En qué me equivoqué?

Sabía que yo no tenía culpa de nada, Áureo tampoco. Pero no podía evitar creer que esto me sucedía simplemente por existir. Y no era justo, para nada justo. En la ciudad no me ocurría nada de esto y tampoco conocía casos. Mi vida en general era perfecta dentro del gran clóset en el que me refugiaba. Nadie me miraba mal, nadie se alejaba de mí ni quería hacerme daño. Era un secreto que me mantenía seguro incluso dentro de mi propia familia.

Pero ya no podía llorar más. O, mejor dicho, ya no debía. Tenía que hacer algo, no solamente por mí, sino por Áureo, que era la persona que mejor me entendía. Era mi novio, sí, pero también víctima del odio, de la ignorancia y de la insensibilidad de la gente desde hacía bastante.

Necesitaba averiguar qué le había sucedido.

Despacio, me senté. Seguí atento a cualquier ruido sospechoso. Me sacudí un poco la ropa, me tallé los ojos con cuidado. Respiré profundo un par de veces, casi como si meditara. Los muslos me dolían de tanto correr. No iba a aguantar por mucho tiempo, aunque hubiese descansado. Además, no tenía ni la más remota idea de dónde me encontraba.

Todo el bosque era idéntico. Árboles, plantas, tierra. Lo único perceptible para mi vista nublada era la inclinación del piso. Yo estaba tras un arbusto torcido y a mi espalda todo bajaba. Si me iba en esa dirección, llegaría a algún lado más pronto y fácil. No podía subir más ni caminar hacia mi izquierda o derecha por el riesgo y el cansancio. Bajar era mi única salvación. Después averiguaría cómo llegar a casa de Áureo. Si él no estaba ahí, entonces tendría la posibilidad de avisarle a alguien más que estaba en peligro.

Me levanté con dificultad. Hice un par de ligeros estiramientos, volteando en todas direcciones para asegurarme de estar solo. Trataría de ser silencioso y de alejarme lo más posible de Joel y sus amigos. Si me querían golpear les daría espacio en otro momento, pero lo que más necesitaba era encontrar a Áureo.

Comencé a correr, todo el tiempo alerta. Escuchaba mis pasos y nada más. Durante mi corto trayecto pensé y pensé a dónde tenía que ir. Como siempre, estaba perdido y nada más me quedaba confiar en mis miedos e instintos.

Choqué varias veces por culpa de mi vista y de mis piernas debilitadas. No me caí en ningún momento, pero sí que me raspé con troncos e intenté sostenerme de plantas espinosas cuando tropezaba con piedras o raíces. De verdad que me veía lamentable.

Quiero que esto termine…

Tenía mucho dolor en la espalda por el palazo de Joel, pero debía aguantarme. Aún veía el mundo un poco distorsionado y mis miedos continuaron rebasando mi raciocinio. En mi mente solo estaba la imagen de Áureo, su corta despedida y su fresco olor.

Eso último me trajo varios recuerdos de un flashazo; el principal de ellos fue el de aquella vez que me llevó a su terreno de lavandas. De cómo me condujo por el cerro, de cómo nos tomamos de las manos porque quiso ayudarme a que no me cayera. Y también de su pequeña explicación para llegar hasta ahí. Mencionó puntos de referencia como árboles en ciertas posiciones o grandes piedras en el camino. Pero yo no le presté atención por estar tan embobado con nuestra cercanía.

Lo único que recordaba era que, entre más fuerte oliera a lavanda, más cerca me encontraría de aquel terreno.

Aquello era cierto, solo que tenía que concentrarme para distinguirlo. Por las lluvias algunas plantas y hasta la tierra misma olían con intensidad, pero eso también ayudó a refrescar el aroma de las lavandas. Olían por todas partes con su embriagante frescura, pero sabía que podían oler aún más si me acercaba al lugar correcto. Continué bajando, deseoso de que en las faldas del cerro pudiera encontrar la casa en obra negra que pertenecía a la familia de Áureo.

Dios, sé que casi nunca hablo contigo, pero te pido que por favor él esté bien.

"Bien" representaba muchas cosas. No me detuve mucho a pensar en lo peor, sino en que esta palabra realmente definiera el estado de Áureo. Yo casi nunca rezaba o le pedía cosas a Dios, solo cuando lo consideraba una urgencia. No esperaba milagros ni que lo que tanto pedía se manifestara de golpe. En realidad, las oraciones tan básicas que recitaba servían más para tranquilizarme.

Las decisiones del destino nunca iban a estar en mis manos.

No aligeré el paso, aunque las piernas volvieran a molestar. Seguí bajando sin mirar a mis espaldas. La inclinación de la tierra era cada vez más en este rumbo tan desconocido, así que creí que me encontraba ya muy cerca de bajar por completo.

Sin embargo, a mí me perseguía la mala suerte. Un arbusto a mi derecha se sacudió con un poco de brusquedad, rompiendo con toda mi concentración. Me sobresalté y lo miré sin detenerme, pensando en lo peor: que podía ser Joel siguiendo mi juego de las escondidas.

Toda la ansiedad y el estrés me invadieron de golpe. El corazón me dio un vuelco, tuve náuseas repentinas y hasta se me olvidó cómo correr. Mis piernas se enredaron con la naturaleza del suelo sin que me fijara, provocando que cayera duramente y rodara cuesta abajo.

Rodé y rodé durante casi dos minutos, golpeándome con todo lo que estuviera cerca. El cerro poco a poco se inclinó, aumentando la velocidad con la que mi cuerpo caía. Más piedras y espinas me lastimaron las heridas del día anterior y las que Joel acababa de hacerme. El trato conmigo mismo de no quejarme se rompió ligeramente porque no me pude contener. Nunca experimenté un dolor similar.

Fue un tronco el que me detuvo al golpearme las piernas contra él. Solté una corta exclamación de dolor que callé al momento cuando me llevé una mano a la boca. Respiré con agitación, me presioné ciertas partes del muslo derecho porque me dolía demasiado. Estaba comenzando a inflamarse, podía sentir una bola.

La sangre pronto me escurrió de la nariz. Podía saborearla entre mis dedos e incluso me tragaba una parte. Mi dolor de cabeza se intensificó y el cuerpo ya no me respondía lo suficiente. Tambaleando, busqué la forma de sentarme. Arrastré la mitad del cuerpo por el piso y me abracé al tronco para que mis propios brazos levantaran el resto.

Recargué la espalda contra la madera, recuperé el aliento mientras la sangre continuaba saliéndome. Me limpié débilmente con el dorso de las manos y con la parte baja de mi playera, importándome en lo más mínimo ensuciarla aún más. Apoyé la cabeza, que se balanceaba de un lado a otro con somnolencia. Me hallaba agotado, mareado.

Al menos agradecí que Joel no fuera el que movió el arbusto y me asustó. Seguramente se trató de un animal que, igual que yo, se escondía. Sonreí a medias cuando pensé que mi propia estupidez acababa de provocarme un accidente, igual que en muchas ocasiones recientes.

Tuve que esperar alrededor de diez minutos para sentirme mejor. Durante la espera estuve por caer dormido, pero me obligué a no hacerlo. Mi mamá decía que después de un golpe en la cabeza no debía dormirme porque caería en coma. Y viendo la situación de este momento, posiblemente tenía razón.

No puedo quedar en coma sin antes saber cómo está Áureo.

Después de confirmarlo me podía pasar cualquier cosa, en serio. Estaba dispuesto a aceptar lo peor bajo la condición de poder verificar que mis peores miedos —y los de Hugo— eran solo eso, miedos.

Me levanté del piso, temblando. La temperatura estaba descendiendo y el sol llevaba ya varios minutos desaparecido tras las nubes. Era muy probable que Joel y sus amigos se rindieran en cuanto el clima empeorara, así que deseé con todas mis fuerzas que pronto lloviera. A mí ya no me importaba mojarme ni enfermarme, pues solo eso me faltaba para estar bien jodido.

Gracias al aire logré apreciar con bastante intensidad el olor de las flores. Olían mucho más que en la altura del cerro, lo que significaba que tal vez sí me había acercado al campo de la familia de Áureo y, con eso, a su casa. Miré hacia abajo para asegurarme de no estar equivocado.

Detrás de unos árboles no tan altos y varios matorrales y arbustos, a unos quince metros de mí, el cerro finalmente acababa. Pude ver entre las ramas y las hojas un montón de manchas moradas extendiéndose fuera del alcance de mi vista. ¿Desde cuándo había tantas flores? Sonreí, aliviado. Una vez más me caí y una vez más llegué al lugar menos esperado, pero deseado del mundo.

Con cuidado me acerqué. Extendí los brazos a los costados para mantener el equilibrio. Resbalé un par de veces, pero jamás me caí. Una vez que ambos pies estuvieron firmes en el pasto, finalmente fuera del cerro, avancé campo adentro, tocando cuantas flores pude. Disfruté de la fragancia que abundaba por doquier y del intenso color de todos los minúsculos pétalos.

Sonreí con alivio. Tuvieron que pasar muchas semanas para que regresara a aquel sitio y las cosas en el campo parecieron cambiar un poco. Había más flores, tantas, que me causaron una inexplicable emoción. Tomé con ambas manos todas las que pude y me cubrí la cara para aspirar todo el aroma. Áureo me advirtió que no me drogara con ellas, pero de verdad me resultó inevitable.

Me sentía tranquilo, estable y hasta contento, aunque mi apariencia demostrara todo lo contrario. Seguía sucio, lleno de tierra y sangre, con moretones y cortadas que en otro momento me hubieran preocupado.

Pero no podía estar bien para siempre. Mucho menos a salvo.

—¡Allá está! —escuché una voz potente a mi espalda.

Cuando giré la cabeza, rompiendo totalmente con mi relajación, vi a Joel y a los otros dos sujetos bajando por el mismo camino que yo. Los tres sonrieron y anduvieron con prisa, sin apartar sus ojos de mí. Escuché también sus risas y burlas sobre haberme encontrado tan fácilmente.

Debí haberme escondido mejor. Estar en mitad del campo fue solo una forma de gritar a los cuatro vientos dónde estaba. Ni siquiera las plantas eran capaces de ocultarme; cualquiera desde las alturas podía verme y este fue el caso.

Maldije en voz baja, abandoné lo que hacía para huir de ellos. Di media vuelta y corrí hacia el bosque, que todavía se encontraba lejos de mi alcance. Necesitaba atravesar todo, incluso todavía más al fondo de la construcción en obra negra.

Mis energías incrementaron gracias al golpe de adrenalina; ni siquiera me importaron los múltiples malestares de mi cuerpo. Pero aunque me sintiera medianamente preparado para escapar, eso no fue suficiente para alejarme de ellos, principalmente de Joel, quien me alcanzó cuando apenas iba a medio camino.

Se me lanzó encima y me derribó por la espalda, como haría un león atrapando cebras o antílopes. Los dos aterrizamos con dureza, aunque él cayó encima de mí. Trató de sujetarme como el día anterior, pero las ganas de no aceptar mi destino me obligaron a forcejear con las fuerzas que me quedaban.

Ni siquiera pudo golpearme en la cara.

Sus acompañantes nos observaron desde lejos. No parecían muy divertidos con la escena, pero tampoco aburridos. Cruzando los brazos, nos observaron para analizar que yo no tuviera ningún tipo de ventaja.

—¿Creíste que te ibas a librar? —me dijo Joel, complacido por toda la situación.

Seguí moviendo los brazos para cubrirme el rostro. Él trató de sostenerme sin éxito, provocando su pronta desesperación. Gritó que me quedara quieto e incluso jaloneó parte de mi ropa para que mi cuerpo se moviera también. Yo me rehusé lo mejor que pude, tanto, que en uno de esos movimientos apresurados le di con el codo directo en la mandíbula.

El golpe lo aturdió. Cayó a un lado de mí, gritando un montón de maldiciones y sobándose. Aproveché la oportunidad para salir corriendo, aun cuando fácilmente los otros sujetos pudieran detenerme. Me levanté del piso y los miré, pero ambos solo se acercaron a Joel para ayudarlo.

Él les gritó que lo dejaran en paz mientras se paraba para ir por mí.

No miré atrás, principalmente porque no quería tener más miedo ni pánico. A mi espalda solo escuché que los tipos le gritaban algo a Joel, pero nada de pasos apresurados cerca de los míos. Joel no me persiguió como creí que haría.

Un estruendoso sonido me detuvo. Tan solo milésimas de segundo después mi pierna izquierda se dobló sin que pudiera controlarlo. Todo mi cuerpo sintió un dolor indescriptible, pero el muslo fue el que más se comprimió y me ardió. Caí de frente, apenas y logré poner las manos.

Grité por el dolor.

—¡Joel, ya déjalo! —dijo uno de los sujetos, alterado.

—¡Cállate, o serás el siguiente! —le contestó al momento.

Me llevé las manos a la pierna, rodé por el suelo y me quedé hecho un ovillo. Seguí quejándome en voz alta, sin control. Joel acababa de dispararme en la pierna.

El aire se me iba, el llanto se entremezcló con mis quejas. Podía sentir que me brotaba la sangre y se escurría entre mis dedos, imparable. No me atreví a mirar porque si lo hacía, sería completamente consumido por el pánico y de ahí no habría vuelta atrás. Acabaría completamente loco.

—¡Ni se les ocurra irse! —exclamó. Podía asegurar que también les apuntaba—, ¡porque los mato aquí mismo también!

El silencio regresó, aunque duró muy poco. Durante ese tiempo solo pude concentrarme en dos cosas: en que el frío era cada vez más intenso y que de verdad había más flores en el campo de Áureo. Muchas más de las que recordaba.

Joel se acercó a mí, despacio. Oí sus pisadas cada vez más cerca, lentas y firmes. Mis lágrimas no pararon en ese momento, principalmente porque dentro de mí, muy en el fondo, tenía un muy mal presentimiento. De esta no podía escapar, no había forma ni posibilidades.

En cuanto llegó a donde yo me encontraba se agachó y me sujetó del cuello de la playera para levantarme un poco. Apreté los párpados y los puños. Jadeé por miedo y porque cada vez me resultaba más difícil respirar. El cuerpo entero se me estaba debilitando por el estrés y por esa herida que seguía sangrando.

—Si pudiera, mataría a todos los que son como tú —murmuró muy cerca de mi cara.

—Ya, por favor… —supliqué.

Me soltó con agresividad, provocándome un golpe más tras la cabeza. Solo era capaz de observar su rostro, sus ojos enfurecidos y su media sonrisa que mezclaba el placer y el enojo. Se levantó del suelo, pero se quedó a mi lado; definitivamente no iba a irse.

Era hora de aceptar que a partir de ese momento mi destino sería incierto y que ya no dependería de mí. Tenía un disparo en la pierna, varios golpes insoportables por todo el cuerpo, un intenso dolor de cabeza y mis sentidos cada vez más difusos. No podía respirar ni escuchar bien, mi boca estaba seca, ya no sentía la mitad del cuerpo. Fueron mis ojos los únicos que se obligaron a permanecer abiertos para enfocar lo mejor posible a Joel, aunque ya ni siquiera lo apreciara con claridad.

—De esta ya nadie te salva, maricón —volvió a apuntarme con el arma.

Fuerzas ya no me quedaban, solo podía mirar y esperar. Intenté sonreír como Joel para probarle que, de los dos, él era el que tenía más miedo. Su mano temblaba y en su mirada permanecía la duda.

Pero el odio nunca se esfumó.

Epílogo

Los dos yacíamos recostados sobre el inmenso campo de lavandas, tomados de las manos, mirando hacia el cielo, sonriendo con tranquilidad. El pasto nos arropaba y las copas agitadas de los árboles creaban música relajante. No había abejas en los matorrales, tampoco serpientes. Joel no existía y el odio tampoco. Solo éramos Franco y yo disfrutando de una increíble e inquebrantable tranquilidad. Tan increíble, que cuando Hugo me despertaba lo maldecía y después lo abrazaba, llorando sobre su hombro. Ya habían pasado cuatro años y todavía no podía superarlo.

A Franco lo mataron el último día que lo vi. Un disparo en la pierna y dos en el pecho. No había vuelto de la escuela, según su mamá. Y cuando fue a preguntarnos a la casa creyendo que estábamos juntos, fui totalmente honesto con que no tenía idea.

Ya estaba anocheciendo cuando la búsqueda comenzó. Con lámparas y linternas del celular recorrimos cuantas calles y rincones del cerro pudimos, yo acompañando a los adultos en todo momento porque, aparentemente, había sido el último en verlo. Tres horas bastaron para dar con él. Vi su cuerpo, vi las lavandas alimentándose con su sangre. Pero en ese momento no fui capaz de llorar. El impacto había sido tremendo y profundo, tanto, que mis emociones no supieron cómo salir.

Llamaron a los encargados de la seguridad del municipio, los mismos que en algún momento estuvieron por linchar a Franco. Trataron el tema como si fuera poca cosa, sacando conclusiones y teorías que no solo lastimaron a su madre, sino que me lastimaron a mí.

Varios dijeron que se lo merecía por ser una rata. Otros más esparcieron el rumor de que su muerte fue porque alguien quiso tomar justicia por mano propia. Al final se llegó a la conclusión de que un narco se metió al pueblo y le disparó, esto después de escuchar a su mamá decir que gente peligrosa los estaba buscando.

Nadie quiso escuchar mi versión, aunque lo intenté. Primero se lo comenté a mi mamá, que era la persona en la que más confiaba. Fríamente me explicó que yo no podía involucrar a los hijos de la seguridad municipal sin ninguna prueba ni decir qué tipo de relación teníamos porque también podrían atacarme.

—Aquí yo no estoy seguro —le comenté tan solo un día después de la muerte de Franco—. Joel también me matará. Ya lo intentó con Hugo, ya mató al hijo de Luisa. Solo le quedo yo.

Ella rompió a llorar, diciendo que no me quería muerto también. Lloré con ella, pero no solo para acompañarla en sus temores. Lloré por haber perdido a Franco y sentir que no podía hacer nada al respecto, ni siquiera obtener justicia.

A Franco lo velaron en la capital. Vinieron por él y su mamá durante la madrugada de su fallecimiento. Yo los alcancé después tras recibir la invitación. Tomé las llaves del Chevy y fui solo. Estuve junto a la señora Luisa todo el tiempo, acompañándonos. Ella pronto intuyó los motivos de por qué me dolía su pérdida más que al resto, exceptuándola. Perder a un hijo no tenía nombre. Menos perder al único.

Dormí en su casa después del funeral, en una habitación de huéspedes. Más tarde me escabullí a la habitación abandonada de Franco para verlo una última vez, aunque fuera en fotos. Nunca había perdido a alguien de esta forma y dolía como el infierno.

Regresé al pueblo únicamente por mis cosas y mis documentos. Hablé seriamente con mi mamá para explicarle que quería y debía irme porque me sentía en peligro. Le conté que en la ciudad conocía a alguien con quien podría vivir, que allá estudiaría y ganaría dinero por mi cuenta como una persona independiente.

La ciudad me iba a presentar retos diferentes, pero ninguno que no pudiera superar. Además, podría ir en búsqueda de mi propia felicidad. Ella lo entendió pronto, aunque estuviera herida por dentro y no quisiera dejarme partir.

Después hablé con mi papá; él lo aceptó con mayor facilidad. Dijo que la ciudad podría ser una buena oportunidad para mí, aunque le atemorizara como al resto de mi familia. La capital intimidaba. Era inmensa y ahí sucedían varios de los peores crímenes del país. Siempre decían que asaltaban y cuando había sismos todo se caía.

Pero ahí al menos no me matará Joel...

Con todos los permisos concedidos, le escribí a Hugo un extenso mensaje donde le conté qué había pasado con Franco, qué podría pasar conmigo y qué alternativas tenía para salir de ahí. Tal y como supuse, me pidió que fuera a vivir con él.

Nos dividimos la renta y nos quedamos en el mismo cuarto. Durante casi un año dormí en un colchón inflable junto a su cama, aunque a veces me quedaba con Jaciel cuando Hugo traía a alguien más después del antro. Y si ambos venían acompañados, yo me instalaba en la minúscula sala, con los audífonos y el volumen de la música al máximo.

Los primeros meses fueron en verdad complicados. Tuve algunos problemas para regresar a preparatoria, pero lo conseguí una vez que cumplí los 18. También encontré trabajo en un restaurante popular en la ciudad, justo en la calle Reforma. Ganaba más que Hugo en la cafetería, pero él siempre tenía más dinero que yo. Tuvimos una conversación muy seria respecto a sus formas de obtener dinero, pero aquella también era una larga y enredada historia...

Una vez que me gradué de prepa y Hugo decidió retomar los estudios, nuestros esfuerzos rindieron frutos y logramos ingresar al mismo tiempo a una de las mejores universidades públicas del país. Decidí estudiar Derecho con la única intención de buscar y obtener justicia por Franco, aunque este proceso pudiera tomarme años o la vida entera. No quería volver a mi pueblo con las manos vacías ni dejar que las cosas siguieran como si nada hubiera ocurrido.

Hugo se encargó de recordarme constantemente aquel propósito para que no me rindiera. Tenía que seguir por él, por mí, por lo que era justo, para sanar. Estudiaba muy duro para conseguirlo y el resto del tiempo sobrevivía a los retos de la ciudad. Jamás había estado en un sitio tan grande y diverso.

Poco a poco fui involucrándome con la comunidad e incluso, con ayuda de Hugo, empezamos a hacer activismo LGBTQ+. Hice nuevos amigos, aprendí sobre un mundo que antes me era desconocido, hablé sobre lo que nos pasó. Pero yo no quería que mi existencia se limitara a atormentarme con el pasado; después de todo, también quería ser feliz.

Comencé a ir a terapia para trabajar en mí, para superar lo de Franco junto con todo el daño que me hizo Joel. A raíz de eso descubrí que tenía estrés postraumático y que estaba afectándome en mi cotidianidad. Por eso, aunque ya hubieran pasado cuatro años y hubiera mejorado considerablemente, todavía seguía trabajando en mi miedo constante a que algo como lo de Franco se repitiera.

Y mientras yo crecía y me transformaba, en mi pueblo apenas y hubo cambios. Mi familia seguía en las mismas, Joel trabajaba con su papá en la seguridad del municipio como si nunca hubiera matado a nadie. Edwin y Omar me escribían de vez en cuando; los dos también se fueron del pueblo para estudiar, aunque a una ciudad más cercana. Y mi mamá me contó que la nieta del señor Velázquez, Talía, ahora vivía con sus tíos en la capital y estudiaba en una prestigiosa universidad que ellos mismos le pagaban. Quería hablar con ella sobre su primo, pero siempre me retractaba y al final nunca lo hice. No estaba listo.

Soñaba con Franco con mucha más frecuencia de la que quería. Siempre estábamos los dos en mi casa o en el campo de lavandas. A veces eran sueños tranquilos y otros más pesadillas. Los peores siempre eran aquellos en los que recordaba su cuerpo muerto o en los que él me decía que todo era mi culpa.

Muchas veces llegué a pensar que mis pesadillas estaban en lo correcto, pero Hugo insistió y me repitió hasta el cansancio que los únicos culpables estaban allá afuera y que por esa razón yo no debía olvidar. Desde entonces, siempre traté de llevar a Franco conmigo.

Empecé a verlo en las sonrisas de la gente que paseaba por el Zócalo, en las lavandas que adornaban las avenidas más importantes de la ciudad, en el brillo de los ojos de Hugo y en las manos entrelazadas de las parejas que caminaban cerca de mí. Franco había vuelto más vivo que nunca. Y entonces, por fin, entendí que había llegado el momento de avanzar y seguir adelante sin él.

Fue durante ese doloroso proceso cuando Hugo y yo nos acercamos de nuevo. Mis prioridades y las suyas cambiaron desde que nos separamos por primera vez, pero nuestros sentimientos despertaron casi con la misma intensidad que en los inicios de nuestra relación.

Yo quise mucho a Franco, pese al poco tiempo que lo conocí y que estuvimos juntos. No pensé que todo acabaría tan inesperadamente rápido, pero él consiguió hacerme feliz cuando nada en el pueblo podía contentarme. Me sentí culpable por querer continuar con mi vida y no quedarme para siempre en el duelo, por eso durante nuestro primer año viviendo juntos Hugo y yo mantuvimos la distancia. Pero no pudimos contenernos mucho tiempo. La tensión incrementó y, más pronto que tarde, él me confesó que seguía enamorado de mí. Correspondí.

Estamos por cumplir tres años juntos.

El aroma a lavanda de Dara Cabushtak
se terminó de imprimir en el mes de mayo de 2024
en los talleres de Diversidad Gráfica S.A. de C.V.
Privada de Av. 11 #1 Col. El Vergel, Iztapalapa,
C.P. 09880, Ciudad de México.